KB055757

오모리 후지노
OMORI FUJINO

일러스트 야스다 스즈히토
YASUDA SUZUHITO

김완 옮김

4

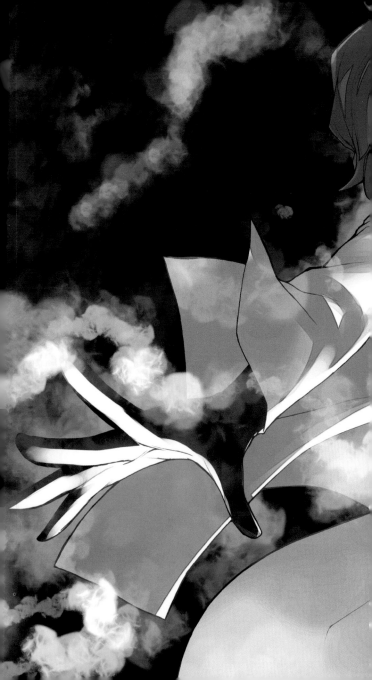

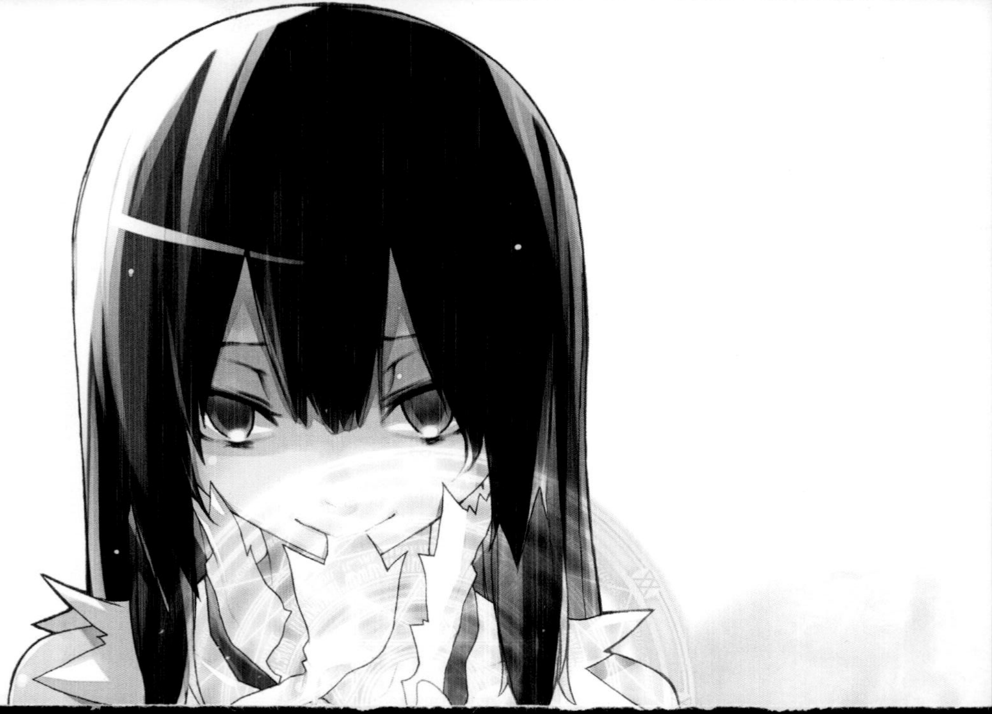

던전에서 만남을 추구하면 안 되는 걸까

4

오모리 후지노 지음 | 야스다 스즈히토 일러스트 | 김완 옮김

커버 그림, 본문 일러스트 | **야스다 스즈히토**

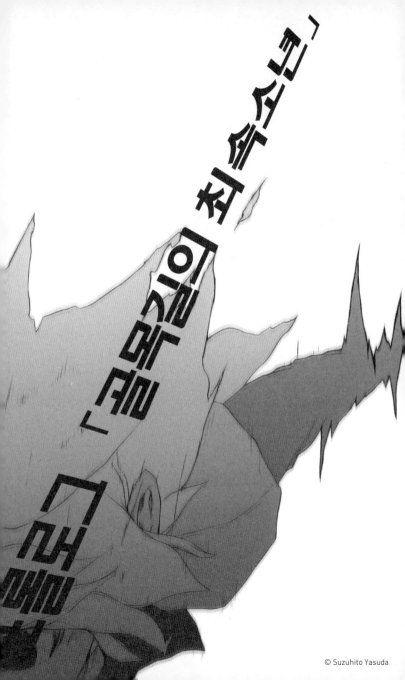

「네 소속지 말기의 그림」

「그림」

「그래세…」

© Suzuhito Yasuda

와글와글. 아침의 길드 본부는 소란에 휩싸여 있었다.

아침부터 정오까지 이 넓은 로비에는 수많은 모험자들이 드나든다. 던전을 탐색하기 전에 담당관을 찾아가 앞으로의 일정을 상의하는 사람도 있지만, 대부분은 대형 게시판이나 같은 모험자의 입을 통해 간밤에 갱신된 정보를 수집하러 온다.

상업계 파벌의 신상품 발매 고지는 물론 특정 드롭 아이템 매입 의뢰를 비롯해 다른 【파밀리아】의 세력상황, 던전 내에서 확인되지 않은 레어 몬스터 목격정보에 이르기까지, 길드를 통해 공개되는 정보는 모험자들에게 확실한 가치가 있다.

당연하다면 당연하지만, 모험자들은 내일의 운명을 좌우하는, 혹은 내일의 대박이 될지도 모르는 정보수집에 빈틈이 없다.

강한 아침 햇살이 로비에 스며드는 가운데, 다양한 종족으로 이루어진 모험자들은 연신 발과 입을 움직이고 있었다.

"우와~ 오늘은 모험자들이 평소보다 더 밀려드는걸."

"얘, 업무 중이야. 말 걸지 마."

창구에서 의자에 앉아 있던 에이나는 곁에서 귀엣말을 건네는 동료 미샤에게 가볍게 주의를 주었다.

그녀의 말대로 오늘 아침은 여느 때보다도 많은 모험자들의 모습이 보였다. 에이나를 포함한 접수원들은 이래저래 대응에 쫓겨 평소보다 바빴다. 조금 전까지 모험자를 안내하던 에이나 자신도 이제야 겨우 잠깐 휴식시간을 얻은 참이었다.

여느 때처럼 아름다운 접수원 아가씨를 백주 대낮부터 헌팅하려는 자들 따위 오늘만큼은 전혀 상대도 하지 않고 쫓아보냈다.

"【신회(神會)】도 다가왔으니 【랭크 업】이 속출하는 이야기가 모험자들 사이에서도 연신 화제가 되는 것 같지만 말야…… 역시 결정타는 그거 같아. 9계층에 미노타우로스가 나왔던 것."

"……응. 그런 것 같아."

사흘 전, Lv.1 모험자들의 눈빛이 바뀔 정보가 나돌았다.

'미노타우로스의 상층 진출'이었다.

【로키 파밀리아】에서 가져온 이 소식은 오라리오의 과반수를 차지하는 모험자들을 떨게 했으며, 오늘까지도 길드에 자세한 정보를 요구하는 목소리가 끊이질 않는다.

몬스터가 계층 사이를 이동하는 일은 종종 확인되는 현상이지만, 그것도 기껏해야 상하 2계층 정도라는 것이 통설이었다. 이번의 미노타우로스 목격정보는 '상층'인 9계층. 그 몬스터가 출현하는 '중층'인 15계층에서는 낮게 잡아도 6계층이나 되는 여정을 거쳐 올라왔다는 뜻이며, 이 이상성은 매우 현저했다.

무엇보다도 미노타우로스의 상층 출현은 이번이 처음이 아니라는 점이 모험자들의 불안을 가속시켰다.

겨우 한 달 전——벨과 아이즈가 만났던 그날——이었다. 미노타우로스가 상층에 모습을 나타냈던 것은.

후자의 건은 【로키 파밀리아】가 '원정'을 마치고 돌아오는 길에 일어난 사고였음을 길드는 두세 번에 걸쳐 설명했지만, 모험자들은 그리 쉽게 수긍하지 않았다. 개중에는 미궁의 구조가 변화해 상층에서 미노타우로스를 낳게 된 것이 아니냐고 말하는 자도 있었다.

에이나를 비롯한 길드원들은 지나친 호들갑이라고 말할 수는 없었다.

Lv.1 모험자들이 보기에는 그야말로 목숨이 달린 문제인 것이다. 중층 몬스터가 상층에서 얼쩡거렸다간 마음 놓고 탐색을 할 수가 없다. 평소에 늘 얼굴을 접하는 만큼 그들의 마음속을 뼈아플 정도로 잘 알기에, 이렇게 모험자들이 밀려드는 것도 어쩔 수 없다고 길드는 받아들이고 있었다.

'……그날 이후로 소식이 없는데, 괜찮은 걸까?'

그런 가운데 벨에게서 연락이 끊어졌다는 사실이 에이나를 매우 불안케 했다.

그가 마지막으로 길드를 찾아온 후로 아직 일주일도 지나지 않았기에 기우일 뿐이라고 이성은 호소하고 있지만…… 소년은 그 몬스터에게 한 번 죽을 뻔했다. 미노타우로스라는 단어를 듣고 필요 이상으로 반응하는 것도 무리는 아니다.

벨을 한번 생각하기 시작한 에이나는 안절부절 못하기 시작했고, 침착성을 잃은 감정을 가슴속에서 주체하지 못했다.

"아, 에이나가 좋아하는 모험자 발견~."

"!"

친구의 늘어진 목소리에 에이나는 흠칫 고개를 들었다.

쳐다보니 그 눈에 익은 백발이 밀집한 모험자들의 사이를 좌로 우로 바삐 누비며 다가오고 있었다. 이쪽의 시선을 알아차리자 벨은 활짝 뺨을 붉히며 웃었다.

"어라라, 쟤 오늘은 어쩐지 기분이 좋아 보이는데?"

"……."

이번에는 미샤의 목소리도 왼쪽에서 오른쪽으로 흘러가 버렸다. 가슴을 따뜻하게 하는 안도감과 함께 웃음이 얼굴 가득 퍼져가고, 금세 그것을 거두었지만, 핑크색 입술은 자꾸만 풀어지려 했다.

토끼가 뛰듯 희희낙락한 기색으로 다가오는 벨을 보며, 남의 속도 모른다고 얄밉게 생각하기도 했지만 역시 안도가 더 컸다.

"안녕하세요, 에이나 누나!"

"안녕, 벨. 오랜만이야. 탐색은 열심히 하고 있겠지…… 라고, 물어볼 필요도 없으려나?"

"네, 열심히 하고 있어요! 지금은 마지막에 내려간 후로 공백이 좀 길어지고 있지만요!"

"후후, 휴식도 소중하니까. 쉴 때는 확실하게 쉬어야 하니 마침 잘된 것 아닐까?"

얼굴에 웃음을 지으며 에이나는 기분이 좋은 벨과 이야기를 나누었다.

옆 창구에서는 미샤 또한 흐뭇하게 그를 바라보다, 에이나를 생각해주었는지 자리를 떠나려 했다. 밀린 서류를 가져가려고 준비를 시작한다.

에이나는 눈가에 부드러운 표정을 지으며 말을 이었다.

"그래서, 뭐 좋은 일이라도 있었니?"

"아, 알아보시겠어요?"

"그런 표정을 하고 있으면 누구나 알아볼걸?"

싱글거리는 뺨에 손을 대는 벨에게 에이나가 쓴웃음을 지었다.

지적받은 '좋은 일'을 말하고 싶어 근질거리는 것을 쉽게 알 수 있었다. 말해보라고 에메랄드색 눈동자로 묻자, 그는 모험자 등록을 마쳤던 그 첫째 날처럼 얼굴을 빛내며 고개를 끄덕였다. 옆에서 미샤도 웃음을 참으며 높다랗게 쌓인 서류를 안고 의자에서 일어났다.

──정말 거짓말을 못 한다니깐.

친동생을 바라보는 듯 훈훈한 기분으로 에이나는 벨의 다음 말을 기다렸다.

"사, 사실은 말이죠……!"

"응."

그리고 보고 있는 이쪽까지 기뻐지는 그런 웃음을 지으며 벨이 말했다.

"저, 마침내 Lv.2가 됐어요!"

——후두두둑. 미샤가 서류더미를 떨어뜨렸다.

벨과 에이나에게 등을 돌린 자세 그대로 돌이 된 것처럼 굳어버렸다.

에이나를 통해 벨에 대해서도 알고 있는 미샤는 그가 모험자가 된 지 '두 달도 되지 않은 신출내기'임을 잘 안다.

에이나는 웃고 있었다.

아름답게 웃고 있었다.

그리고 그 아름다운 미소는 조금도 움직이질 않았다.

정확하게는, 시간이 멈춰버렸다.

두 길드원을 남겨놓은 채, 이제까지와 변함이 없는 소란이 로비를 에워싸고 있었다.

"……응?"

내가 잘못 들은 거니? 라고 말하듯 에이나는 웃음을 유지한 채 고개를 갸웃했다.

그녀의 뺨은 살짝 떨렸다.

"그러니까요, Lv.2가 됐다고요, 제가! 사흘 전에!"

그 분위기를 전혀 눈치채지 못한 벨은 씩씩하게 같은 말을 되풀이했다.

파르르. 에이나의 웃음이 온몸과 함께 떨렸다.

"Lv. 2?"

"네!"

"사흘 전에?"

"네!"

"거짓말 하는 거 아니지?"

"네!"

"벨, 모험자가 된 게 언제였니?"

"한 달 반 전에요!"

그리고 대화가 끊어졌다.

휴먼과 하프엘프 사이에서 말없는 미소가 오갔다.

다시 창구에서 줄을 서려던 모험자들이 두 사람을 보고 의아한 표정을 지었다.

석상이 된 미샤를 곁에 놓아둔 그 광경이 고착상태를 이루기를 잠시.

에이나는 덜컹 하는 소리를 내며 의자에서 일어나——폭발했다.

"한 달 반 만에, Lv. 2~~~~~~~~~~~~~~~~~~~~~~~~~~~~~~~~~~~~~?!"

주위의 소란을 통째로 집어삼킬 만한 볼륨.

본부에 있던 자들을 모두 돌아보게 만들 고함이 천둥처럼 울려 퍼졌다.

그리고 에이나의 눈앞에 있던 벨은 몸을 벌렁 뒤로 젖히고 말았다.

┛1장

「신

회」

(神會)

"미안해!!"

두 손을 짝 마주치며 에이나가 고개를 숙였다.

장소는 길드 본부 로비의 면담용 부스. 책상과 의자가 있으며 일대일로 사용하기에는 나름 널찍한 이 방은 인테리어는 간소하지만 방음 같은 기능은 매우 충실하다.

에이나는 맞은편의 벨에게 사죄하고 있었다.

"다른 【파밀리아】 사람들도 있는 곳에서 소리를 지르다니…… 정말 미안해!"

몇 분 전, 로비에서 에이나가 충동적으로 소리를 지르고 만 탓에 벨의 【랭크 업】은 그 자리에 있던 전원에게 알려지고 말았다.

아무리 정신이 나갔다고는 해도, 경악과 기이의 시선에 집중포화를 받던 그 광경을 떠올리면 지금도 얼굴에 불이 날 것 같았다.

모험자의 정보를 함부로 폭로한 추태, 무엇보다도 수치심에 사로잡혀 에이나는 가느다란 귀를 새빨갛게 물들이고 말았다.

"괘, 괜찮아요, 에이나 누나. Lv.은 어차피 공개되는 거잖아요……. 늦고 이르고의 차이밖에 없는 거 아닌가요?"

벨은 난처한 투로, 고개를 들려고도 하지 않는 에이나에게 말했다. 전혀 신경 쓰지 않는다는 소년의 말에 에이나는 민망한 듯 시선을 되돌렸다.

'그 말도 맞지만…… 문제는 【랭크 업】 자체가 아니라 【랭

크 업]에 걸린 시간이란 말이야…….'

Lv.2 도달이 약 한 달이라니, 이는 유례를 찾기 힘든 최단기간이었다. 말로 설명하는 것조차 어리석게 여겨질 정도로.

Lv.의 상승에는 '위업'――격상의 상대를 타파하거나 하여 상위【엑세리아】를 얻는 것이 필수조건이다. 벨의 성장속도를 아는 얼마 안 되는 사람 중 하나인 에이나는 아무리 어빌리티 성장이 빠르다 해도 Lv.까지는……이라고 반쯤 기도하듯 단정 짓고 있었는데 멋지게 배반당하고 말았다.

언젠가 밝혀지리라고는 해도 역시 가능하다면 숨겨두고 싶었다.

전례가 없는 내용인 만큼 다들 뜬소문으로 여길 거라고, 진지하게 받아들이는 자는 드물 거라고 낙관할 수 없는 것만은 아니지만…… '전례가 없다'는 말은 오락거리에 굶주린 신들이 아주 좋아하는 단어였다.

그들의 싱글거리는 얼굴을 상상하기만 해도 에이나는 골치가 지끈거렸다.

"저기, 에이나 누나……?"

"……아니, 아무것도 아니야. 미안해, 정신 팔고 있어서."

신들이 달라붙어대는 벨의 모습을 떠올린 에이나는 복잡한 표정을 지었다가 간신히 씁쓸한 웃음을 떠올릴 수 있었다. 살짝 숨을 토해 내고 열심히 정신을 추슬렀다.

"벨, 미안한데 내 부탁부터 들어줄 수 있을까? 기껏 와 줬는데 미안하지만…… 나도 일을 해야 하거든."

"아, 네. 괜찮아요. 무슨 일인가요?"

"오늘까지 활동했던 모험 기록을 들려줬으면 해."

"네……?"

"대충이어도 괜찮아. 어떤 몬스터와 싸웠는지, 어떤 퀘스트를 수행했는지, 그런 것들."

양피지와 깃털 펜을 책상 위에 마련하며 그렇게 말한다.

모험자의 질을 높이는 데 일조할 수 있다면 길드는 각 【파밀리아】에 손해가 미치지 않는 범위 내에서 정보를 공개한다. 막대한 이익을 낳는 '마석'의 수집률을 높이기 위해서다.

이례적인 【랭크 업】을 실현한 이번 벨의 사례는 【엑세리아】의 경향이 초점이 될 것이다. 아마 이름은 감춰두고 활동기록만이 다른 사람들의 눈에 들어가게 되지 않을까.

중요한 것은 벨의 성장을 참고해 다른 모험자들도 계속 강해지라는 것이다.

모험자의 수준이 올라간다는 말은 곧 희생자의 수가 줄어든다는 말과 같으므로 이 업무는 에이나도 적극적으로 수행한다. 절대 개인정보를 침범하지 않도록 주의하면서 소년의 궤적을 따라가보는 것이다.

그렇게 벨의 이야기가 사흘 전까지 거슬러 올라갔을 때.

두 번째 두통이 에이나를 엄습했다.

"미, 미노타우로스……."

어질, 뒤로 넘어지려는 머리를 오른손으로 붙들었다.

——사흘 전, 9계층, 미노타우로스와 조우, 이를 격파.

술술 흘러나오는 말에 에이나는 이번에야말로 졸도할 뻔했다. 【로키 파밀리아】의 말단 단원이 길드에 보고했던 내용과 벨의 증언이 정황상 완전히 일치했다.

그래서 몬스터를 어떤 파벌 사람이 처리했는지 물었을 때 그 사람이 그렇게나 말을 흐렸구나.

에이나는 당시의 광경을 되새기며 이해했다. Lv.1로 보이는 모험자가 미노타우로스를 쓰러뜨렸다고 해봤자 아무도 믿지 않을 것이다.

현기증을 견뎌낸 에이나는 무거워진 눈꺼풀을 억지로 뜨고 화난 눈초리로 벨을 노려보았다.

그렇게나 모험을 하지 말라고 했는데!

그런 비난이 담긴 시선에 벨은 땀을 뻘뻘 흘리며 몸을 움츠렸다.

'정말, 대체 무슨 마법을 쓴 거니, 넌!'

어떻게 하면 Lv.2에 속하는 미노타우로스를 Lv.1 모험자가 혼자서 쓰러뜨릴 수 있었는지 한 시간 정도 캐묻고 싶었다.

"……하아……. 대충 알겠어. 벨은 내 말을 조금~도 들어줄 마음이 없었다는 걸."

"네에?! 아니, 그건………… 잘못했어요."

두 눈을 감고 뾰로통하게 고개를 돌린 에이나에게 벨은 황급히 변명하려 했지만 목소리는 차츰 가늘어지고, 마지막에는 사죄와 함께 고개를 조아렸다.

살짝 한쪽 눈을 뜨고 풀이 죽은 벨을 흘끔 쳐다본 에이나는 조금 속이 후련해진 것과 함께 어른스럽지 못했나 싶어 반성했다.

하지만 자신이 한 짓을 제대로 자각해주었으면 하는 것이 본심이었다.

자칫 잘못했더라면 벨은 이곳에 있을 수 없었을 테니까.

"……벨. 그 자리에 없었던 내가 이런 말을 해선 안 될지도 몰라. 안이하게 도망치려 하지 않았던 네 판단이, 어쩌면 최선이었을지도 몰라."

"에이나 누나……."

"나는 어쩌면 이런 말을 할 자격이 없을지도 모르지만…… 그래도 있지? 이것만은 어느 때라도 잊지 말아줘. ……죽으면, 아무 의미도 없는 거야."

제발 부탁한다는 말을 덧붙이며 에이나는 벨을 바라보았다.

살아 돌아오는 것이 제일 중요하다고, 자신의 심정을 감추지 않고 전했다.

꼼짝도 하지 않던 벨은 이윽고 고분고분 고개를 끄덕였다.

한동안 서로 시선을 마주한 채 시간이 흘렀지만, 이윽고 에이나가 어흠 헛기침을 했다.

"아무튼 명심. 무리하면 절대 안 돼. 알았어?"

"네, 네엣!"

마지막으로 코끝을 꾹 밀어 소년이 윽 신음을 하게 만들고, 에이나는 의자에 다시 앉아 후훗 하고 웃었다.

오늘은 이 이상 혼내지 말기로 하자.

갈색 머리카락을 살짝 찰랑거리며 벨에게 부드럽게 미소를 지었다.

"……벨, Lv.2 도달 축하해. 노력 많이 했구나."

코를 밀렸던 벨은 눈을 크게 뜨더니, 이윽고 정말로 기쁜 듯 활짝 웃었다.

자만이 아니라면, 지금 그 말이야말로 벨이 자신에게 가장 듣고 싶었던 말이었을 것이다.

"고맙습니다!"

뺨을 물들이는 소년을 보고 있으려니 오늘까지 돌봐주었던 에이나도 어쩐지 만감이 가슴을 교차했다.

"그럼 오늘은 【랭크 업】 보고만 하러 온 거였니? 아직 나한테 볼일이 있다거나?"

"아, 맞아……. 사실은 에이나 누나에게 의견을 좀 물어보고 싶은 게 있는데요."

일단락된 김에 에이나가 일정을 확인하자 벨은 잊어버렸던 용건을 꺼냈다.

"좋아, 뭐든 물어봐."

에이나는 웃으며 쾌히 승낙했다.

"그러니까, '발전 어빌리티'에 대해서 말인데요……."

"아, 그렇구나. 벨은 Lv.2가 됐으니까."

'발전 어빌리티'는 '기본 어빌리티' 외에 추가로 발현되는 능력이다.

발현 타이밍은 【랭크 업】 때. Lv.이 오를 때마다 【스테이터스】에 추가될 가능성이 있다. 기본 어빌리티와는 성질이 다른 특수한, 혹은 전문적인 능력을 꽃피우고 강화시켜준다.

"그럼 혹시 선택할 수 있는 어빌리티가 여러 가지 나왔니?"

"네. 주신님하고도 상의해봤는데, 에이나 누나 의견도 참고해서 신중하게 결정하는 편이 좋겠다고 하셔서요……."

무슨 말인지 알겠다고 에이나는 고개를 끄덕였다.

발전 어빌리티가 발현하느냐 마느냐 또한 그동안 쌓아온 【엑세리아】에 달려있다. 어떠한 어빌리티가 태어날지는 '팔나'를 받은 본인의 행동에 달린 것이다.

특필할 만한 【엑세리아】가 존재하지 않는다면 설령 【랭크 업】을 해도 발전 어빌리티는 발현하지 않으며, 반대로 괜찮은 【엑세리아】만 있다면 후보로 여러 개의 어빌리티가 떠오른다. 한 번의 【랭크 업】 때마다 얻을 수 있는 항목은 하나이며, 발현은 어디까지나 임의인 것이다.

다만 발전 어빌리티는 【랭크 업】을 거친 【스테이터스】 위에 발현한다. 따라서 엄밀히 말하자면 벨은 아직 Lv.2가 되지 못했다.

지금은 어빌리티를 선택하기 위한 유예기간. 마지막 능력갱신을 마치고, 그 다음에는 헤스티아가 【스테이터스】를 리셋하는 과정만을 남긴, 말하자면 보류상태였다.

"선택할 수 있는 어빌리티는 몇 개였니?"

"세 개였어요. 그리고 제가 잘 모르는 어빌리티가 있어서……."

에이나는 흠흠 고개를 끄덕이며 벨의 발전 어빌리티에 대해 상세한 내용을 양피지에 적어나갔다.

우선 첫 번째는 '독'을 비롯한 증상을 막아주는 '내성'. 수수하긴 해도 미궁에서 종종 이상효과를 겪게 되는 모험자들에게는 중시되는 어빌리티다. 던전 상층에서 '퍼플 모스'의 독가루를 뒤집어쓸 기회가 많은 오라리오의 모험자들은 비교적 이른 단계에 이 어빌리티를 입수하기 쉽다.

다음으로 대 몬스터 전용 능력 '수렵자'. 한 번 싸워 【엑세리아】를 획득한 적이 있는 동종 몬스터와 싸울 때 어빌리티가 강화된다. Lv.2 【랭크 업】 때에만 발현되며, 단기간 내에 대량의 몬스터를 격퇴해야 한다는 달성조건 때문에 입수하기는 매우 어렵다. 귀중한 어빌리티로 꼽히며 모험자들은 물론 신들에게도 인기가 있는 항목이다.

그리고 세 번째가…….

"……'행운'?"

"네……."

에이나는 필기하던 깃털 펜을 멈추고 눈을 깜빡이며 되물었다.

직업상【스테이터스】 전반의 지식에 정통한 그녀도 들어본 적이 없는 어빌리티였다.

효력은 대충 알 수 있다. 말 그대로 '운이 좋아지는' 것이리라.

문제는 운이 좋아지면 어떤 효과가 나타나는가 하는 점이었다.

"음, 헤스티아 신께서는 아무 말씀도 없으셨어?"

"감이 잘 안 온다고 하시던데요……."

그도 그렇겠다며 에이나는 속으로 생각했다.

이제까지 판명된 모든【스테이터스】의 정보는 신이 하계에 강림한 아득한 옛날부터 검증되고 해석된 것들이다.

【스테이터스】를 발생시키는 신 자신도, 자식들에게 '은혜'를 내려주어 어떤 능력이 생겨날지는 내다볼 수 없다. 초기 능력을 제외하면 모든【엑세리아】에 의거한【스테이터스】는 말하자면 하계 사람들의 가능성을 나타내는 것이다. 그야말로 자기 자식의 성장을 지켜보는 부모의 심경과 마찬가지로, 이것만큼은 신조차 알 수 없는 세계라 할 수 있다.

그렇기에 신들도 레어 스킬이라는 말을 들으면 그렇게까지 소란을 피우는 것이다. 많은 신들에게 '미지'란 무엇과도 바꿀 수 없는 '성찬'이기에.

──난감하게 됐네.

에이나는 솔직하게 생각했다.

길드에 등록되지 않은, 한 번도 들어본 적이 없는 어빌리티.

다시 말해 누가 뭐라 해도 확실한 '레어 어빌리티'.

아마 벨이 이 발전 어빌리티를 발현시킨 제1호일 것이다.

'내성'과 '수렵자'만이라면 자신의 생각도 더해 조언을 줄 수 있었겠지만, 아무리 그래도 용도를 알 수 없는 것에는 억측 정도밖에 말해줄 수 없었다.

"아, 하지만……?"

끙끙, 생각의 숲을 헤매고 있으려니 벨이 무언가 떠올렸다는 듯 말했다.

"주신님께서 이건 감이라고 하셨는데요……. '가호'에 가까운 것일지도 모르겠다고 그러셨어요."

어떤 인물, 아니, 신물이라 해도 신들의 통찰력은 우습게 볼 수 없다. 헤스티아가 벨의 어빌리티를 보고 그렇게 말했다면 핵심에 가까운 부분을 짚었을지도 모른다.

'가호'…… 다시 말해 본인이 모르는 곳에서 발동되는 초상적인 수호. 신의 도움 같은 힘이 대상자를 외부의 작용으로부터 지켜주는 것인지도 모른다.

추측의 범주를 벗어나지는 못하지만, 그렇게 생각하면 확보해둘 가치는 충분하고도 남을 것 같았다.

"흠."

에이나는 자신의 생각을 대충 정리해보았다.

──일단 길드 상부에는 보고하지 말자.

벨이 지금보다도 더 주목을 받지 않도록 고려해 그렇게 결심했다.

"음─ 글쎄. 다른 가능성을 생각해 본다면, '행운'이라는 말이 붙었을 정도니 모험자에게는…… 드롭 아이템이 잘 나오게 되거나, 그런 거 아닐까?"

"아, 그렇구나."

"하지만 이건 너무 타산적이네. 미안해, 난 도움이 안 될 것 같아."

"그, 그럴 리가요!"

벨은 두 손을 휘휘 내저었다.

힘이 되어주지 못해 송구스러워하면서도 에이나는 【헤스티아 파밀리아】는 어떻게 생각하는지를 물어보았다.

"벨과 헤스티아 신께서는 무언가 희망사항이 있을까?"

"주신님은 '행운'을 권하셨어요. 이렇게 주먹을 부르쥐더니, '너에게는 이 어빌리티가 필요하다!'라고."

조마조마해서 차마 못 봐주겠다고, 에이나는 눈앞의 소년을 가만히 바라보며 생각했다. 새삼스럽지만 이 어빌리티가 발현하기에 이른 경위를 매우 알고 싶었다.

에이나의 캐묻는 듯한 눈빛에 벨은 영문도 모른 채 압도당했다.

"……그럼, 벨은?"

"저는 '수렵자'가 멋있……어서는 아니지만, 무시할 수 없달까, 뭐랄까……."

"후후. 응, 하고 싶은 말은 알겠어. 그래서?"

"아, 네. 그래도 주신님 말씀대로 '행운'도 버리기 아까워서……."

애매한 태도였지만 벨의 생각은 대체로 알 수 있었다.

'수렵자'는 효과만 보더라도 강력한 어빌리티다. 던전의 무서움을 평소 피부로 느끼는 모험자는 발현만 할 수 있다면 분명 이 어빌리티에 달려들 것이다.

한편 '행운'은 과거에 전례가 없는 만큼, 말하기는 뭣하지만 정체불명이다. 그러나 레어 어빌리티라는 말에 민감하게 반응하고 마는 것 또한 인간의 본성이다. 하물며 아무도 가진 적이 없다면 더더욱.

다음에도 입수할 가능성이 있는 '내성'은 이번엔 미뤄두기로 하고, 벨의 마음은 '수렵자'로 약간 기울어진 것이 아닐까.

——본심의 본심을 대변한다면 양쪽 다 갖고 싶겠지.

이루어질 수는 없는 바람이지만 그렇게 생각하는 심경도 이해할 수 있다. 에이나는 쓴웃음을 짓지 않을 수 없었다.

"언제나 말하지만, 어디까지나 정하는 건 벨이니까 내 감상에 끌려가지는 말았으면 좋겠어. 그러니 어빌리티를 선택할 때의 마음가짐 같은 것을 들려줄까?"

"아, 네."

벨이 자세를 바로 하기를 기다렸다가 에이나는 입을 열었다.

"제일 간단한 방법은, 목표를 되돌아보는 거라고 생각해."

"목표요?"

"응. 착실하게 견실하게 던전을 공략해나갈 거라면 '수렵자'라는 어빌리티는 벨에게 비할 데 없는 힘이 되어줄 거야. 벨이 확실하게 꾸준히 나아가고 싶다면 나도 그쪽을 추천하고 싶어."

잠시 말을 끊고, 루벨라이트 같은 눈 속을 들여다보며 다시 설명을 잇는다.

"하지만 벨의 목표가 더 위에, 더 높은 곳에 있다면……
그 여정에서는 실력과는 상관이 없는 '운'이라는 것도 편으로 삼아야 할 때가 올지도 몰라."

"……."

"그렇다면 네게는 '행운' 어빌리티가 더 필요할지도 모른다고, 나는 그렇게 생각해."

그리고 잠시 정적이 찾아왔다.

벨은 살짝 눈을 크게 뜨더니 자신의 손바닥에 시선을 떨구었다.

살짝 쥔 그의 주먹을 시야에 비추며 에이나는 반응이 있었음을 느꼈다.

"어느 어빌리티를 선택해도 잘못은 없을 거야. 그러니 벨이 자신 있게 결정해 보겠어? 네가 선택한 어빌리티가 분명 지금의 네게 필요한 것일 테니까."

"……네, 고맙습니다."

벨은 고개를 들고 후련해진 표정으로 고개를 끄덕였다.

Lv.2가 되어도 이제까지처럼 필사적으로 고민하고, 비틀거리면서도 해답을 찾아내는 소년의 모습에.

조금 더 뒤를 봐주는 편이 좋겠다고, 에이나는 약간 기쁘게 생각하고 말았다.

"다녀왔어요, 주신님!"

나는 우리가 홈으로 삼고 있는 교회 지하실의 문을 열었다.

큰 목소리로 인사하자 소파에서 책을 읽던 주신님이 고개를 들고는 생긋 웃었다. 폴짝폴짝 뛰듯이 이쪽으로 다가와서는 귀가한 나를 맞아주신다.

"어서 오거라, 벨. 그래서 결정은 했느냐? 너의 어빌리티."

"네. 전 '행운'으로 하겠어요."

에이나 누나의 말을 듣고 결정했다.

현상유지가 아니다. 나는 전진을 택했다.

'행운'이라는 어빌리티가 정말 내게 필요한 것일지는 모르겠지만, 에이나 누나의 말을 받아들인 내 직감을 믿기로 했다.

해답을 제시한 내게 주신님은 부드러운 눈으로 그러냐고 고개를 끄덕였다.

"그러면 당장 시작하자꾸나. 너의【랭크 업】을."

눈앞에서 고개를 든 주신님께 나는 긴장된 낯빛으로 고개를 끄덕였다.

둘이 함께 정위치가 된 주신님의 침대로 이동해【스테이터스】갱신을 시작했다.

"마침내 벨도 Lv.2가 됐구나……라고, 다른 때 같으면 그런 소릴 했겠다만 너의 경우 감회를 느낄 틈도 없었지."

"그, 그런가요?"

"그래. 나의【파밀리아】에 들어오고 얼마 지나지 않아, 네가 고블린에게 이겼다고 동네방네 떠들며 돌아오던 모습을 어제 일처럼 떠올릴 수 있단다. 참으로 신기한 기분이구나……."

주신님은 여느 때와 같은 어조로 말씀하셨지만, 나는 "어, 네"라느니 "아, 그래요"라느니, 더듬거리는 대답밖에 할 수가 없었다.

Lv.2가 된다.

피부 너머로 시트 위를 미끄러지는 심장의 고동이 시끄러웠다. 침대에 엎드려 있는데도 몸이 둥실둥실 떠오르는 것 같아, 마음만 바보처럼 들뜬 것을 똑똑히 알 수 있었다.

아직 통과지점일 뿐인데.

머리는 전혀 돌아가지 않고 머릿속은 새하얗다. 반대로 머리 아래쪽은 치밀어 오르는 열기에 새빨갛게 물들었다.

근질근질도 벌렁벌렁도 아닌 감각. 그저 심장 소리에만 희롱당하고 있으려니…… 너무 빨리 그 순간이 찾아왔다.

주신님이 손을 멈추었다.

"!"

"……끝났다."

주신님이 허리에서 내려온 것에 맞춰 나는 몸을 일으켰다.

무릎을 꿇은 자세로 침대 위에 앉아 천천히 두 손을 내려다본다.

바로 곁에서 주신님이 빤히 지켜보는 가운데 나는 손을 쥐었다 폈다 했다.

"……딱히, 달라진 건 하나도 없네요."

"'히, 힘이 넘쳐난다……!' 뭐 그런 일이라도 일어날 거라고 생각했느냐?"

부들부들 몸을 떠는 연기를 하며 웃는 주신님을 보며 재주도 좋다고 조금 실례되는 감상을 품었지만, 나는 솔직히 고개를 끄덕였다.

【랭크 업】을 마친 내 몸에 눈에 뜨이는 변화는 없었다.

몸이 가벼워졌다거나, 세계가 바뀐 것 같은 감각을 맛본다거나…… 그런 것은 전혀 없다. 몇 분 전의 자신과 너무 다를 바가 없어, Lv.2가 됐다는 실감이 나질 않았다.

맥이 풀린다고 하면 좀 그렇지만…… 어쩐지 혼자 들떴던 느낌이다.

"몸의 구조가 바뀐 것도 아니니 극적인 변화를 기대했다면 미안하구나."

"아, 아뇨, 그렇게 생각한 건……."

"후후, 하지만 말이다. 【스테이터스】의 승화는 진짜였다. 벨 크라넬이라는 '그릇'은 높은 단계로 바뀌었지. 우리 신들에게 한 발 다가섰다고 하면 이해하기 쉬우려나? 벨은 의식하지 못하겠지만 막상 스위치를 넣어보면 아까하고는 비교도 되지 않는 움직임을 보일 게다."

우습다는 듯 미소를 짓는 주신님은 그렇게 말씀하시더니, 여느 때처럼 공통어인 코이네 어로 바꿔 적은 【스테이터스】를 용지에 기입해주셨다.

【랭크 업】을 하면 기본 어빌리티와 숙련도는 한 번 리셋되어 I0부터 재출발하게 된다. 그때까지 쌓아온 어빌리티의 수치가 사라지는 것이 아니라 잠재 수치로 【스테이터스】에 반영되는 것이라고 한다. 신들은 '히든 패러미터'라나 뭐라나 하는 것 같은데.

Lv.이 오른 직후의 【스테이터스】가 0으로 바뀐다는 것은 이미 알고 있었으므로 공통어로 번역된 것을 봐도 의미는 없는 것 같지만…… 내 눈으로도 확인하라는 뜻일까?

나는 잠시 고개를 갸웃하며 침대에서 일어나 이너웨어

를 입기 시작했다. 미노타우로스와 싸워 너덜너덜해졌던 것의 예비였다. 머리 구멍으로 고개를 쏙 내밀었을 때【스테이터스】를 다 쓴 주신님과 눈이 마주쳤다.

"놀라게 해줄까 했지만, 미리 말해둘까."

"?"

기쁜 듯 웃음을 짓고 있는 주신님은 용지를 내밀며 그런 말씀을 하셨다.

내가 종이를 받아들고 서 있으려니,

"좋은 소식이다, 벨."

그런 말이 이어졌다. 뭐가요? 라고 되묻기도 전에 주신님은 비밀을 밝혀주셨다.

"스킬이다."

"네?"

"너의 두 번째——가 아니고! ……음, 그 왜, 거시기다. 네가 고대하던 스킬이 발현되었다."

입을 딱 벌리기를 몇 초.

주신님의 말씀을 천천히 받아들이고 제대로 의미를 이해한 순간, 나는 벌떡 힘차게 용지에 시선을 떨구었다. 말그대로 눈에 핏발을 세우며 주신님의 기록을 시선으로 쫓아간다.

벨 크라넬

Lv.2

힘: 10 내구: 10 기교: 10 민첩: 10 마력: 10

《마법》
【파이어볼트】
ㅇ속공마법

《스킬》
【영웅선망아르고노트】
ㅇ액티브 액션에 대한 차지 실행권.

눈을 크게 떴다.
'스킬' 슬롯이 채워졌다.
나는 황급히 앞을 보았다. 조그만 주신님은 어른스러운 웃음을 띠고 물음 섞인 내 시선을 긍정해주었다. 틀림없다고.
웃음이 터져 나왔다. 얼굴은 즉시 기쁨의 빛으로 물들어가고, 오늘 최고의 흥분을 손에 넣었다.
뺨의 근육이 내 말을 듣질 않는다. 용지를 보면서 스스로도 알 수 있을 만큼 눈을 요란하게 빛내다가, 문득 '응?' 하며 깨달은 것.
······【영웅선망?】
스킬의 발현을 무턱대고 기뻐하던 상태에서 빠져나와, 그 명칭에 눈길이 머물렀다.

© Suzuhito Yasuda

이 **거창한** 이름을 보고 떠오르는 머리 한구석의 한구석이 놀랄 만큼 싸늘하게 식었다.

'……잠깐, 기다려봐.'

급속도로 웃음이 사라져갔다.

【스테이터스】에 나타나는 '스킬'이나 '마법'은 【엑세리아】는 물론이고 '팔나'를 입은 자의 본질이나 바람 같은 것에도 영향을 미친다고 들었다.

이름도 마찬가지여서, 그것은 아마 본인의 마음을 거울 삼아 비추는 행위에 가깝다.

다시 말해 【영웅선망】이란 이름이 내 등에 새겨진 배경에는…… 나이를 먹고서도 '영웅이 되고 싶다!'고 진심으로 망상했다는 것이 훤히 보인다는 뜻이며…….

눈 깜짝할 사이에 귀를 새빨갛게 물들인 후, 나는 용지에서 삐걱삐걱 고개를 들었다.

정면에는 매우 뜨뜻한 눈빛으로 나를 바라보는 주신님의 모습이──.

"──으, 으아아아아아아아아아아아아아아아아아아아아아아아아아?!"

참으로 흐뭇하게 나를 지켜보시는 주신님께 절규했다. 용지를 허공에 내팽개치고 1회전, 두 손으로 귀를 틀어막고 주신님께 등을 돌리며 털썩 추락해 몸을 웅크렸다.

우와악, 우와악─!

들켰다! 나잇살이나 먹어선 동화에 나오는 영웅을 진심

으로 동경한다는 사실을 주신님께 들켰어어어어!!

나는 끙끙거렸다. 아이즈 씨 앞에서 저지른 온갖 추태와 거의 비슷한 수준의 부끄러움. 상상을 초월하는 초조함이 나를 두들겨댔다.

죽을래! 나 진짜 죽어버릴래!!

"벨."

흠칫, 몸이 떨렸다.

부드러운 목소리가 귀를 간질이는가 싶더니, 조그맣고 부드러운 손이 어깨에 포옥 얹혔다.

바로 뒤에 있던 기척에 나는 눈에 눈물을 머금은 채 조심스레 돌아보았다.

주신님의 웃음은 자애로 가득했다.

"――귀엽구나."

"으아아아!!"

주신님 바보오――――――――――――――――!!

"으으으……."

"어허, 언제까지 그러고 있을 게냐."

방 한구석에서 무릎을 끌어안은 채 신음했다.

천국에서 지옥으로 떨어진 내 상처는 깊었다. 평생 지울 수 없는 상처가 되어 마음속에 남을지도 모른다.

주신님의 목소리를 등으로 들으며 훌쩍훌쩍 뜨거운 눈

물을 흘렸다.

"그만 부활하라니깐. 뭐 어떠냐, 영웅을 동경하는 정도 가지고. 요즘 세상에 이렇게 퓨어할 수 있는 '아이'가 그리 흔한 줄 아느냐?"

"얼굴은 아직도 싱글싱글 웃고 있거든요, 주신님?!"

'아이'라는 말에서만 뭐라 형언할 수 없는 악의가 느껴지는데요?!

나의 절규가 지하실에 울려 퍼졌다. 마음의 균형이 점점 위험해지는 것 같다.

주신님은 쓴웃음을 지으며 등을 문질러주었다.

"상처 입었다면 사과하마."

외견은 어린 소녀인 주신님께 위로를 받는 지금의 나는 분명 매우 처량한 놈으로 보일 거라는 생각에 더욱 풀이 죽었다.

"이젠 괜찮으냐?"

"네, 대충……."

이윽고 나는 정신을 추슬렀다. 아니, 사실은 조금도 회복되지 못했지만 이러다간 끝이 없을 테니.

정신을 놓으면 아래로 떨굴 것 같은 고개에 열심히 힘을 주며 바닥에 내팽개쳤던 용지를 집어들고 다시 【스테이터스】를 읽었다.

【영웅선망】…… 이제 이름은 놔두기로 하고, 가장 중요한 스킬의 내용을 이해하고자 노력해봤지만…… 영 이해

할 수가 없었다. 상세정보가 너무 적었다.

【파이어볼트】때도 그랬지만, 내가 발현한 마법이나 스킬은 참으로 해설이 불친절한 것 같다. 이래서는 무슨 일이 일어날지 알 수가 없잖아…….

"주신님, 이 스킬의 효과 혹시 아시겠어요……?"

"음— 이거다 단언하기는 어렵구나. 상시발동형은 아닌 것 같다만……. 액티브 액션, 다시 말해 벨이 의식적으로 움직였을 때 무언가 효과가 나타나는 게 아닐까?"

"의식적으로 움직여요……?"

"이를테면 공격이나 자발적인 움직임 말이지. 이 경우엔 반격 같은 건 해당이 안 되려나."

으음? 알 것 같기도 하고 모를 것 같기도 하고…….

안 되겠다. 내 머리론 스킬의 정체는 감도 잡히지 않아.

"뭐, 이것도 실전에서 조금씩 이해해나갈 수밖에. 좀 무책임한 말이다만."

"아뇨, 마음에 두지 마세요. 제 '스킬'인걸요……."

결국 스킬에 대해서는 추이를 지켜보기로 결론을 내렸다.

소화불량 같은 기분을 맛보면서도 나는 다시 한 번 용지를 보았다.

스킬 자체는 전혀 모르겠지만 이【영웅선망】…… '아르고 노트'라는 단어는 잘 안다. 아니, 기억에 남아 있다고 하는 편이 좋을지도.

'아르고노트'.

소 괴물에게 사로잡힌 아름다운 왕녀님을 특기라고는 아무것도 없는 청년이 구하러 간다는 동화.

주인공은 다른 사람에게 속기만 하고, 그러면서도 속았다는 사실조차 깨닫지 못한다. 어딘가 어릿광대처럼 이야기를 진행시켜나가다가 이래저래 몬스터에게 도달한다. 마지막에는 구출하려던 왕녀님에게도 도움을 받던가?

다른 영웅담의 주인공들과 비교할 수도 없을 만큼 변변찮은 영웅담이다.

아마 희극에서 유래된 이야기겠지만, 당시 그 그림책을 읽은 어린 나는 입을 부루퉁 내밀고 말았다. 멋없는 데다…… '영웅을 꿈꾸는 영웅이라는 게 말이 되나?' 하고.

이 이야기를 좋아한다고 했던 할아버지는 '이 녀석은 이제부터 잘나갈 거야.'라고 하시며 껄껄 웃었다. 하지만 나는 이 이야기는 다 끝난 거 아니냐고 입술을 내밀었던 것을 지금도 똑똑히 기억한다.

생각지도 못한 데서 재회한 어렸을 적의 추억에 나는 솔직히 혼란스러웠다.

"미안하구나, 벨. 나는 그만 나가봐야겠다."

"네? 주신님, 오늘도 일하세요?"

기억의 바다에서 벗어나자 주신님이 외출 예정을 알렸다.

오늘은 아르바이트도 쉬는 날이라고만 생각했던 나는

나도 모르게 되묻고 말았다.

"오늘은 석 달에 한 번 열리는 '신회' 날이거든."

"'신회'라면…… 호, 혹시?"

"그래, 맞다. 한가한 신들의 회합이지……. 【랭크 업】을 한 자의 칭호를 결정하는."

칭호라는 말을 들은 나는 확 긴장했다.

아이즈 씨의 별명인 【검희】도 신들께서 명명해주신 것이다.

그리고 칭호는 다름 아닌 '신회'라는 신들의 논쟁 속에서 태어난다.

그런 집회에 주신님이 출석하신다는 것은…….

"벨이 Lv.2가 됐으니 나도 그 자리의 말석에 낄 수 있게 된 게다. 아마 너의 칭호도 오늘 결정이 날걸."

──역시!

주신님의 말이 예상을 긍정했다. 나는 몇 번째인지 모를 흥분을 온몸으로 맛보았다.

"으아, 으아, 으아! 그러면 저도, 아이즈 씨 같은 별명을 가지게 되는 거죠?!"

"……굉장히 신난 것 같다만?"

"그야 그렇죠!"

칭호라고 하면 모험자의 대명사!

【랭크 업】한 자에게만 허용되며, 바꿔 말하자면 신들에게 실력을 인정받았다는 뜻! 매우 명예로운 일이 분명하

니까!

그리고 게다가……!

"신들께서 결정한 칭호는 모두 세련되고 멋있잖아요! 【칠흑의 타천사다크 엔젤】 같은 거, 듣기만 해도 강하다는 느낌이 팍팍 오잖아요!"

"…………아, 그런 말이었느냐."

내가 의기양양하게 말하자——주신님은 고개를 갸웃하다 갑자기 힘없는 웃음을 지었다.

구체적으로 말하자면 매우 슬픈 웃음. 주신님이 매우 멀게 느껴졌다.

어, 어라?

왜 아까보다도 뜨뜻한 눈으로 저를 보시나요……?

"그래. 하계 아이들에게는 아직 너무 이르겠지……."

"네……? 그, 그게 무슨……?"

"아니, 아무것도 아니다. 벨 너도 언젠가 알게 될 날이 올 게야."

의미심장한 말씀을 남기고 주신님은 말없이 채비를 시작했다.

나는 당황한 표정으로 의문을 떠올릴 수밖에 없었다.

'신회'란 게 내가 생각하는 거하고…… 다, 다른가?

신들께서 서로의 뜻을 부딪치는 엄숙한 분위기로 진행되는 회의라고 들었는데……?

"그럼 다녀오마."

"아, 네!"

준비를 마친 주신님이 문 앞에서 나에게 돌아섰다. 그 모습이 어딘가 죽음의 전장으로 향하는 전사처럼 보여 나는 목이 콱 잠겼다.

마지막으로 주신님은 나를 바라보더니 결연한 표정으로 입을 열었다.

"벨, 나는 진흙탕을 구르는 한이 있더라도 반드시 **무난한** 칭호를 쟁취하고 말겠다······! 너를 위해······!"

주신님은 그런 맹세를 남겼다.

끼이익──소리를 내며 홈의 문이 닫힌다.

의욕이랄까, 필사적이랄까. 그런 비장함이 배어 나오는 주신님의 등을 나는 땀을 흘리며 지켜보았다.

🔥

신회란, 거슬러 올라가면 일부의 신들이 지루함을 잊기 위해 기획한 일종의 집회였다.

어느 정도 파밀리아의 전력과 지반을 구축한 신은 현재를 살아간다는 고생을 잊고 타락기에 돌입하는 경향이 있다. 시간이 남아돌게 된 그들은 여흥으로 동향 친구들끼리 모이는 방법을 익혀 소소한 이야기를 나누며 시간을 때우곤 했던 것이다.

말하자면 단순한 환담이었지만, 여기서 중요한 점은 분

방한 신들이 일정한 주기로 한 곳에 모이는 자리가 마련된다는 사실이다.

이윽고 그 집회는 참가하는 신이 많아짐에 따라 규모를 넓히고, 시대가 지나면서 목적이 바뀌어갔다. 단순한 수다는 HOT한 최신정보의 공유로 바뀌고, 또한 의견을 나누면서 서로의 【파밀리아】만이 아니라 길드와도 제휴하여 도시 전체를 끌어들이는 '여흥'을 기획하는 데까지 이르렀다.

거의 유명무실하다고는 하지만 사문기관으로도 인정을 받고 있는 신회는 어느 정도 힘을 가졌으며, 그 영향력은 모험자들에게도 미친다.

칭호 증정 또한 그 일환으로 이제는 이미 항례행사가 되었다.

"이번에는 【랭크 업】한 아이가 많다던걸."

"그래. 풍작이라고 들었어. 기대되지?"

신회가 열리는 연회장은 도시 중앙에 위치한 바벨의 지상 30층.

탑을 개장하여 한 플로어를 통째로 사용한 대형 홀은 존재했던 모든 칸막이를 치워버린 후여서, 굵고 장대한 기둥만이 질서정연하게 아득히 높은 천장을 떠받치고 있다. 넓은 공간 한복판에 거대한 원탁이 오도카니 놓여 있을 뿐 그 외에는 아무것도 없다. 안쪽 벽에는 커다란 유리가 주위를 에워싸 지상 30층의 하늘을 사방으로 내다볼 수 있었다. 천장이 매우 높기도 해서 마치 하늘에 뜬 신전에 있는 것 같았다.

"여기 얼굴을 비치는 신도 제법 늘었나?"

"히히, 없어진 놈들도 많지만."

일정한 간격을 두고 원형 테이블에 선 신들의 수는 어림잡아 서른이 넘었다. 다시 말해 그 수만큼 상급모험자──Lv.2 이상의 모험자──에 필적하는 구성원을 보유했으며, 실력을 인정받은 【파밀리아】가 오라리오 안에 존재한다는 뜻이다.

출석한 면면들은 제각각이었다. 입을 굳게 한일자로 다물고 긴장한 낯빛을 띤 남신, 거대한 코끼리 가면을 쓴 수수께끼의 존재, 두 눈을 감은 채 미소를 비치며 식이 시작되기를 기다리는 은발의 여신.

정장을 입어야 하는 '신의 연회'와는 달리 저마다 자유로운 복장을 갖춘 가운데, 헤스티아는 미리 마련된 자리에서 주위의 신들을 가볍게 둘러보고 있었다. 옆에서 목소리가 들렸다.

"의외로 침착한걸?"

"긴장할 이유도 없잖아."

헤스티아는 대답하면서 옆자리에 있던 홍발홍안(紅髮紅眼)의 여신 헤파이스토스를 쳐다보았다.

현란한 붉은 머리를 등에 늘어뜨린 그녀의 차림은 얇은 윗옷과 검은 바지. 남장에 가까운 차림은 미모와 맞물려 남성, 여성을 막론하고 시선을 끄는 매력으로 넘쳐났다.

오른쪽 눈에 안대를 한 여신은 천천히 어깨를 으쓱해보였다.

"좀 더 신경을 곤두세울 줄 알았지. 여느 때처럼 끄응~하는 표정으로."

"……뭐가 바뀌기라도 한다면 얼마든지 끙끙거려주고말고. 하지만 그런 모습을 보여 봤자 주위 놈들만 즐거워할걸?"

"그건 그렇지……."

어깨 너머로 헤파이스토스의 쓴웃음을 느끼는 동안에도 몇몇 시선이 날아와 헤스티아의 포동포동한 뺨을 푹푹 찔렀다. 시선의 출처인 신들은 날아서 불에 뛰어드는 여름 벌레라고 말하듯 음흉한 미소를 전혀 감추려고도 하지 않았다.

헤스티아가 아니라도 그들의 생각은 뻔히 보일 것이다. 기적이라고도 할 수 있는 약소【파밀리아】의 약진을 그들 나름의 대접 방법으로 **환영**해줄 심산인 것이다.

"미리 말해두지만 내 발언 따위 기대하지 마. 다수결 앞에서는 내 의견도 그냥 한 표일 뿐이니까."

"나도 알아."

헤스티아의 말꼬리가 살짝 거칠어졌을 때였다.

"그라믄 시작한데이―."

께느른하게 늘어지는 목소리가 울려 퍼졌다.

술렁거리던 원탁이 금세 잦아들었다. 목소리를 낸 자가 일어나 주황색 머리카락을 찰랑거렸다.

"몇 천 번째인지 모르겠지만도 암튼 신회를 거행하겠습니더. 이번에 사회와 진행은 지 로키! 잘 부탁합니데이!"

""예이~!""

와글와글 갈채와 함께 박수가 일어났다. 대성황이다.

주황색 머리카락을 뒤로 묶은 로키는 실눈 같은 눈을 웃음의 모양으로 구부리며 손을 들었다.

헤스티아는 멀리 떨어진 위치에 있는 그녀를 빤히 노려보며 불만스럽게 중얼거렸다.

"왜 로키가 사회야."

"스스로 자청했다던걸? 듣자 하니 '원정' 때문에【파밀리아】단원이 대부분 홈에서 나가는 바람에 심심했다나."

"흐응, 할 일도 없는 놈."

평소 사이가 나빴던 것도 한몫해 헤스티아가 투덜거렸다.

그런 그녀의 불만을 아는지 모르는지 로키는 가느다란 눈을 흘끔 하고 헤스티아와 헤파이스토스 쪽에 돌렸지만, 지금은 무시하겠다는 듯 자신의 역할에 종사했다.

여느 때와 달리 금방 시비를 걸지 않는 그녀에게 헤스티아는 다소 의아함을 느꼈다.

"좋다, 팍팍 진행해보재이. 우선 정보교환부터. 재밌는 뉴스 보고할 사람 있나~?"

"저요저요―! 소마가 길드에 경고를 받아서 유일한 취미를 몰수당했다고 합니다!"

""뭐야아────────

───────?!""

"근데 소마의 취미가 뭔데?" "몰라."

"아— 혹시 그기 에이나 소행인가…….."

"설마설마했던 고독신 뉴스가 떴다!"

"그래서, 그래서 어떻게 됐어?!"

"무릎을 끌어안고 방구석에 처박혀 나오지 않고 있대!"

"보고싶다아아아아아아아아아아아아아아아아아아아
아아아아아아!!"

"나 소마 좀 위로하러 갔다올게!"

"야." "상처에 소금을 바를 의도가 뻔히 보이는구만."

"실례. 중간에 말을 잘라서 미안한데, 진지하게 말해 라
키아 왕국이 또 오라리오에 침공할 준비를 하고 있다던걸."

"진짜 갑작스럽네."

"또 군신(軍神)? 아레스?"

"그 바보신은 슬슬 어떻게 좀 해야 하지 않겠어? 솔직히
짜증나는데."

"왜 그딴 자식을 온 나라가 다 나서서 섬기는 거야?"

"어째 미워할 수 없는 성격이라 그런가. 하계 아이들은
그런 걸 좋아하지."

"얼굴이 반반해서 그렇겠지. '미의 신'들하고도 견줄 만
하니. 아, 난 프레이야 님 일편단심이야!"

"뇌는 근육인데."

장난 같은 내용에서 진지한 이야기까지, 원탁 위에서 오가는 화제는 바쁘게 이리저리 바뀌었다.

한껏 해이해진 분위기는 그대로 유지한 채 신들은 저마다 이야기를 멋대로 떠들어대고는 다른 자들의 의견을 곱씹었다.

눈앞의 무질서한 광경을 예상은 했지만, 신회에 처음 참가하는 헤스티아는 진저리가 난다는 표정을 지었다.

수습 따위 도저히 불가능했지만——.

"야들아, 쫌 다물으라!"

사회가 일갈하자 주위의 목소리는 거짓말처럼 끊어졌다.

"보자. 정리하믄 인자 신경 쓰야 하는 기 라키아 왕국 쪽 이제? 일단 길드에 보고해두꾸마. 마 우라노스 영감이니 독자적으로 정보는 캐치했겠지만도. 여 있는 신들도 【파밀리아】가 소집 받을지도 모르니까 잘 부탁한데이."

""알았어.""

로키는 제공된 정보를 간결하게 정리해 요점만을 추려냈다. 신회는 오라리오 내 주요 【파밀리아】의 주신들이 모이는 만큼 주목도가 높은 정보를 전달하는 역할을 가지고 있다.

그 후로도 로키는 담담히 진행해나가며 대체로 화제가 다 나온 것을 확인하더니…… 한 박자를 두고 씨익 하고 입가를 틀어 올렸다.

"그라모 담으로 넘어가까. 명명식이다."

긴장이 내달렸다.

로키의 그 발언을 시작으로, 그때까지 입을 다물고 있던 몇몇 신이 단숨에 낯빛을 바꾸었다. 헤스티아도 그중 하나였다.

한편,

씨이익.

신회의 단골인 일부 신들이 여봐란 듯이 지저분한 웃음을 지었다.

비극이 시작되는 것이다.

"자료는 다 받았겠지? 그럼 시작한다? 어디, 1번 타자는…… 세트네 파밀리아의 세티라는 모험자부터."

"부, 부탁이니 제발 살살……!"

""""""""""거절한다.""""""""""

"노오오오오오오오오오오오오오오!"

신과 하계 사람들의 감성은 신들이 하계의 문화를 향수하는 데서도 알 수 있듯 거의 비슷비슷하다. 초월존재(데우스데아)이므로 인간의 지식을 넘어선 감각을 가졌다든가 그런 감수성의 차이 같은 것은 존재하지 않으며 자식들의 것과 별반 차이가 없다.

그러나.

명명의 감각만은 꼭 그렇지만도 않다.

신들이 이상한 것인지, 자식들이 어리석은 것인지.

신들이 지나치게 전위적인 것인지, 자식들이 시대를 따라잡지 못하는 것인지 그 진위는 알 수 없으나.

아무튼 자식들은 눈을 빛내지만 신들은 손발이 오그라들 것 같은 '통한의 이름'이 분명히 존재했다.

"——결정. 모험자 세티 세르티, 칭호는【새벽의 성룡전 사버닝 파이팅 파이터】."

"으어어어어어어어어어어어어어어어어어어어어어?!"

그리고 신회에서는 그런 '통한의 이름'이 대량생산된다.

성질 고약한 특정 신들이 산소결핍에 빠질 만한 웃음의 충동을 얻고자, 자식들은 외경심마저 느끼는 칭호를 연발해대는 것이다.

칭호를 받아 자랑스러워하는 자식들과 발광하는 신들. 그들은 양쪽을 모두 손가락질하며 오늘도 포복절도한다. 십중팔구 후세에 전해질 '신화'의 하나였다.

"미쳤어……."

"네 기분 아주 자알 알아……."

초연히 중얼거리는 헤스티아에게 자신도 처음에는 그랬다며 동조하는 헤파이스토스. 붉은 왼쪽 눈이 어딘가 먼 곳을 바라보고 있다.

신회, 특히 칭호 명명식에서는 신참 신들의 대접이 매우 **끔찍하다.**

상위【파밀리아】를 이끄는 격상의 신들이 신회에서는 선

배임을 내세워 이때다 하고 신인을 괴롭혀대는 것이다. 절규와 함께 털썩털썩 바닥에 쓰러져가는 자들과 깔깔 웃음을 터뜨리는 자들, 양극단의 진영을 보며 헤스티아는 끔찍하다고 고개를 돌렸다.

"자, 다음. 타케미카즈치네…… 야마토 미코토 양."

로키는 미리 길드에 청구해두었던 자료를 손에 들고 읽어나갔다.

자료에는 이름 외에도 프로필, 그리고 모험자 등록 때 그려둔 사실적인 몽타주가 붙어 있다. 주위의 신들도 저마다 양피지 다발을 넘기며 입을 모아 말했다.

"호오?"

"이거…… 수준 높은데."

"역시 흑발은 좋구만."

"으음, 역시 이런 애한테는 좀…….."

"그러게. 이렇게 애처로운 아가씨에게 잔혹한 짓을 하면 불끈거리는……게 아니라, 어흠, 양심이 아프지."

"저, 정말인가?!"

신회에서 악의에 가득 찬 칭호를 회피할 방법은 몇 가지가 있다.

가장 손쉬운 방법은 연회가 시작되기 전에 유력자들에게 금품을 바치고 돌아다니는 것이지만, 대개 눈이 튀어나올 만한 액수를 요구하므로 발전도상 단계라 재력이 부족한 【파밀리아】에게는 어렵다.

가장 많은 사례는 지금처럼 구성원의 인물상이 신들의 마음에 들었을 때다. 이 경우는 비교적 여성 쪽에 많다.

먹구름에 드리워진 한 줄기 광명에 머리를 양쪽으로 갈라 묶은 남신 타케미카즈치가 황급히 자리에서 일어났다.

"하지만 타케미카즈치, 네놈이 안 돼."

"이 천연 지골로 자식……."

"여신이고 애들이고 몽땅 차지해버리고 말이지……."

"이 로리콘 자식!"

"무, 무슨 소릴 하는 거야, 너희들?!"

"분명 미코토 양도……."

"그래, 내 마음이 닿지 못할 거라면 차라리 내 손으로…… 흐히히."

"네놈들?!"

신만큼 변덕스러운 존재도 없다.

부질없는 한순간의 기쁨을 맛봤던 타케미카즈치는 한껏 이를 갈아붙었다.

"좋아, 미코토 양의 숨통은 내가 끊겠다! 【미래은하포춘갤럭시】!"

"미코토 양, 너는 좋은 여자였지만 너의 주신이 나빴단다. 【영락성녀라스트 히로인】."

"야, 관둬! 그만해! 미코토는! 미코토는 내가 이제까지 피땀 흘려 키운 아이란 말이다!!"

"【천사블러드 앤 스웨트】."

"""""그거다.""""""

"이쯤 하고 봐줄까?"

시작한 이래 최고조의 흥분을 보이는 신회.

헤스티아나 헤파이스토스도 몇 번이나 의견을 제시했지만 전혀 상대해주질 않는다.

"그럼 미코토의 칭호는…… 【절(絶)†영(影)】으로 결정."

""이의 없음.""

"으아아, 으아아아아아아아아아아아아아아아아아아아아아아아아아아아아아아아아아!!"

머리를 두 손으로 쥐어뜯으며 통곡하는 싹싹한 절친신을 헤스티아는 안됐다는 표정으로 바라보았다. 오늘 밤은 술을 사주겠노라고 마음속으로 약속했다.

무신(武神)이라고까지 불리던 남신이 피눈물을 흘린 후로도 희생자는 끊이질 않았다.

아비규환의 광경이 한동안 이어지다가, 중소 【파밀리아】가 대충 끝나자 이번에는 마침내 도시에서도 상위에 속하는 【파밀리아】의 차례가 되었다.

【헤파이스토스 파밀리아】에 이어 【가네샤 파밀리아】, 【이슈타르 파밀리아】 등등 쟁쟁한 【파밀리아】의 단원명이 열거되었다.

"……프레이야, 너희 애들은 이번엔 【랭크 업】을 안 한 모양인데, 그냥 심심해서 나왔나봐? 천하의 프레이야 님께서 일부러 이런 데를 들르다니?"

"응. 천계 때도 그랬지만 지루함은 나를 죽이는 독이니까. 나도 모르게 오고 말았어, 이슈타르."

한 번 신회에 참가한 자라면 그 후의 회의에도 출석할 권리가 있다.

【랭크 업】을 한 구성원이 없으면 딱히 이 자리에 나와 봤자 의미가 없지만 시간을 때우고 싶은 신들은 기꺼이 참가하려 한다. 솔선해 칭호를 결정하려는 신들이 좋은 예였다.

말 구석구석에 조롱이 묻어나는 '미의 신' 이슈타르에게 같은 미의 신인 프레이야는 시원시원한 미소를 지었다.

"흐응, 그래? 심심하다고 하니 생각났는데 너희 애들도 어지간히 심심한가봐. 중층에 머물면서 매일 미노타우로스랑 격투나 했다면서? 애들은 부모를 닮는 건가?"

"후후, 그럴지도 모르겠는걸."

"아, 그러고 보니 상층에 미노타우로스가 섞여 나왔다는 말을 들었는데…… 설마아, 너희 애들 짓은 아니겠지, 프레이야? 만약 그랬다면 길드가 뭐라고 할까?"

"그게 말이지. 내 말 좀 들어보겠어, 이슈타르? 내 아이가 미노타우로스와 놀고 있을 때 복면을 한 **아마조네스들**이 습격을 했다지 뭐야. 그 북새통에 미노타우로스가 **폭주**해서…… 나 참. 너무 무례하다고 생각하지 않아? 부모 얼굴을 좀 보고 싶다니깐……."

"……큭!"

갈색 피부 위에 매우 선정적인 복장을 걸친 이슈타르가 요란하게 얼굴을 일그러뜨렸다. 반면 프레이야는 키득 하고 웃더니 이야기는 이미 끝났다는 듯 두 눈을 감았다.

지금 이 순간, 항간에서 모험자들을 소란스럽게 한 사건의 진상은 어둠 속에 묻혔다. 적어도 이 자리에 있는 신들의 인식은 그랬다.

절세의 미모를 자랑하는 미의 신들끼리 나눈 대화를 주위의 신들은 의미심장한 웃음과 함께 지켜보았다.

헤스티아는 헤파이스토스와 얼굴을 맞대고 소곤거렸다.

'아마조네스라면, 또 이슈타르가 프레이야에게 시비를 걸었던 걸까?'

'글쎄. 뭐, 비슷한 일은 있었겠지. 이슈타르가 프레이야를 눈엣가시로 여기는 건 새삼스러운 일도 아니고.'

'그리고 프레이야는 가볍게 흘려 넘기고 있고 말이야. ……누가 더 예쁜지는 두 사람 수준이 되면 허무한 싸움 같지만.'

'이슈타르에게 말하든가.'

이야기를 나누면서도 헤스티아의 눈은 프레이야에게 쏠렸다.

미노타우로스 사건은 벨이 말려들었던 만큼 헤스티아에게도 남의 일이 아니다……. 하지만 프레이야의 말도 이슈타르의 말도 곧이곧대로 받아들이기는 어려운 만큼 힐문할 수도 없다. 헤스티아도 애꿎은 누명을 씌우고 싶지는 않았다.

시야 속에서 계속 웃음을 짓는 여신이 신경은 쓰였지만 헤스티아는 억측을 삼가기로 했다.

"자자, 그라모 시답잖은 소린 고마하고 야그 계속하자. 이번 모험자는…… 우후후, 오늘의 하이라이트, 우리 아이즈다!"

"【검희】떴다—!!"

"검희는 여전히 예쁘구만."

"그런데 벌써 Lv.6이냐…….'"

탈선하려던 명명식이 아이즈 발렌슈타인의 이름 덕에 다시 기세를 되찾았다.

신들이 펄럭펄럭 자료를 넘기자 양피지에 그려진 몽타주가 나타났다. 한 소녀가 정밀한 인형 같은 표정으로 정면을 향하고 있었다.

하계 아이들에게 붙인 별명은 【랭크 업】때마다 개명할 여지가 있다. 한 번 이상한 이름을 붙였다 해도 다음번 신회 때까지 모종의 책략을 강구해두면 말 그대로 오명(汚名)을 씻는 것도 가능하다는 뜻이다.

"아이즈는 딱히 억지로 바꿀 필요는 없지 않을까?"

"그러게."

"바꾼다면 【검성(劍聖)】정도?"

"에이~."

"아이즈의 이미지하곤 좀 다르잖아, 그건."

"뭐, 최종후보는 역시【우리 마누라】겠지만."

"""""""그치!"""""""""

"직이쁜다."

"""""""잘못했습니다!!"""""""""

부끄러운 칭호를 회피하기 위한 수단 중 하나는【파밀리아】의 세력확대도 들 수 있다.

까놓고 말해 '그【파밀리아】에 트집을 잡혔다간 위험하다'고 주위에 이름을 떨치면 되는 것이다. 보복이 기다리는 것을 알면서 자폭하는 신은 없기 때문이다.

사살하는 듯한 로키의 안광에 장난기 득실거리던 신들은 모두 원탁에 이마를 조아렸다.

"머꼬, 쌈을 걸라캐도 상대를 골라서 걸어야지. 마 됐고, 계속하자. ……음, 다음은 마지막."

헤스티아가 흠칫 숨을 들이마시고 꾹 참았다.

손에 든 자료는 앞으로 한 장이 남았다. 신회가 시작되기 직전, 마지막의 마지막에 끼워 넣기도 해서 그 모험자의 관련정보는 기본 정도밖에 실려 있지 않았다.

바로 얼마 전까지 완벽하게 무명이었던【헤스티아 파밀리아】소속.

벨이었다.

"정말 Lv.2가 됐구나, 너희 애가……."

【랭크 업】을 인정했다는 길드의 도장이 양피지에 똑똑히 찍혀 있는 것을 보고 헤파이스토스가 눈을 가늘게 떴다.

친구의 중얼거림을 흘려들으며 헤스티아는 주위에 시선을 돌렸다.

수많은 웃음이 있었다. 요리의 풀코스를 마무리 짓는 디저트를 기다렸다는 양 심술궂으며 지저분한 웃음이었다.

처음이자 마지막 무대라고 헤스티아는 자신을 분기시켰다.

벨에게 그렇게 말하기는 했어도 별다른 대책을 준비한 것은 아니지만, '그건 우리의 사랑과 용기의 힘으로……!'라고 기개를 불태웠던──그 순간.

로키가 조용히 자리에서 일어났다.

"……로키?"

"칭호 정하기 전에, 쫌 물어보자, 땅꼬마야."

주위의 반응은 일절 무시하고 전에 없던 가시를 드러내며 그녀는 그 가느다란 눈을 슬쩍 떴다.

"한 달 반 만에 우리의 '은혜'를 승화시킸다는 게 대체 어찌 댄 기고?"

콰앙.

벨의 자료 위에 손바닥을 얹어 테이블에 내리치며, 로키는 눈을 깜빡이는 헤스티아를 날카롭게 노려보았다.

"우리 아이즈도 첨【랭크 업】까지 1년, 1년이 걸렸다. 그런데 이 머스마가 한 달이라꼬? 무슨 멍청한 소리를 하고 앉잤노."

8년 전이다.

당시 여덟 살이었던 소녀가, 분수도 모른다고 할 만큼 엄청난 속도로 Lv.2에 올랐던 것이 기억에 생생하다. 게다가 심지어 다른 종족과 비교해도 신체능력이나 지혜가 훨씬 떨어지는 휴먼이.

과거의 Lv.2 도달 최고속도와 타이 기록이었던 그 위업은 오라리오를, 전 세계를 크게 뒤흔들었다.

"우리의 '은혜'는 **이딴 기** 아이다. 한 달 쪼매 해서 아들이 전부 그릇을 바꿔삐면 돌봐줄 필요도 없다. 그래 안 되니까 야고 자고 고생하는 거 아이가."

신의 은혜, '팔나'는 결코 즉석의 힘이 아니라고 로키는 말했다.

【스테이터스】는 어디까지나 계기일 뿐이다. 한 개인이 평생 구현하지 못할 가능성을 파내 형태로 만들어 명확한 능력으로 발현시킨다.

어빌리티, 스킬, 마법. 그러한 모든 능력은 그 자의 내면에 잠재한 '소질'이라는 이름의 칼날이다. 그것이 쌓이고 쌓여 수많은 역사——【엑세리아】를 통해 원래의 모습에서 벗어나 진화하고, 혹은 퇴폐하고, 변용한다. 흙 속에 묻힌 씨앗은 환경에 따라 다른 꽃을 피우는 법이다.

따라서 촉진제.

'팔나'는 외부에서 가져온 만능의 힘이 아니라, 오해를 무릅쓰고 말하자면 궁극적인 자기실현의 열쇠이다.

"땅꼬마야, 설명해봐라."

"……."

으름장을 놓는 로키에게 헤스티아는 마음속으로 땀을 삐질삐질 흘렸다.

──큰일 났다. 정말 위험하게 됐어.

벨의 스킬【리아리스 프레제】의 존재가 밝혀진 순간 이 자리는 **축제판**이 될 것이다. 애초에 그것을 두려워했기에 스테이터스에 단단히 새겨진【리아리스 프레제】의 정보를 벨 본인에게조차 비밀로 하지 않았던가. 최속기록을 수립 했다는 사실과 맞물려, 이 자리에 있는 모든 신이 벨에게 쇄도할 것이 분명하다.

수비의무를 관철할까? 하지만 그래서는 벨에게 무언가 가 있음을 묵언지하에 알려주는 꼴이 된다. 로키를 수긍시 킬 만한 좋은 변명을 제시하는 것이 제일 득책이겠지만 그 런 것이 금세 떠오를 리 만무했다.

헤스티아는 이미 빠져버린 개미지옥에서 열심히 팔을 휘저어 탈출하려는 자신의 모습을 머릿속으로 떠올리고 말았다.

"말 몬하나? 니 설마 신의 힘을 쓴 건 아니겠제?"

"누, 누가 그런 짓을 했다고 그래!"

"그라모 말해보든가. 켕기는 기 없으믄 말하기 쉬울 거 아이가."

"윽……."

금지된 신의 힘 '아르카넘'의 행사……. 벨을 '개조'했느냐는 지적에 목소리를 높여 반발했지만 교묘하게 유도당해 대답을 하고 말았다.

곁에 있던 헤파이스토스도 역시 끼어들 수 없는 듯 매우 난처한 표정을 짓고 있었다.

이제는 온 원탁의 시선이란 시선이 헤스티아에게 집중되었다. 관심을 드러내며 일거수일투족을 놓치지 않겠노라 주목하는 신들의 자세에 땀이 드디어 최고조에 달했다.

만사 끝장인가. 헤스티아가 체념하려던 다음 순간.

"어머, 뭐 어때서 그래."

아름다운 소프라노가 울려 퍼졌다.

"……에?"

"아앙?"

헤스티아에게 향했던 시선이 떨어지더니 일제히 목소리의 주인에게 쏠렸다.

의자에 깊이 몸을 묻고 앉은 프레이야는 꿈쩍하지도 않고 태연하게 말을 이었다.

"헤스티아가 부정을 저지르지 않았다면 억지로 캐물을 필요도 없잖아? 【파밀리아】의 내부 사정에 간섭하지 말 것. 특히 단원의 스테이터스는 터부니까."

한 가닥 은발을 쓸어 올려 귀 뒤로 넘긴다.

별로 관심도 없다는 듯, 있는 그대로 사실만을 말한 것처럼 프레이야는 로키의 언급에 제동을 가했다.

"……한 달이데이? 이기 먼 뜻인지 모르나, 색골 여신?"

"후후, 왜 그렇게까지 고집을 부리는 거야, 로키? 나한 테는 지금 네 태도가 더 이상하게 여겨지는걸. ……혹시, 질투해? 네가 아끼던 아이의 기록이 헤스티아의 아이에게 깨져서?"

"머라카노?"

내뱉는 로키에게 프레이야는 그 말이 사실이냐며 웃음 을 지우지 않는다.

눈썹을 곤두세운 로키는 입을 벌리려 했지만 그 직전에 그쳤다. 마치 조금 전의 헤스티아와 했던 이야기를 되감은 것처럼, 자신의 발언이 유도에 따라 교묘하게 흘러 나가는 광경을 프레이야의 웃음에서 읽어냈던 것이다.

쯧 혀를 찬 후, 로키는 수상쩍다는 표정으로 오랜 지기 를 빤히 보았다. 프레이야의 말이 이어졌다.

"물론 숫자 하나만 보자면 귀를 의심할 만하지……. 하지만 이 아이는 **기적적으로** 그 미노타우로스를 쓰러뜨 렸잖아? Lv.이라는 벽을 넘어서서."

"……."

"억지로 추리를 해도 좋다면, 그 미노타우로스가 악연의 사이였을 경우 이 아이가 획득한 【엑세리아】는 이 아이에 게 특별한 의미를 가졌을 거야……. 【랭크 업】도 가능…… 할지 모른다고, 나는 그렇게 생각하는데?"

프레이야의 한 마디 한 마디에 신회가 농락당했다.

신들의 눈앞에 놓인 【벨 크라넬】의 자료에는 과거의 특

필할 만한 사건으로 미노타우로스와의 두 번에 걸친 조우
가 있었다. 그중 한 번은 이를 격파했다. 프레이야의 이치
에 맞는 견해에 주위의 신들도 흠흠 하고 동조의 뜻을 보
이기 시작하니 로키마저도 입을 꾹 다물었다.

신이 하계 아이에게 '은혜'를 내려주게 된 지 어언 천 년
이 지났지만 아직 자신들조차 모르는 가능성이 잠들어 있
으리라는 점은 부정할 수 없다. 이번처럼 상식의 틀을 벗
어난 성장현상이 일어났다 해도 전혀 이상할 것이 없지 않
느냐고──프레이야는 에둘러 말한 것이다.

그리고 잠시간의 공백을 둔 후.

흥미는 동하지만 적어도 벨 크라넬의 실태를 억지로 파
헤칠 필요는 없다고…… 파밀리아의 규칙에 비추어 봐도
옳은 의견이 하나 둘 나타나기 시작했으며, 이윽고 일부를
제외한 그 자리의 대세가 되었다.

프레이야는 조용히 웃더니 요염한 몸짓으로 헤스티아에
게 눈짓을 했다.

은근히 날아든 은색 시선에 멍청히 상황의 밖에 서 있던
헤스티아는 눈을 깜빡일 수밖에 없었다.

지체하지 않고 프레이야는 자신의 자리에서 일어났다.

"어머? 프레이야 님, 돌아가는 거야?"

"응. 급한 용무가 있어서 실례하겠어."

"기왕 왔으니 로리신네 애 이름이라도 짓고 가지 그래?
최후의 최후인데."

"후후, 미안하지만 그럴 수도 없어서. 하지만 그렇다면……."

프레이야는 일어난 채 자료를 손에 들고 벨의 얼굴을 내려다보더니 말했다.

"기왕이면 귀여운 이름으로 해주겠어?"

""""""""""""""""""오케이!!"""""""""""""""""""

미의 신이 보여준 오늘 최고의 미소에 남신들은 환한 웃음과 함께 만장일치를 보였다. 여신들은 쓰레기를 쳐다보는 표정이었다. 프레이야는 마지막으로 한 번 웃음을 흘리고 원탁에 등을 돌렸다.

그리고 뭇 신들은.

"좋아, 그럼 좀 진지하게 칭호를 결정해볼까."

"좋고말고."

"하지만 이 휴먼…… 완전히 노마크였는걸."

"오히려 이걸 예측한 놈이 대단하지."

"소문도 평판도 전혀 없었는데."

갑자기 성실하게, 그리고 적극적으로 벨의 칭호에 대해 논의하기 시작했다.

헤스티아는 조금 전까지의 분위기와는 완전히 달라진 신회를 앞에 두고 한동안 입을 다물었지만, 고개를 돌려 곁의 헤파이스토스를 올려다보았다. 이게 어떻게 된 거냐고.

그녀는 슬쩍 진저리가 난다는 표정을 지으며 모르겠다

고 어깨를 으쓱했다.

"아니아니, 그보다 정보가 너무 적잖아. 참고가 안 돼. 길드 애들 일 너무 안 하는 거 아냐?"

"【랭크 업】한 게 신회 직전이라 마지막에 끼워 넣었다니 어쩔 수 없지."

"외견, 특징…… 백발에 빨간 눈…… 토끼…… 깡충이는 어때?"

"아니, 그거 이미 중고 됐어. 벨프 아무개라는 스미스가 자기 방어구에 붙였다고."

"신보다 앞서나가다니……!!"

"벨프 아무개…… 대체 웬 놈이지?"

"으음. 가네샤 님, 뭐 의견 없어?"

"……내가 가네샤다!"

"그래그래, 가네샤 가네샤."

"막상 진지하게 이름을 정하려 하니 딱 감이 오는 게 없네."

남신들을 중심으로 이러쿵저러쿵 논의가 이어져갔다.

일단 위기는 회피한 것 같다고 헤스티아는 고개를 갸웃했지만, 그때.

스윽, 그녀의 몸에 그림자가 드리워졌다.

"……로키?"

"……."

곁에 서 있는 것은 로키였다. 자기 자리를 떠나 헤스티아를 똑바로 내려다보고 있었다.

부루퉁한 표정이었으며, 또한 어딘가 기분이 언짢음을 드러낸 채 그녀는 불쑥 내뱉었다.

"……니 조심해래이, 땅꼬마."

"뭐?"

"눈에 힘 단디 주라고. 니한테 이런 충고 같은 짓 해주는 거도 앵꼽다만…… 그 문디한테 휘둘리는 건 몬 참는다."

사람이 우습게보이냐며 로키는 고개를 들고 가증스럽다는 듯 말했다.

그녀의 시선을 따라가 보니 프레이야가 긴 은발을 찰랑거리며 막 방을 나가는 참이었다.

"자, 잠깐만. 조심하라니, 대체 무슨 말이야"

영문을 알 수 없어 자신도 모르게 되묻자 로키는 눈살을 찡그렸다. 모르겠냐는 듯 헤스티아를 한 번 노려본 후, 자신의 코를 불쑥 그녀의 얼굴에 들이댄다.

"문디가, 눈치 좀 채라. 저 여자가 머스마 감싸준 거 아이가."

"응……?"

잠시 머리가 따라가질 못해 헤스티아는 눈앞의 시선에 당황할 수밖에 없었다.

"카아, 진짜 모르나. 행복한 놈. ……마 됐다. 이젠 내캉 상관없고. 빙신 같구로."

중얼거리며 로키는 자기 자리로 돌아갔다.

헤파이스토스가 이 모습을 지켜보는 가운데, 헤스티아

는 로키의 등을 바라보고 다시 프레이야가 나간 문으로 눈을 돌렸다.

로키의 말을 반추해본다.

그리고 미의 신이 자신에게 보인 그 의미심장한 웃음을 떠올린다.

……프레이야가 감싸줬어? ……그 아이를?

어떤 가능성이 헤스티아의 가슴속에서 싹트려던 그 순간.

그녀의 생각을 가로막듯 원탁이 들끓었다.

"""""""""""""""""결정났다—!!"""""""""""""""""""

기이하다고 할 정도는 아니지만.

길드 본부의 넓은 실내는 모종의 긴장감에 휩싸여 있었다.

미샤는 에이나의 가느다랗고 뾰족한 귀에 입을 가져다 대고 속삭였다.

'다들 살기 어린 것 같은데?'

'그 정도는 아니라고 생각하지만…….'

미샤에게 작은 목소리로 대답하는 에이나.

장소는 그녀들의 일터인 로비가 아니라 평소 서류업무를 보는, 사무용 책상이 늘어선 넓은 제2사무실이다.

넓은 실내는 평소와는 달리 나직한 정적을 띠고 있었다.

"튤, 내 말 듣고 있나?"

"아…… 죄, 죄송합니다, 팀장님."

눈앞에서 지적을 당하는 바람에 에이나는 흠칫 의식을 되돌렸다. 곁에 있던 미샤도 황급히 자세를 바로 잡았다.

그녀들 앞쪽의 의자에 앉아 있던 수인 남성은 에이나가 작성한 몇 장짜리 서류를 냉정한 눈으로 훑어보았다.

"아까도 말했네만 이래서는…… Lv.1 모험자더러 죽으라고 하는 거나 마찬가지일세."

"네……."

"제출하게 해놓고 이런 말을 해서 미안하군. 그러나 길드의 입장에서 이런 정보는 공개할 수 없어. ……모험자 벨 크라넬을 성장의 모범으로 삼는다는 안은 철회해야겠네."

그렇겠죠.

에이나는 황송함에 귀를 추욱 늘어뜨렸다.

──솔로 플레이를 하며, '킬러 앤트'를 중심으로 수많은 몬스터를 사냥하고, 마지막에는 '미노타우로스'를 일대일로 정면에서 싸워 쓰러뜨려라.

벨의 Lv.2 도달 비결을 요약하자면 이렇게 된다.

이 활동기록을 '단기간 【랭크 업】 조건'이라고 이름을 붙여 그대로 모험자들에게 공개한다면 비난이 쇄도할 것이 분명하다. 사람 목숨이 우습게보이냐고.

"……이 안건은 대충 무마해두겠네. 윗분들은 내가 설득하지."

"죄송합니다……."

선이 가녀린 이목구비를 가진 상사는 에이나가 작성한 보고서를 다시 한 번 보더니 자신의 책상 서랍에 집어넣었다. 아마 앞으로 저 서류가 햇빛을 볼 일은 없을 것이다.

털결이 부드러운 짐승 귀를 긁적거리며 상사는 무어라 형언할 수 없는 표정을 지었다.

"그리고 말인데, 튤."

"예."

"너무 경솔한 짓은 하지 말도록."

"……네. 앞으로 주의하겠습니다."

마지막으로 아침에 있었던 일──개인정보를 큰 소리로 외쳐버렸던 것──에 대해 주의를 듣고 에이나는 깊이 고개를 숙였다. 너그럽게 넘어가준 상사의 온정에 감사한 것과 동시에 자신에게 한숨을 쉰다.

잠시 간격을 두고 상사는 고개를 돌리더니.

"다음으로는 플로트."

미샤를 불렀다.

"네, 넷."

"……신회에 제출한 자료가 너무 엉성했네. 특히 마지막, 벨 크라넬의 것은."

"티, 팀장님~. 그건 있죠, 신회 바로 직전에 【랭크 업】 신청을 하는 바람에 시간이 없어서 그랬던 거예요~! 저도 시간을 쪼개서 애쓴 거니까, 소홀하게 했다고는 말씀하지 마세요오~."

"무슨 말인지는 이해하네만…… 전체적으로 봐도 허술해. 신들에게서 클레임이 들어오면 플로트 자네 혼자 대응하도록. 이건 나도 도와줄 수 없네."

"흐에엥~ 에이나~."

울며 어깨에 매달리는 미샤에게 에이나는 두 번째 한숨을 쉬었다. 상사는 등을 돌리더니 가도 좋다고 말했다. 두 사람은 자리를 떴다.

그녀들은 로비에는 곧바로 돌아가지 않고 사무실 한쪽에 마련된 탕비실에 들렀다.

손에 익은 마석장치를 조작해 금방 김이 피어나는 홍차 2인분을 끓였다.

"하아, 제대로 한 방 먹었네. 에이나네 동생한테……."

"동생이라니……. 아무튼 미샤의 경우는 벨 잘못이 아니잖아?"

"안 들려, 아무것도 안 들려~."

핑크색 머리가 찰랑거릴 정도로 홱 등을 돌리는 휴먼 친구에게 에이나는 어이가 없다는 표정을 지었다. 그러거나 말거나 미샤는 몸을 살짝 웅크린 채 홍차만 홀짝거렸다. 학구에 있을 때부터 전혀 달라진 게 없는 친구의 모습에 에이나는 자신도 모르게 쓴웃음이 새어 나왔다.

문득 생각이 났다는 듯 미샤가 중얼거렸다.

"이건 다른 얘긴데 말이야, 팀장님도 그렇고 다른 사람들도 그렇고, 어째 좀 들뜬 것 같지 않아? 안절부절못하고."

"응, 하긴. 평소하곤 다르네……."

사무실 한구석에서 쳐다보니, 동료들에게서는 침착함이 느껴지지 않았다.

많은 직원이 같은 곳을 왔다 갔다 하며, 의자에 앉은 사람들도 연신 시계를 확인한다. 평소 같으면 멈추지 않고 펜을 놀리는 소리가 들릴 텐데 지금은 뚝 그치고 말았다.

사실 에이나 일행은 이 분위기의 원인을 대충 눈치채고 있었지만.

"15시가 지났으니…… 끝났겠지, 신회?"

"아마도. 결과보고가 금방 도착할 텐데……."

신회가 끝날 때쯤이면 언제나 이 광경을 보게 된다.

지금 직원들의 흥미와 관심이 쏠린 곳은 다름 아닌 모험자들의 칭호였다. 신들이 내려주는 칭호는 하계 사람들이 **감동에 떨며 경의를 품게 만드는** 것들뿐이라 모두들 신회의 결과를 자기 일처럼 고대한다.

상사들도 들뜰 때가 있구나 하고, 여느 때 같으면 로비에서 이와 똑같은 광경을 보던 에이나와 미샤는 그런 감상을 품었다.

"에이나도 궁금해? 이번에는 어떤 칭호가 나올지."

"나는 별로……. 아니, 맞아. 이번에는 조금 궁금해."

"역시 그렇지? 나도 말이야, 담당한 모험자가 【랭크 업】을 해서 기대하고 있어."

두 사람이 이야기꽃을 피우고 있으려니 느닷없이, 아무런 조짐도 없이.

덜컹. 힘차게 문 열리는 소리가 들려 안에 있던 사람들은 일제히 돌아보았다.

문 앞에는 숨을 헐떡이는 한 직원이 서류 다발을 들고 서 있었다.

"왔어, 도착했어! 신회 결과!"

"드디어!"

"이봐, 좀 보여줘!"

그들의 행동은 신속했다. 업무는 내팽개치고 앞을 다투어 사무실 출입구로 밀려들었다. 무리는 이윽고 원이 되고, 칭호가 기재된 여러 장의 양피지는 뿔뿔이 흩어졌다.

금세 찬탄의 목소리가 여기저기서 새나왔다.

"야, 이거 좀 봐. 이 칭호."

"오오, 굉장하다……."

"과연."

"그래, 도저히 못 당해내겠어."

"역시 신들은 우리하곤 다르다니까. 【美尾爛手비올란테*】라니…… 소름끼친다."

"짜릿짜릿하지."

---

* 美尾爛手는 일본어 발음으로 '비오란테'라 읽을 수 있다. 또한 비올란테 (Violante)는 스페인어권에서 쓰이는 여성 이름이면서 고전 괴수 영화 '고지라' 시리즈에 등장했던 괴수 이름이기도 하다.

"신들은 이런 칭호가 쉽게 머리에서 나오나봐. 역시 공경할 만한 분들이라니까."

남성 직원들을 중심으로 북적거리는 길드 본부.

무언가 통하는 면이 있는지 서로 의기투합하고, 상사들도 은근슬쩍 이야기 속에 끼어들어 감탄사를 흘리고 있었다. 어느새 왔는지 다른 부서 여성 직원들의 꺅꺅거리는 목소리도 끊이질 않는다.

터져나오는 수많은 목소리에 뒤처진 미샤는 흠칫 어깨를 떨었다.

"느, 늦었다……! 가자, 에이나!"

"아, 응."

뛰어가는 미샤의 뒤를 따라갔다. 인파를 비집고 들어가 리스트를 보여 달라고 교섭하는 그녀를 보며 에이나는 벨의 얼굴을 머릿속으로 그렸다.

'으음~ 너무 우락부락한 이름이 아니면 좋겠는데. 【선혈의 모험자블러디 가이】 같은 이름이 붙으면 어떡하지…….'

에이나는 다음에 벨을 만났을 때의 광경——가슴을 펴는 소년과 땀을 흘리며 말을 신중하게 고르려 하는 자신——을 상상했다.

이름만 앞서 나간다고까지는 할 수 없겠지만, 그런 칭호는 벨에게 조금 어울리지 않는 것 같았다. 쓴웃음을 지으며, 견실한 이름이 나오기를 에이나는 속으로 살짝 빌었다.

"에이나, 가져왔어! 여기, 얼른~!"

손짓을 하는 미샤에게서 리스트를 받았다.

모험자와 그들의 별명이 즐비하게 늘어선 몇 장의 양피지. 위에서 순서대로 훑어 내려가 두 번째 장, 세 번째 장으로 종이를 넘겨나간다.

그리고 마지막 페이지에 도달했을 때 제일 밑에서 원하던 이름을 발견했다.

"——아하하."

"응? 벨 거야?"

자신도 모르게 웃음이 새어 나왔다.

뺨의 긴장을 풀고 조그만 입술에 부드러운 미소를 짓는다.

곁에서 어깨 너머로 들여다보는 미샤에게 에이나가 그 별명을 읽어주었다.

"【리틀 루키】래."

관는지

계 해

더,

2장

바

뀌는환경

"……."

멍하니 하얀 천장을 올려다본다.

혼자뿐인 교회 지하실에서 나는 소파에 드러누워 있었다.

딱히 무언가를 하는 것도 아니고, 드러누운 채 무료하게 시간을 보낸다. 째깍째깍 일정한 간격으로 울리는 초침소리가 담담히 시간의 경과를 알려준다.

미노타우로스와 대결하고 사흘.

슬슬 버릇이 되어간다. 이런 식으로 하는 일도 없이, 멍하니 시간을 보내는 것이.

나는 그 싸움이 있은 후 이틀 동안 바벨의 치료실에서 잠을 잤다.

전투의 반동…… 육체의 혹사와 마인드의 급격한 소비에 머리와 몸이 따라가지 못해 완전히 뻗어버렸던 것이다. 마치 죽은 사람처럼, 그야말로 푹 곯아떨어졌다고 한다. 반쯤 정신이 나갔던 시야 속에 비친 주신님과 릴리의 안도한 표정은 지금도 선명히 기억한다.

그리고 주신님과 릴리에게 호되게 혼이 난 다음 한나절, 그리고 또 한나절을 쉬었다. 바로 지금 같은 자세로.

"레벨 2……."

Lv.2에 도달했다.

솔직히 기쁘다. 이건 진심이다.

【랭크 업】을 했다고 들었을 때는 엄청나게 신이 났고, 무

엇보다 동경하던 그 사람에게 다가갔다는 증거가 마음을 뜨겁게 했다.

……다만 그 몬스터를, 미노타우로스를 쓰러뜨렸다는 실감의 흔적이 사라지질 않았다.

열기와는 무관한 투명한 여운에 계속 잠겨 있다. 무기력한 게 아니라, 고요한 연못에 둥둥 뜬 것처럼 이상한 기분에 몸을 맡기고 있었다.

달성감이라고 하면 좀 거창하고, 해방감과도 약간 다른 기분.

상실감……이라고 해도 별로 다르지는 않을 것 같다.

말로는 잘 표현하지 못하겠지만, 확실한 것은 내게 미노타우로스라는 존재가 그만큼 컸다는 사실이다.

【랭크 업】을 했다는 사실보다도 미노타우로스를 쓰러뜨렸다는 의미가 더 무겁다는 생각이 들 만큼.

"……."

허리 언저리를 뒤져 그것을 꺼내 눈앞에 들었다.

날카로운 돌기. 금이 갔으며 이제는 긴 단도처럼 모양이 바뀐 뿔.

드롭 아이템 '미노타우로스의 뿔'.

모조리 재로 변한 미노타우로스의 몸속에서 이것과 '마석'만이 남았다고 한다. '마석'은 이미 환전해버렸지만 이것만은 남겨두었다.

마석등 빛을 받은 뿔의 표면을 가볍게 긁어보았다.

하얀 가루가 툭툭 떨어지자, 원래부터 그런 것인지 아니면 내 **마법의 영향**인지 몰라도, 붉게 물든 내부의 심이 드러났다.

강인한 외뿔.

마지막까지 내게 달려들었던 미노타우로스의 무기.

귀 안쪽에서, 머릿속 어딘가에서 끊임없이 울려 퍼지던 그 맹우의 포효가 지금은 멀게만 느껴진다.

이제는 아무 말도 하지 않는 뿔이 조용히 결별을 고하는 그런 기분이 들었다.

"……음."

일어났다. 몸은 가볍다.

바로 지금 이 순간부터 다시 기분을 일신하고자, 마지막으로 붉은색 뿔에 시선을 떨구고 나는 턱에 힘을 콱 주었다. 더 이상은 감회에 빠져 있지 말자.

행동해야 한다. 나는 우선 시계를 올려다보았다.

사실 오늘은 파티에 참가해야 한다. 장소는 내 단골 주점인 '풍요의 여주인'이다.

아니 뭐, 내가【랭크 업】을 했기 때문에 마련해준 축하 파티이긴 하지만…….

오늘 아침에 시르 씨에게 광주리를 돌려주러 가서 겸사겸사【랭크 업】을 했다는 사실을 알렸더니, 어느 샌가 '풍요의 여주인'에서 축하연을 열겠다는 이야기가 됐던 것이다.

돈은 착실하게 받아간다는 점에서 닮다면 닮기도 하고, 그만큼 부담을 느낄 필요도 없을지 모르지만…… 아무래도 멋쩍다.

'기왕이면 주신님도 가주시면 좋을 텐데…….'

주신님은 못 오신다고 한다. 듣자하니 그쪽에서도 회식인지 위로회인지, 아무튼 신들끼리 모임이 있는 모양이었다. 아까 잠깐 돌아오셨을 때 【리틀 루키】라는 칭호를 전해주시면서 그렇게 말씀하셨다.

【리틀 루키】……. 으음.

주신님은 나를 얼싸안으며 "다행이구나, 벨. **무난**해!"라고 만족하셨지만…… 아니아니, 주신님이 기뻐해주셨으니 불만은 없어 불만은, 불만은…… 없어.

그러저러하는 동안 시곗바늘은 6시를 가리키고 있었다. 이제 시간이 됐으니 출발하자.

지하실에서 계단을 올라 반쯤 무너진 교회를 나섰다.

밖으로 나오자 서쪽 하늘이 붉은 빛에 물든 것이 보였다. 밤이 코앞까지 찾아왔다.

복잡한 골목길을 나서 활기찬 메인 스트리트로 들어섰다.

그리고 눈앞의 인파로 들어서려던 순간.

"──찾았다아아아아아아아아아아아아아아!!"

"엑."

느닷없이 큰 목소리가 나를 엄습했다.

뭐, 뭐지? 고개를 좌우로 돌릴 틈도 없이 나는 몇 명의 신들에게 파팟 에워싸였다.

엥? 신……?!

"로리신네 홈이 어딘지 도저히 찾을 수가 없어서 고생했지 뭐야……."

"근처에서 잠복했던 보람이 있었구만……."

"매복은 헌팅의 기본이지."

"이제야 나왔구나, 우리 아기토끼☆"

——소름이.

나를 에워싼 수많은 눈에 이유도 없이 겁을 먹었다. 마지막으로 날아든 윙크는 내 얼굴에서 핏기를 앗아갔다.

상황을 파악할 수가 없었다. 잇달아 쏟아지는 의미를 알 수 없는 말들이 내 혼란에 박차를 가했다.

"먼저 먹는 놈이 임자! 벨, 내 【파밀리아】에 들어오지 않을래?! 지금 오면 【파밀리아】가 모두 나서서 환영해주마!"

"앗, 이 자식이! 너무 필사적이잖아, 절도를 좀 지켜! 이러니까 약소 【파밀리아】는 안 된다는 거야……!"

"엑스트라들은 꺼져! 벨 크라넬, 우리에게 오너라! 너는 나의 하트를 빼앗아갔다! 후후, 죄 많은 바니로구나."

"넌 애한테 뭘 입히려고 그래."

한 걸음 바짝 달라붙는 신들의 심상찮은 분위기에 나는 허흑 겁을 먹었다.

……파, 【파밀리아】 권유? 왜 이제 와서? 내가 이 도시에

처음 왔을 때는 어느 파벌에서나 문전박대를 당했는데…….

"저, 저기요. 저는 주신님의…… 헤스티아 님의【파밀리아】
에 이미 들어가 있는데요……?!"

"사랑 앞에서 타인의 존재 따위 상관없지. 안 그러냐?"

"로리신에게는 좀 아깝거든!"

사, 사람 말을 안 들어……!

"진지하게 말해서 네 성장속도의 정체는 체질이냐? 스
킬이냐? 아니면 속임수?"

"레어 스킬? 레어 스킬?! 응? 응?! 역시 레어 스킬?!"

"등짝이 좀 궁금한데."

"혹시 괜찮으면 옷 좀 벗어주겠어? 상반신만이면 돼. 돈
도 듬뿍 줄게. ……므훗."

"그냥 우리가 벗겨도 될까?"

"억지로 하는 것도 좋지."

""——으히히.""

——나는 전속력으로 도망쳤다.

"아, 이제야 왔다냥!"

"아하하. 용케도 지각을 하네, 모험자 소년."

내가 '풍요의 여주인'에 도착했을 때는 하늘이 이미 달밤
으로 바뀐 후였다.

입구의 기둥에 손을 짚고 흐트러질 대로 흐트러진 호흡을 가라앉혔다. 헥헥 하고 거친 숨소리가 멈추질 않았다. 바로 조금 전에야 골목길로 도망쳐 겨우 수많은 신들을 따돌릴 수 있었다.

신체능력은 내가 훨씬 높을 텐데도…… 뭐였지 그거. 진짜로 붙잡힐 뻔하기도 해서 목숨을 걸고 도망쳤다. 처음으로 신들이 무섭다는 생각을 하고 말았다. 왜 그렇게 느닷없이…….

"시르가 계속 기다렸어냥. 주방 쪽도 완전 바쁜데 사정 봐준 거니까 냉큼 해라냥."

"죄, 죄송합니다……."

"주인공이 없으면 시작을 못하니까, 얼른 가보라고."

캣 피플 점원 중 한 사람인 아냐 씨가 비난과 함께 나를 맞아주었다. 휴먼 점원…… 루노아 씨도 실실 웃고 있었다.

나는 땀을 닦고 정신을 추슬러 주점으로 들어섰다.

"벨 님! 이쪽이에요—!"

가게 안은 여느 때처럼 북적거려 모든 자리가 찼으며 안쪽에서 릴리가 붕붕 손을 흔들어댔다. 의자 위에 서 있다. 어쩐지 신이 난 것 같다.

오늘 파티에는 릴리도 참가하기로 했다. 좋은 기회라 생각해 릴리도 불러봤더니 꼭 오고 싶다는 대답을 받아서 미리 시르 씨에게 부탁해두었다.

……문득 아이즈 씨도 이곳에 있었다면 하는 생각이 가슴을 스쳤다. 지금 그 사람은 던전 심층부로 '원정'을 갔으니 부를 수는 없는데도. 욕심을 떨치기 위해 나는 슬쩍 고개를 가로저었다.

준비가 된 테이블은 내 특등석인 카운터 구석 부근이었다. 테이블에는 릴리 말고도 시르 씨와 류 씨가 있었으며 복장은 가게의 제복 차림 그대로였다.

미소를 짓는 시르 씨, 눈짓으로 인사를 하는 류 씨에게 나는 늦어서 미안하다는 사과를 겸해 고개를 숙였다.

"벨……?"

"【헤스티아 파밀리아】?"

재빨리 그녀들에게 다가가고 있으려니 얼굴 언저리에 와서 꽂히는 여러 시선을 느꼈다.

북적거리던 가게 내의 일부가 약간 다른 분위기로 웅성거리기 시작했다.

나는 고개를 갸웃거리면서도 발을 멈추지는 않았다.

"백발 휴먼…… 틀림없어. 뭐라고 했지……?【리틀 루키】?"

"저런 애송이가?"

"레코드 홀더라던데."

"야, 야, 그거 확정사항인 거야? 멍청한 신들이 그냥 떠들어댄 거 아니고? 암만 그래도 한 달은 아니지."

"하긴."

"하지만 미노타우로스를 해치웠다는 건 사실이라던데.

그 왜, 9계층에 나오던 그놈."

"그깟 미노타우로스 하나 죽인 것 가지고 빽빽 떠들어 대긴."

"그럼 넌 Lv.1 때 미노타우로스 잡을 수 있었냐? 솔로로?"

"히히, 그딴 미친 짓을 누가 해."

……수많은 테이블을 가로지르며 나아가는 동안 여기저기서 곁눈질이 날아들고, 그때마다 볼륨을 낮춘 목소리가 들려왔다.

수많은 사람들의 의식이 집중되는 것을 피부로 느끼며 나는 당황했다. 자꾸만 시선이 이리저리 흔들려 참지 못하고 옆을 보니 눈이 마주친 모험자 한 사람이 큭큭 하고 입가를 틀어 올린다.

나는 영문도 모르고 긴장해 자세를 가능한 낮추고 도망치듯 테이블로 서둘러 다가갔다.

"갑자기 인기인이 되고 말았네요, 벨 님."

"그, 그런가? 어째 굉장히 가시방석인데……. 아까도 모르는 신들에게 쫓겨 도망쳐다니고……."

"유명해진 모험자의 숙명 같은 거예요. 벨 님만 그런 게 아니니 부디 참으세요."

웃음을 짓는 릴리에게 나는 처량한 표정을 지었다. 뒷덜미에 오른손을 가져다대며 자꾸만 몸을 이리저리 뒤틀게 되었다.

"후후, 그럼 벨 씨도 오셨으니 시작할까요?"

"저기, 시르 씨랑 류 씨는 가게 안 보셔도 되나요……?"

"저희를 빌려줄 테니 마음껏 웃고 마시라는 미아 어머님의 말씀이셨습니다. 그리고 돈 내라고."

류 씨의 침착한 목소리에 나는 쓴웃음을 지었다.

카운터 안쪽에서는 여주인인 미아 씨가 당당하게 웃으며 손을 휘휘 흔들고 있었다. 이런 날 하루쯤은 푹 쉬라는 뜻일 것이다.

그리고 이내 우리는 건배를 하며 각자 잔을 부딪쳤다.

미아 씨의 권유도 있고 해서 나는 술에 도전했다. 일단은 피처에 담긴 에일.

시르 씨는 감귤색이 나는 과일주, 릴리는 이젠 술은 싫다면서 주스를, 그리고 류 씨는 물만 마시겠다고 고집을 부렸다. 엑, 나랑 시르 씨만 술이야……?

요리가 나오자 이쪽으로 날아들던 시선도 사라져 안도의 한숨을 내쉬었다. 아냐 씨나 클로에 씨가 놀리는 것을 한 귀로 듣고 한 귀로 흘리며 우리는 이 시간을 즐겼다.

릴리는 지난 번 도둑 소동 탓인지 류 씨와 시르 씨에게 켕기는 구석도 있는 것 같았지만 그런 태도는 보이지 않고 깔깔 웃었다. 시르 씨는 생글생글, 류 씨는 또박또박 대화에 참가했다.

내가 오기 전에 무슨 일이 있었던 걸까, 릴리의 옆얼굴을 보며 그런 생각을 했다.

"자아, 벨 씨. 많이 드세요. 오늘은 벨 씨가 주인공이니까요. 아니면 뭔가 드시겠어요?"

"고, 고맙습니다……."

어느샌가 내 옆자리로 온 시르 씨는 부지런히 내게 술을 따라주고 요리를 덜어주며 연신 말을 걸었다. 바지런히 바지런히……. 어째서인지 평범하게 웃고 있는 릴리가 무서웠다.

내가 나도 모르게 당황하는 동안에도 시르 씨는 매우 좋아하는 기색이었다.

"어쩐지…… 굉장히 기분이 좋아 보이네요, 시르 씨."

"그런가요?"

조금 흥분한 것처럼 보인 시르 씨는 어렴풋이 달아오른 뺨에 손을 가져다대더니 간지러운 듯 수줍어했다.

"제 공적이라고 하는 것도 주제넘은 소리지만…… 그 책을 드려 벨 씨에게 도움이 된 거 아닐까 하고요. 그렇게 생각하니, 어쩐지 기뻐서요."

책이란 '그리므와르'를 말하는 것이리라. 뜨거운 시선이 나에게 꽂혔다.

내 눈동자를 바라보며 윗눈질로 미소 짓는 시르 씨는 강렬했다.

그리고 릴리의 꼬집기는 통렬했다.

여러 가지 의미에서 얼굴이 굳어버렸다. 지금 내 표정은 어떨까.

© Suzuhito Yasuda

"하지만 정말로 축하드립니다, 크라넬 씨. 설마 혼자서 【랭크 업】을 달성하실 줄이야……. 보아하니 제가 당신을 과소평가했던 모양이군요."

"아, 아뇨……."

맞은편, 정면 자리에서 축하를 해주는 류 씨.

그녀의 표정은 조금도 바뀌지 않았지만 그래도 나는 멋쩍어졌다.

"마, 많은 분들께 도움을 받은 덕이죠. 류 씨에게도……."

"겸손해 하실 것 없습니다. Lv.2에 해당하는 몬스터 중에서도 미노타우로스를 쓰러뜨렸다면 쾌거라고 해야지요. 크라넬 씨, 당신은 좀 더 자신을 자랑스러워해도 됩니다."

류 씨는 진지한 목소리로 그렇게 말했다. 늠름한 눈빛이 나를 빤히 바라보고 있다.

새삼 깨달은 거지만 나는 칭찬을 받는 것이 아무래도 어려운 것 같았다.

"네……."

조금 붉어진 얼굴을 숙이고 목소리를 쥐어짜내는 것이 고작이었다. 시르 씨는 그런 나를 보며 키득키득 웃고.

"릴리는 걱정되고 걱정돼서 참을 수가 없었지만요. 몇 번이나 가슴이 터질 뻔했는지……."

"미, 미안해, 릴리……."

"……그래도 멋있었어요, 벨 님."

그, 그만 좀 해…….

내 어깨에 얼굴을 불쑥 들이대며 귀엽게 웃는 릴리에게 곤란함을 느꼈다.

뺨이 조금 붉게 달아올랐으며 커다란 밤색 눈동자가 아주 가까운 위치에서 나를 올려다본다.

술도 한몫 한 탓인지 내 몸이 조금 뜨거웠다.

릴리나 시르 씨와 이야기를 나눈 후, 정말 쓰다는 감상이 먼저 튀어나오는 술과 씨름을 하고 있으려니 류 씨가 말을 걸어주었다.

"크라넬 씨, 앞으로는 어떻게 하실 생각이신지요?"

"?"

"여러분의 동향이 조금 궁금하군요."

그녀의 질문에 나는 딱히 아무 생각도 없이 내일 예정을 말해주었다.

"어, 일단 내일은 릴리와 함께 장비를 맞추러 갈 생각이에요. 방어구가 죄다 부서졌거든요."

"……그게요, 벨 님."

"왜, 릴리?"

"사실은 하숙하는 곳에서 갑자기 일이 생겨서…… 내일 릴리는 함께 갈 수가 없게 됐어요."

"어, 그래?"

릴리는 미안하다는 듯 몸을 움츠렸다. 하지만 신세를 지고 있는 곳이라면 어쩔 수 없으니…….

마음에 두지 말라고 릴리를 다독이고 나는 내일 예정에

대해 생각했다. 슬슬 던전 탐색도 재개해야 하고, 그러려면 방어구만은 준비해두고 싶었다. 장비 구입 정도야 나혼자서도 가능할 테니 괜찮지 않을까? 내일 가더라도.

안목이야 좀 떨어질지도 모르지만…… 공부라고 생각한다면야.

"그러면 벨 씨는 내일 혼자서 장비를 구입하러 가실 생각이세요?"

"그렇게 되겠네요."

"그럼 저도 같이 가도 될까요?"

"네에?!"

시르 씨의 제안에 나는 괴상한 소리를 냈다.

곁에 있던 릴리는 깜짝 놀라더니 금방 눈썹을 치켜세웠다. 위협적인 분위기가…….

"그, 그건 왜요?"

"저도 사야 할 물건이 있고…… 방해가 될지도 모르지만, 벨 씨가 괜찮으시다면 함께 갔으면 좋겠어요."

"안 돼요, 벨 님! 시르 님은 분명 짐꾼이 필요한 거예요! 네, 릴리는 그런 속셈은 잘 안다구요! 이대로 두면 벨 님은 뼛속까지 빨려먹히고 말 거예요, 거절하세요!"

"그, 그렇게 말할 것까진……."

불쑥 몸을 내미는 릴리에게 식은땀을 흘리며 나는 시르 씨 쪽을 보았다.

그녀는 릴리의 말에는 끄떡도 하지 않고 생글생글 웃을

뿐이었다. 연회색 눈동자가 한층 부드럽게 말하고 있었다. "저는 그런 짓은 하지 않는답니다"라고.

어, 어쩐다……?

함께 쇼핑을 가는 정도는 상관없고, 일방적으로 거절하기도 꺼림칙한데……. 아, 하지만 시르 씨는 전과가 있기는 했어. 이 주점에 처음 초대를 받았을 때라든가…… 요전에도 접시 닦는 일을 거들었고.

릴리의 항의와 시르 씨의 미소에 끼인 채 판단을 내리지 못하고 있을 때 시르 씨의 등 뒤에 불쑥 커다란 그림자가 나타났다.

"무슨 멍청한 소리를 하고 앉았어."

"으규?!"

날아든 쟁반이 데엥 하고 시르 씨의 머리를 울렸다. 미아 씨였다. 가차 없이 시르 씨의 뒤통수를 후려치곤, 머리를 움켜쥔 그녀를 내려다보고 있었다.

"그렇게 매일같이 일을 빼먹으면 나도 가만 안 있을 거야, 이 불량점원 같으니. 봐주는 것도 하루 이틀이지. 나한테는 한마디 상의도 없이 땡땡이를 치려고 하다니."

테이블에 엎드려 아픔을 견디던 시르 씨는 천천히 일어나 미아 씨를 올려다보았다. 경단 모양으로 말아 꼬랑지를 늘어뜨린 연회색 머리카락이 우리 쪽을 향했다. 얼굴은 안 보이지만 원망스러운 눈으로 항의하고 있을 거라고 쉽게 짐작할 수 있었다.

"그런 눈으로 봐도 소용없어. 여기선 내가 법이니까. 류, 내일은 시르 잘 감시해라."

코웃음을 친 미아 씨는 류 씨의 대답도 듣지 않고 발을 돌려 카운터로 돌아갔다.

다른 손님들의 왁자지껄한 목소리가 입을 다문 우리를 감쌌다.

한동안 멋쩍은 침묵이 이어졌다가, 이윽고 시르 씨가 우리 쪽을 돌아보았다.

"벨 씨, 저 흠집 난 몸이 됐어요. 머리 쓰다듬어서 위로해주세요."

"자자, 벨 님! 아무튼 내일은 **혼자서** 좋은 물건을 발견해보세요! 릴리는 기대할게요!"

나는 릴리와 시르 씨의 사이가 험악해지지는 않을지 걱정이 들었다.

"크라넬 씨, 그 후에는?"

"네?"

"장비를 맞추신 다음에는 어떻게 하실 생각이냐고 물어본 것입니다."

"무슨…… 뜻인가요?"

"그럼 딱 잘라 묻지요. 크라넬 씨와 아데 씨, 두 분은 던전 공략을 재개하실 때 곧장 '중층'으로 가실 생각이십니까?"

그 말을 듣고서야 나는 류 씨의 의도를 깨달았다.

파티를 짠 릴리와 얼굴을 마주 본 다음 다시 류 씨에게 말했다.

"일단은 11계층에서 컨디션을 확인해볼까 해요. 만약 거기서 공략이 순조롭게 진행될 것 같으면 12계층까지는 가볼 생각인데요."

"네. 그 편이 현명할 것입니다."

【랭크 업】한 나의 힘을 확인하는 것과 '상층'의 경계인 12계층까지는 돌파할 예정이라고 류 씨에게 설명했다. 우선은 몸을 푸는 의미에서 상태를 확인한 다음 '중층'에 가기로 릴리와 사전에 상담해두었던 것이다.

그리고 류 씨는 아마 그런 우리를 걱정해주었을 것이다.

"주제넘은 말씀이지만…… 중층에 내려가시는 것은 아직 이르다고 생각합니다. 여러분의 상황을 보자면 적어도 저는 그렇게 생각합니다."

"그러니까 류 님은 중층이 벨 님과 릴리에게는 힘들 거라고 생각하시나요?"

"그런 생각은 하지 않습니다. 하지만 상층과 중층은 **다릅니다.**"

새삼 입에 담을 것도 없겠지만, 이라는 말과 함께 류 씨의 설명이 이어졌다.

"개개인의 능력 문제가 아니라, **솔로로는 감당할 수가 없습니다.** 중층이란 그런 곳입니다. 아데 씨가 얼마나 힘이 될 수 있는지는 몰라도, 크라넬 씨 혼자서는 몬스터나 던전 지형에 대응하기도 벅찰 것입니다."

"그럼 류 님 말씀은……."

"예. 여러분은 파티를 늘려야 합니다."

던전 공략에는 3인 형식이 기본이라고 한다. 적어도 길드에서는 이를 추천한다.

3인…… 다시 말해 공격, 방어, 지원이 연대를 맺은 체계를 가리킨다.

전열이 공격을 감행하는 동안 중견은 적의 반격에 대비해 수비하고 때로는 전열을 보조하며, 후열은 장거리에서 지원공격을 하거나 다친 전열 두 사람을 회복시켜준다.

수비태세일 때도 마찬가지다. 후열에게 몬스터를 붙들어놓을 힘이 있다면 많은 수의 몬스터에게 공격을 당해도 전열과 중견이 버텨내며 상황을 타개할 수 있다.

반면 2인 파티라면 한쪽에 부담이 커지고, 솔로는 두말할 것도 없다. 뒤집어 말하자면 3인 이상의 파티가 아니고서는 던전 공략은 어렵다. 개인의 힘이 향상되는 것보다는 차라리 동료가 한 사람 늘어나는 편이 훨씬 의미가 있다.

류 씨는 나와 릴리만 가지고는 앞으로 던전 공략이 어려워지리라 판단했을 것이다.

"하지만 류. 벨 씨랑 릴리 씨만 있으면 도망치기도 쉽지 않을까? 인원이 많아지면 도망치지 못하는 사람도 나오잖아."

"시르의 말에도 일리가 있지만, 도주를 시도한다는 것은 이미 궁지에 몰린 후라는 뜻입니다. 처음부터 궁지를 생각하느니 그런 국면을 만나지 않도록 준비하는 편이 건설적이지요."

나도 모르게 감탄했다. 과거에 모험자였던 그녀의 말은 현재의 우리에게 큰 설득력과 수긍을 가져다주었다.

"만전을 기해야 합니다. 동료라 부를 만한 사람을 적어도 한 사람은 더 찾아보세요."

류 씨가 무슨 말을 하려는지 잘 알았다. 곁에 있던 릴리도 고개를 끄덕이고 생각해봐야겠다고 말했다.

하지만…… 정작 동료가 되어 줄 사람이 없다. 적당한 모험자가 있었다면 처음부터 파티를 짜자고 했을 것이다. 아니, 그렇기에 류 씨도 찾으라고 한 거지만…….

눈앞에 있는 류 씨는 사정이 있는 모양이니 제외하고, 남은 지인이라면 미아흐 님네 나자 씨 정도뿐인데…… 아니, 역시 안 되겠다. 몬스터에게 트라우마가 있는 그 사람을 끌어들일 수는 없어.

역시 【파밀리아】에 들어오라고 권유하는 편이 좋으려나?

나도 모르게 관자놀이 언저리를 꾹꾹 눌러대고 말았다.

"하하. 파티 때문에 난감하신가, 【리틀 루키】?"

엥?

갑작스럽게 고함이 들려 나는 고개를 들었다.

쳐다보니 다른 테이블에 있던 손님 중 하나가 이쪽을 보며 술을 마시고 있다.

내가 영문을 몰라 얼빠진 표정을 짓자 그 손님──남자

모험자는 동료 둘을 데리고 이쪽 테이블까지 다가왔다. 류씨의 바로 뒤에 선다.

뭐랄까…… 우, 우락부락해.

이마나 뺨에 엄청난 흉터도 있고…… 무조건 꽁무니를 빼고 싶어질 정도였다.

"얘기는 다 들었다. 동료가 필요하다고? 뭣 하면 우리 파티에 네놈을 끼워줄까?"

"네?!"

이번에야말로 놀랐다.

들도 보도 못한 생판 남이 느닷없이 자기 파티에 권유하다니.

"그, 그게 무슨 말씀인가요?"

"무슨 말씀은 무슨 말씀이야, 좋은 말씀이지. 같은 모험자가 고민하고 있으니까 넓~은 마음으로 손을 내밀어주겠다는 거잖아. 히히, 이런 꼬락서니에는 안 어울리는 말 같냐?"

"아, 아뇨, 딱히 그런 말은 아니고……."

"그렇지? 상부상조하자는 거야, 상부상조~. 그리고 지금 화제가 되고 있는 너라면 우리 파티에 넣어줘도 괜찮을 테고…… 웅?!"

"윽……!"

수, 술 냄새……!

강렬한 입김이 내게까지 밀려와 나도 모르게 몸을 젖힐

뻔했다. 시르 씨는 곁에서 쓴웃음을 지었으며 릴리는 언짢은 표정을 감추려고도 하지 않았다. 아, 맞아. 모험자를 싫어하지……. 그보다 모험자를 바로 뒤에 둔 류 씨는 나보다도 피해가 더 클 텐데, 익숙한 상황인지 낯빛 하나 바꾸지 않고 의자에 앉아 있었다.

"그래서 말이다! 우리가 널 중층에 데려가주는 대신……."

……응?

뭔가 분위기가 수상…….

"이 아가씨들을 빌려주는 거야! 여기 어엄청 예쁜 엘프 님을 말이지!"

……으아, 으아아.

"나도 엘프가 따라주는 술 한 번 마셔보고 싶거든. 응? 너도 이해하지? 네가 얼마를 냈는지는 몰라도 동료라면서 서로 돕고 이해하는 게 기본 아니겠어? 안 그래?"

아니, 그야 돈은 꽤 지불했지만요…… 그게 아니고.

한가운데에서 떠들어대는 남자 모험자 말고 뒤쪽에 있던 동료들 또한 시르 씨와 릴리에게 뭐랄까, 그러니까, 굉장히 음흉한 시선을 보내고 있었다. 릴리는 누가 보더라도 저기압이었다.

……안 되겠다, 이건 안 되겠어. 여자를 이런 눈으로 보는 상대와 손을 잡을 수는 없다.

이런 상황은 언제나 무섭지만, 시르 씨와 류 씨가 있으니 내가 '사나이다움'을 보여주어야……!

되받아칠 말을 정리하지 못한 채 나는 아무튼 그들의 요구를 거절하려 했다. 하지만 그보다도 먼저.

"됐습니다. 그에게는 당신들의 도움이 필요하지 않으니까요."

잠자코 있던 류 씨가 입을 열었다.

"……아앙? 뭐라고 그랬지, 요정 아가씨? 우린 애 하나도 돌보지 못할 거란 소리야?"

"예, 그러니 돌아가십시오."

"히히. 이봐, 다들 들었어? 어디서 갑자기 툭 튀어나온 루키한테는 우리가 방해가 될 거라는데? 반대가 아니고? 하하하!"

사내들의 홍소. 나는 일어날 기회를 잃은 채 끼어들지 못했다. 의자에서 떼려던 엉덩이를 올려야 할지 내려야 할지 고민스러웠다.

"아가씨, 우린 이래 봬도 아주 오래 전부터 중층에서 놀던 몸이라고."

"그러셨군요."

"그래. Lv.2야. 우리 모두."

"알겠습니다. 그러면 꺼지십시오. 여러분들은 이분에게 어울리지 않으니."

꿈틀. 호쾌하게 웃던 사내의 얼굴이 흔들렸다.

웃음을 잠시 거두었다가 다시 웃는다. 눈을 살짝 가늘게 뜬 가면 같은 웃음. 불온한 공기가 피어나는 것을 나도 알 수 있었다.

"……아가씨, 그렇게 우리가 못 미덥나? 그 쓰레기 같은 애송이보다도?"

한 걸음 다가선 모험자 사내는 자신의 왼손을 류 씨의 어깨에 얹으려 했다.

앗.

나는 무의식적으로 벌떡 일어나기도 전에 어떤 말을 떠올리고 말았다.

──엘프는 인정한 상대가 아니면 접촉을 허용하지 않는다.

"건드리지 마라."

그 후 류 씨의 행동은 전광석화 그 자체였다.

내가 마시려던 커다란 에일 잔을 번개처럼 쥐더니 오른쪽 어깨에 걸머지듯 뒤로 휘둘렀다. 다음 순간.

푸욱. 어깨를 막 붙잡으려던 손이 멋들어지게 컵 안에 들어가 사내는 눈을 크게 떴다.

그리고 류 씨는 일어나면서 동시에 컵을 비틀었다.

"아, 아야야야야야야야야야야야야야아!!"

팔이 엄청난 각도로 뒤틀리자 우락부락한 사내가 비명을 질렀다. 비명을 지르는 사내의 눈앞에서 류 씨가 말했다.

"아니, 미안하게 됐군. 이것은 나의 이기심이며 독선적인 감정인 모양이다. 나는 크라넬 씨가 너희와 파티를 맺기를 원하지 않아."

그녀는 아파서 쩔쩔 매는 모험자를 노려보더니 잔을 더욱 뒤틀었다.

"그리고 모멸 또한 용납하지 않겠다. 그는 나의 벗이니."

비명이 더욱 커졌다. 당황한 동료들의 도움을 받아 사내의 손은 겨우 잔에서 빠져나왔다. 털썩 소리를 내며 바닥에 엉덩방아를 찧는다.

"……이, 이게?!"

"이년이!!"

"무슨 짓거리야!"

류 씨의 말에 내가 감동하고 있으려니 격앙한 사내들은 험악한 기세로 그녀에게 달려들려 했다. 류 씨는 재빨리 소태도를 장비해 거한 셋에게 혼자 맞서 싸우려 했지만, 그 전에.

뻐억!

둔중한 소리가 그들의 머리 뒤에서 터졌다.

""허걱?!""

사내의 동료들이 바닥에 쓰러졌다.

아연실색 뻣뻣이 굳은 사내의 등 뒤에서 두 명의 캣 피플이 **반파된 의자**를 어깨에 지고 있었다.

"──뉴후후. 뒷머리 텅 비었다옹."

"냠자란 것들은 정말 귀찮으냥."

신들 같은 웃음을 짓는 클로에 씨와 고양이 귀를 까닥까닥 움직이는 아냐 씨.

아무리 뒤에서 후려쳤다고는 하지만…… 일격에?! Lv.2 모험자들을?!

"손님. 우리 엘프는 흉포하니 그쯤 해두시는 편이 좋을 걸요?"

다 먹은 접시며 잔을 잔뜩 끌어안고 온 루노아 씨가 홀로 남은 사내에게 담담히 말했다. 싸울 수 있는 상황이 아님은 한눈에 봐도 알 수 있는데 임전태세로 들어가려는 것처럼 보이는 건 내 눈이 잘못됐기 때문일까.

"에고고, 일 저질렀구만."

주위에서는 그런 목소리가 들렸다. 다른 손님들은 이렇게 될 줄 알았다는 듯 웃음을 지으며 완전히 고립된 사내에게 시선을 보내고 있었다.

"……뭐, 뭐야, 네놈들은——?!"

사내가 허리춤에 손을 뻗더니 마석등 불빛 아래 칼을 꺼냈다. 단검이다. 동요한 모험자 사내가 언제 그 무기를 휘둘러도 이상하지 않았다. 그리고 이를 본 '풍요의 여주인' 점원들이 일제히 눈을 가늘게 떴다.

오싹. 내 등줄기가 반사적으로 떨렸다.

모험자 사내가 처참한 결말을 맞을 것이 분명한 다음 순간.

다른 방향에서 **대폭발**이 일어났다.

'이, 이번엔 또 뭐야?!'

너무나 현란한 전개를 따라가지 못해 반쯤 혼란에 빠져 돌아보고…… 나는 이번에야말로 할 말을 잃었다.

카운터…… 수평이었던 가늘고 긴 테이블이 V자로 바뀌었다. 카운터 자리에 앉아 있던 손님들은 입을 반쯤 벌린 채 굳어버렸다. 카운터 한복판은 바닥까지 함몰되었으며, 그곳에는 주먹을 아래로 내리고 있는 미아 씨의 모습이.

루노아 씨와 다른 점원들이 흠칫, 일제히 겁을 먹었다.

"소란 피울 거면 밖에서 피워. 여긴 밥 먹고 술 마시는 곳이야."

가게 안이 정적에 휩싸였다. 점원들은 거구의 드워프에게서 눈을 돌리더니 다시 일을 하기 시작했다.

미아 씨는 마지막으로 얼굴이 창백하게 질린 모험자 사내를 정면으로 노려보았다.

"그리고 너, 멍청이. 거기 굴러다니는 머저리들 끌고 냉큼 나가. 만약 다음에 또 무슨 일이 생기면——이 가게 밑에 묻어버리겠어."

가게 밑은 위험한 거 아니냐고 내가 땀을 흘리는 동안 사내는 한마디도 하지 못한 채 고개를 끄덕였다. 동료를 부축하고 발을 절름거리며 서둘러 출구로 나간다.

"이 멍청아! 돈은 내고 나가야지!"

"네, 네에에엣!!"

미아 씨의 노성에 얻어맞은 듯 사내는 있는 돈 없는 돈 모조리 꺼내기 시작했다. 수많은 발리스 금화가 담긴 자루가 바닥 위에 방치되었다.

구르듯 가게를 나간 모험자들이 사라지자 다른 손님들은 서서히 분위기를 되찾아갔다. 아무 일도 없었다는 듯 파룸들이 술을 다시 마시는 소리가 북적북적 들렸다.

Lv.2 파티가 혼비백산해 도망치는 주점…….

난 그냥 보고만 있을 수밖에 없었어…….

"죄송합니다. 좋은 분위기에 찬물을 끼얹는 짓을 했군요."

"아, 아뇨, 괜찮아요……."

"후후, 류 님은 역시 강하시네요……. 릴리도 전에 걸어차였던 배가 시큰거려요."

아직도 당황하는 나와는 대조적으로 릴리는 사과하는 류 씨를 새침하게 칭찬했다. 이런 상황에 익숙하지 못한 건 나뿐인가봐…….

난투 소동 때문에 조금 민망한 분위기가 흐르기는 했지만, 그런 가운데 시르 씨가 일어나 짝 손뼉을 쳤다.

"그러면 다시 시작해볼까요?"

……강하네, 이 사람도.

새로 마실 것을 주문해 잔을 건네주는 시르 씨를 보며 나는 쓴웃음을 지었다. 새삼스레 '풍요의 여주인' 점원들은 강인하다는 사실을 깨달은 기분이었다.

그리고 우리는 밤늦게까지 맛있는 요리와 술을 즐겼다.

하늘이 푸르게 밝아오고 기분 좋은 바람이 불었다.

그 축하 파티로부터 하룻밤이 지나, 아침.

나는 쨍쨍 내리쬐이는 햇살을 손으로 가리며 눈앞의 건물을 슬쩍 올려다보았다.

하얀 거탑. '바벨'이다.

장비를 구입하기 위해 나는 다시 【헤파이스토스 파밀리아】의 무기점을 이용할 생각이었다.

이곳에서 판매하는 무구의 품질은 말할 것도 없이 누구나가 보장하므로, 안목도 없는데 괜히 으스대며 다른 가게에 갔다가 피해를 보지 않아도 된다. 무엇보다 전에 에이나 누나와 찾아왔던 적이 있어 들어가기가 수월했다.

가격도 오늘은 별로 신경 쓰지 않았다. 이제까지 모아둔 돈이 제법 됐으며…… 게다가 전에 환전한 미노타우로스의 '마석', 그것이 무려 5만 발리스나 했던 것이다. 환전소 사람도 상당히 놀랐으니, 분명 그 미노타우로스가 특별했던 것이리라. ……대검도 장비했을 정도니까.

아무튼 현재 예산은 무려 10만 발리스 이상. 자꾸만 배어 나오는 웃음을 참으며 나는 바벨로 들어섰다.

마석 승강기는 타지 않고 계단을 이용해 목적지인 8층까지 올라갔다.

가끔씩 벽에 박힌 창문을 통해 밖을 보니 푸른 오라리오의 풍경이 아름답게 비쳤다.

'다 왔다.'

8층.

최상층까지 승강기가 이어진 중앙 부분은 홀처럼 뻥 뚫렸으며 그 주위를 따라 상점이 늘어섰다. 검이며 창 같은 수많은 무구의 모양을 본뜬 간판이 가게 출입구에 걸려 있었다.

가게를 지날 때마다 잠시 발을 멈추기도 하면서 나는 방어구 가게에 도착했다.

몸을 지켜주는 라이트아머가 완전히 망가져버렸으니, 우선은 이곳부터 시작해야 한다.

가게 안은 여전히 갑옷의 숲. 토르소에 장착된 아머는 대부분 전에 왔을 때보다 색채가 수수해진 기분이 들었다. 검은색이나 회색으로.

'이 플로어의 방어구라면 이젠 대부분 살 수 있으…… 려나?'

눈에 들어온 가격을 차례차례 확인한다…… 21,000, 35,000, 64,000…… 응, 어떻게든 될 것 같다. 방어구만 사러 온 건 아니니 자중해야겠지만.

얼마 전까지만 해도 이런 날이 올 줄은 상상도 못했는데.

'……이제는 안 팔려나?'

튼튼해 보이는 것에서 현란한 것까지 고급스러운 온갖 형태의 갑옷이 즐비했지만 나는 한 스미스의 작품을 찾고 있었다.

미노타우로스에게 박살이 날 때까지 사용했던 라이트아머. 이름은 응, 뭐, '깡총이'란 건 좀 거시기했지만…… 가볍고 튼튼했으며, 무엇보다 내 몸에 딱 맞았다.

가게 안을 구석구석 돌아다녔다. 전에 발견했을 때처럼, 가게 구석에 놓여 제대로 진열도 되지 않았던 갑옷 파츠가 쌓인 박스도 들여다보며 확인했다.

수확은…… 없었다.

"……."

배 언저리가 소화불량을 일으킨 기분. 딱히 집착할 필요는 없는데도.

'벨프 크로조'라.

'……한번, 물어나 볼까.'

포기하지 못하고 나는 가게 카운터로 진로를 잡았다.

지난번 갑옷보다도 뛰어난 방어구라면 이곳에 얼마든지 있을 텐데, 영 내키지가 않았다. 어느샌가 팬이 되어버린 걸까.

"왜…… 그딴……!"

"?"

조금 나아가자 눈앞의 카운터에서 노성이 들려왔다.

두 곳의 카운터 중 한 곳에서 【헤파이스토스 파밀리아】의 점원과 손님이 옥신각신하는 것 같았다. 말다툼을 벌이는 모양이다.

"왜 언제나, 언제나…… 저딴 구석자리에……! 나한테 원한이라도……!"

눈앞까지 다가가니 목소리는 똑똑히 들렸다.

난처해진 점원 앞에 있던 것은 남성 휴먼이었다. 몸에 걸친 것은 까만 키나가시*……라기보다는 누더기처럼 보였다.

불꽃을 연상케 하는 새빨간 머리. 연상인 것 같다. 키도 나보다 좀 커서 중키에 중간 체구.

머리 모양은 조금 긴 단발인데, 그냥 거추장스러워서 되는 대로 자른 듯한 느낌이었다.

카운터 위에는 라이트아머의 파츠가 담긴 박스가 있다. 불만을 늘어놓는 것을 보니 아마 모험자인 것 같았다. 구입한 방어구에 결함이라도 있었던 걸까?

"난 목숨을 걸고 이 일을 하는 거라고! 좀 제대로 다뤄줄 수 없어?!"

"하지만 윗분들이 결정하신 거라……. 하다못해 좀 더 팔리기라도 하면……."

"너 인마, 그런 소리 하기야?! 그렇다면 더더욱——!!"

키나가시 차림의 모험자는 목소리를 높이며 대들었다.

옆 카운터의 점원도 짜증 섞인 표정으로 쳐다보았지만,

---

* 키나가시(着流し): 하카마 없이 약식으로 편하게 입는 남성용 일본식 전통복. 옛 일본에서는 보통 예의에 어긋난다고 보았으나, 하층민이나 기술자들은 터프한 멋 때문에 오히려 이를 격식으로 삼기도 했다.

그러다 내 모습을 발견했는지 웃음을 지으며 말했다.

"어서 오세요."

꽤 마음에 걸렸지만, 나는 그들의 옆 카운터로 다가가 눈앞의 점원에게 물어보기로 했다.

"무슨 일이신가요?"

"저기, 벨프 크로조 씨의 작품은 지금은 안 파나요……?"

──우뚝. 목소리가 멈추었다.

정면의 점원이 아연실색하는가 싶더니, 옆에서 다투던 두 사람도 멍한 표정을 지으며 날 돌아본다.

어…… 뭐, 뭐지?

세 방향에서 응시당하는 바람에 나는 당황하고 말았다.

"……저, 저기, 벨프 크로조의 작품을, 찾으시나요……?"

"어, 네. 벨프 크로조 씨의 방어구를, 쓰고 싶은데요……."

주저주저하며 묻는 점원에게 나도 더듬거리며 대답했다.

그리고 다음으로 반응한 것은 눈앞의 점원이 아니라, 조금 전에 항의하던 청년이었다.

"흐……웃하하하하하하하하하하하하!!"

큰 목소리로 웃기 시작하는가 싶더니, 그 사람은 조금 전까지 대들던 점원을 노려보며 카운터를 쾅 내리쳤다.

"거 봐! 나한테도 고객 하나 정도는 있다니까!!"

점원은 말문이 막혔는지 멋쩍은 시선을 이리저리 돌렸다. 무슨 일이 일어났는지 몰라 내가 당황을 감추지 못하자, 청년은 금방 나를 돌아보았다.

"있다, 모험자. 벨프 크로조의 방어구라면."

"네?!"

"여기."

불쑥, 갑옷이 담긴 박스가 눈앞의 카운터에 밀려 나왔다.

내용물은 하얀 광택으로 넘쳐나는 강철색 라이트아머.

바로 얼마 전까지 내가 사용하던 것과 매우 흡사한 방어구였다.

세부의 형태는 조금 달라졌지만…… 잘못 알아볼 리가 없는 진짜였다!

"어때, 써주겠어?"

"네? 이, 이건 당신 거잖아요……?"

내 질문을 어떻게 받아들였는지 그는 눈을 깜빡거리더니 킥킥 하고 어린아이 같은 웃음소리를 흘렸다.

그대로 내게 씨익 하고 미소를 짓는다.

"암, 내 거지. ……내가 만든 작품."

"——에."

"기왕 이렇게 된 거 자기소개를 할까, 팬 1호. 나는 벨프 크로조. 【헤파이스토스 파밀리아】의, 아직은 말단인 스미스다. 사인해줄까?"

그렇게 말하며 마치 싹싹한 친형처럼 웃는 청년…… 크로조 씨를 나는 멍하니 바라보고만 있었다.

"그럼 네가 그 【리틀 루키】였어?! Lv.2 도달 최단기록을 갱신했다는 레코드 홀더!"

"모, 목소리가 너무 커요……. 게다가 레코드 홀더라 뇨……?"

당황하면서 맞은편의 크로조 씨에게 목소리를 낮추도록 부탁했다.

8층, 마석 승강기 부근에 마련된 조그만 휴게실에서 나와 크로조 씨는 이야기를 나누고 있다.

조금 전, 가게에서 크로조 씨는 잠깐 얘기 좀 하자며 나를 이곳으로 데려왔다.

들자하니 그의 작품은 과거에 두 번밖에 팔린 적이 없었다고 한다. 그중 한 번을 샀고 다시 자신의 방어구를 찾은 내게 그는 흥미가 동한 모양이었다.

이제까지의 고생담…… 경영진에게는 좋은 평가를 받았는데도 가게에서는 대접이 소홀하다느니, 구입했던 작품이 반품되고 말았다느니, 【파밀리아】 동료들은 음험한 놈들뿐이라느니……. 뭐, 많은 이야기를 들었다.

자신에게 손님이 생겼다는 것 때문에 어울리지도 않게 흥분하고 말았다고 한다. 어딘가 어른스러우면서도 든든한 웃음을 짓는 크로조 씨는 아직 만난 지 얼마 되지도 않았지만 싹싹한 기술자 기질이 있는 사람이라는 인상을 주었다.

"정말 나보다도 어렸구나. 아니다, 모험자에게 나이는 별로 상관없지?"

말할 틈도 없었던 내가 자기소개를 마치자 크로조 씨는 슬쩍 고개를 갸웃했다. 동작과 함께 빨간 머리카락이 흔들렸다.

미형이라기보다는 남자답다는 표현이 딱 맞는 얼굴은 단정했으며 의지가 강해 보이는——그야말로 한 번 꺼낸 말은 절대 굽히지 않는 기술자다운——눈빛이나 올곧은 눈썹은 이래저래 수동적이기 십상인 나에게는 멋있게 보였다.

몸집은 다부지다고 할 정도는 아니었으며 오히려 마른 편이었지만, 풀어놓은 앞섶 틈으로 엿보이는 근육이나 가슴팍은 대장장이 일에 종사하는 만큼 매우 단단했다.

"저기, 크로조 씨는 나이가……?"

"올해 열일곱. 그리고 '크로조 씨'는 관둬. 난 가문명을 싫어해서."

대화 도중에 그런 말을 했다. 이름을 불러달라고 하는 바람에 조금 난처해하면서도 따르기로 했다.

"어…… 베, 벨프 씨? 그래서 저한테는 무슨……."

"에이, '씨'는 무슨……. 뭐, 지금은 그러기로 하고. 그럼 잠깐 내 얘기 좀 들어줘."

비치된 의자에서 일어나 벨프 씨는 나를 내려다보았다.

발치에는 신작 갑옷이 든 그 박스가 있다. 자기가 만든 것이니 가져가도 상관없지 않느냐며 가게에서 멋대로 들고 나왔던 것이다.

"단도직입적으로 말해서, 난 널 놓치고 싶지가 않다 이거야."

"?"

"내 작품은 검이든 갑옷이든 하나도 팔리질 않아. 스스로 말하기는 뭣하지만, 좋은 작품을 만들어낸다는 자신은 있어. 그런데 하나도 안 팔려. 구입하자마자 반품된다나 봐. 도통 모르겠어."

"……."

깡총이……라든가, 무구의 명칭에 문제가 있는 건 아닐까요, 하는 문외한의 의견은 입에 낼 수 없었다.

"하지만 그때 네가 나타난 거지. 내 방어구의 가치를 인정해준 모험자가."

"어, 그래서요……?"

"넌 두 번이나 내 작품을 사러 와줬어. 내 고객. 진짜 고객이잖아. 내 말 틀려?"

그렇게 말하니…… 그런 것 같다.

그 갑옷의 숲에 들어가서도 어쨌거나 벨프 씨의 방어구만이 신경 쓰였으니까.

"결국 말이지, 우리 같은 말단 스미스는 손님 쟁탈을 벌일 수밖에 없어. 유명해지면 이놈이고 저놈이고 다 달려들지만, 무명이면 그렇게는 안 되거든. 우리 작품은 똑같이 미숙한 모험자가 주머니 사정과 상담해서 우연히 사주는, 그런 거야. 여기까진 이해했어?"

나는 간신히 고개를 끄덕였다.

손님 쟁탈…… 다시 말해 고객을 확보하느냐 마느냐. 장사의 기본이라고도 할 수 있다. 또한 고객이 된 모험자가 이름을 떨치면 그가 썼던 무구 또한 각광을 받게 될지도 모른다. 설령 스미스가 아직 주목을 받지 못하던 사람이라 해도.

광고탑 대신이라고 하면 듣기는 좀 그렇지만…… 말단 스미스들에게 모험자와의 유대관계란 내가 생각했던 것보다 귀중한 모양이었다.

"귀중하고말고. 모험자들이 말단 스미스들의 작품을 찾아주는 건. 아까도 말했지만 지금 우리 같은 말단 스미스에게 인정을 받는다는 것만큼 기쁜 건 없어. 내 첫 '손님'이니 놓치고 싶지 않아…… 놓칠 수 없어."

대담한 말과는 달리 벨프 씨는 또 싹싹한 웃음을 지어보였다.

나도 모르게 눈썹을 늘어뜨리며 쓴웃음을 짓기는 했지만, 벨프 씨의 인품에는 호감을 느끼고 있었다.

이 사람, 좋은 사람이다. 좋은 스미스고.

"그럼 제가 앞으로도 고객이 되어주었으면 하시는 건가요?"

"틀린 말은 아닌데…… 좀 더 깊이 들어와줬으면 해."

그리고 이번에야말로 벨프 씨는 씨익, 대담하게 웃었다.

"나랑 직접 계약하지 않겠어, 벨 크라넬?"

——직접, 계약을?

내가 그 의미를 이해하지 못하고 있으려니 벨프 씨가 간결하게 설명해주었다.

그것은 스미스와 모험자가 맺는 계약, 더욱 확고한 '기브 앤 테이크'라고.

모험자는 스미스를 위해 던전에서 '드롭 아이템'을 가지고 돌아오며, 스미스는 모험자를 위해 강력한 무구를 제작해 싼 값에 양도한다.

서로 돕고 도움을 받는, 스미스와 모험자의 상부상조.

그리고 무엇보다——특정한 누군가를 위해 만들어준 무구는 특별한 위력을 발휘한다.

언젠가 들었던 에이나 누나의 말이 내 머릿속에서 되살아났다.

"엑……. 그, 그래도 괜찮은 건가요?!"

"이봐이봐, 그건 내가 할 소리야. 넌 벌써 Lv.2인데, '단야' 어빌리티도 없는 무명인 나한테는 암만 생각해도 분에 넘치잖아?"

그렇지 않다고 말하려다가, 새삼 자신의 위치를 바라보니 분명, 아마, 그럴 것 같기는 했다.

여기서 아니라고 말하면 그것은 겸손이 아니라 벨프 씨

에 대한 실례가 될 것이다.

등줄기가 한없이 근질거렸지만 나는 간신히 입을 다물었다.

반면 벨프 씨는 어정쩡하게 몸을 일으킨 내 목에 팔을 감더니 웃음 띤 얼굴을 불쑥 들이밀었다.

"그리고 말이야, 보라고. 검하고, 도끼하고, 방패 가게 쪽도. 우리를 흘끔흘끔 보는 놈들이 있지?"

"어, 네……."

종족은 다 달랐지만 많은 데미휴먼들이 우리를 연신 흘끔거리고 있었다. 어쩐지 굉장히 신경쓰이는데…….

"저놈들도 다 너를 노리고 있는 거야. 나랑 마찬가지로, 계약을 하려고."

"엑."

"너만이 아니야. 좋은 의미로든 나쁜 의미로든 Lv.2로 【랭크 업】한 모험자는 모두 찍어놓거든. 이게 하급모험자와 상급모험자의 차이란 거야."

저, 정말……?

눈을 크게 뜬 나는 벨프 씨의 옆얼굴을 뚫어져라 쳐다보았다.

우리를 보는 스미스들에게 자랑스러운 미소를 보내던 그는 내 시선을 알아차리고 슬쩍 웃었다.

"뭐, 그렇단 말이지."

그리고 목에 감았던 팔을 푼다.

"네 전속이 될 수 있다니, 바라지도 않았던 기회지. 우물쭈물하면 분명 다른 스미스들이 끼어들 거고, 그러면 기껏 손에 넣은 고객도 잃을 거고. 난 무슨 수를 써서라도 계약하고 싶다 이 말씀. 게다가 장래가 유망한 모험자와 계약할 수 있다면 나한테도 관록이 붙잖아."

벨프 씨는 쾌활하게 웃었다.

"……뭐, 이런 말을 한 다음에는 믿기 힘들지도 모르지만, Lv. 어쩌고는 딱히 상관이 없었어. 넌 그렇게 많은 갑옷 중에서 내 것을 선택해줬잖아. 게다가 내 작품을 쓰고 싶다는 말까지 들었으니…… 그렇지?"

"……"

"그 뭐랄까, 확 치밀어 오르는 게 있지 않겠어? 스미스로 살아가는 보람이란 게."

그렇게 말하며 벨프 씨는 조금 멋쩍어했다.

그의 말을 듣고, 처음부터 계약을 할 생각이었다는 진심을 이해해 나도 기뻤다.

그냥 과대평가라는 생각도 들었지만, 아직 미숙한 사람들끼리 2인 3각을 하는 우리의 모습을 떠올리고 어쩐지 가슴이 뜨거워졌다.

잘 표현하지는 못하겠지만……. 그런 거, 참 좋다 싶었다.

"……알았어요. 벨프 씨랑 계약을 맺게 해주세요."

"좋아, 그럼 결정! 거절당하면 어쩌나 싶었네!"

그가 내민 손을 잡아 일어났다. 나는 멋쩍게 웃었다. 내 손보다도 훨씬 커다란 그의 손은 마치 화로처럼 뜨거웠다.

"정식 계약서 같은 건 다음에 쓰기로 하고……. 잘 부탁해, 벨."

벨프 씨는 그렇게 말하면서 맞잡은 내 손을 붕붕 흔들었다. 자신이 이겼다는 것을 주위에 과시하는 것이다. 이 모습을 본 스미스들은 분한 표정으로 그 자리를 떠나갔다.

고개를 돌려 스미스들이 사라지는 것을 확인하고, 벨프 씨는 내 손을 놓더니 조금 미안하다는 투로 머리를 긁었다.

"그리고 좀 갑작스럽지만…… 내 응석 하나만 들어주겠어?"

나는 어리둥절해 벨프 씨를 돌아보았다.

"물론 대가는 지불하겠어. 네 장비를 공짜로 하나 맞춰주지."

"네에?!"

"에이, 놀라지 말래도. 스미스가 모험자에게 부탁을 하는데 이 정도는 당연하잖아."

작품을 무료로 주겠다는 약속을 받다니 꿈에도 생각하지 못했다. 이러면 파손된 장비를 구입할 필요가 없잖아……. 나는 멍하니 바보 같은 표정을 짓고 말았다.

"그럼 본론이다. 말한다?"

"……."

마른 침을 삼키며 나는 다음 말을 기다렸다.

"날 네 파티에 넣어줘."

3장 「대장장이의 사정」

"내가 왔다, 11계층!"

허리에 손을 댄 벨프 씨가 자신의 무기를 어깨에 걸머지며 쾌활하게 말했다.

기세등등하게 선언한 말대로 우리는 던전 11계층에 있었다.

폭이 넓은 계단이 중앙에서 이어진 이 '룸'은 11계층의 스타트 지점. 이 계층에서도 발생하는 안개는 10계층의 속성을 물려받아 현재 위치인 시작점에만 나오지 않는다.

시야는 충분히 확보되지 않은 가운데 신발이 절반 정도 파묻히는 풀밭이 시야 끝까지 펼쳐졌으며, '랜드 폼'인 굵은 고목이 주위 일대에 보였다.

"벨프 씨가 도달한 계층도 11계층이라고 했죠?"

"응, 맞아. 그건 그렇다 쳐도 고맙다, 벨. 겨우 어제 만난 사이인데 이렇게 무리한 부탁을 들어줘서."

어제 벨프 씨에게 파티에 넣어달라는 말을 들은 나는 처음에야 놀랐지만 사정을 들은 후에는 금방 승낙했다.

직접 계약을 나눈 후인지라 거절할 이유도 없었거니와, 애초에 파티 증원을 생각했던 나에게는 그야말로 크게 환영할 만한 제안이었기 때문이다.

"괜찮아요. 게다가 '단야' 어빌리티를 위해서라면 저하고도 전혀 무관하지 않으니까……."

"그렇게 말해주면 다행이고."

벨프 씨의 사정이란 발전 어빌리티 '단야' 획득이었다.

이 어빌리티가 있고 없고에 따라 스미스의 능력은 크게 달라진다. 스미스의 평생을 좌우한다 해도 과언이 아니라고 한다. 같은 시기에 【파밀리아】에 입단해 【랭크 업】했던 동료들과는 벌써 한참 차이가 벌어졌다고 벨프 씨는 분한 투로 말해주었다.

원래 같으면 어떤 파벌이든 미궁탐색 때는 동료들끼리 파티를 짜는 것이 기본이지만…….

"내부의 부끄러운 사정을 떠벌이기는 싫지만……. 나 원, 그 자식들. 막상 던전에 갈 때가 되면 나만 따돌린다니까. 믿을 수 있겠냐?"

……말하자면 그런 것이었다.

파벌 내에서 따돌림을 당한 것으로 보이는 벨프 씨는 【랭크 업】을 위해 우수한 【엑세리아】를 입수하고 싶어도 솔로로는 하부 계층에 내려가지 못해——말할 필요도 없이 위험하니까——결국 최후의 수단으로 다른 【파밀리아】의 파티에 협조를 청하고자 했던 것이다.

【헤파이스토스 파밀리아】의 구성원——스미스들은 어엿한 기술자가 되기 위해 자신의 판단으로 수많은 과정을 스스로 판단 및 해결하며 라이벌과 절차탁마해나간다고 한다. 다만 '단야' 어빌리티, 다시 말해 【랭크 업】만큼은 목숨을 거는 면이 있어 같은 【파밀리아】 내에서 확실하게 친분이 있는 동료들끼리 던전에 내려가는데…….

"내 숨은 재능을 질투해서가 아닐까?"

예외적으로 따돌림을 당하는 이유를 벨프 씨는 투덜거리며 그렇게 설명해주었지만, 실제로는 어떨지.

내 시선을 알아차렸는지 머리를 긁적이던 벨프 씨는 눈썹을 늘어뜨리며 웃음을 지었다.

"뭐, 아무튼. 고맙다, 벨. 【파밀리아】는 폐쇄적이라고 하지만 그렇지만도 않네."

"어, 음⋯⋯. 이런 걸 받은 다음엔 거절하려야 거절할 수 없기도 했고요⋯⋯."

벨프 씨가 싹싹하게 웃으니, 챙길 것을 착실하게 챙겨버린 나는 조금 미안해져서 조심스레 웃었다.

목 아래쪽에 장비한 신품과도 같은 갑옷이 번쩍번쩍 빛난다.

"⋯⋯새 동료가 늘었다고 해서 와봤더니, 뭐예요. 벨 님은 그냥 물건에 낚여 매수당한 거였네요."

대화를 나누는 우리 옆에서 언짢은 목소리가 들려왔다.

비난과 불만이 섞인 말투에 땀을 삐질삐질 흘리다가 견디다 못해 돌아보니, 릴리가 백팩 어깨 벨트에 두 손을 얹은 자세로 이쪽을 찌릿찌릿 노려보고 있다. 오해라고 호소하고 싶지만 제삼자가 보기에는 매수당한 거나 마찬가지일지도 모른다.

지금 내 장비와 방어구는 벨프 씨가 제작한 예의 그 신작 라이트아머였다. 지난번 것과 별로 달라진 점은 없다. 무릎을 보호해주는 무릎받이, 브레스트 아머. 조그만 홍옥

이 박힌 건틀릿은 손목에서 팔꿈치 관절 바로 앞까지 이어져 있다. 아주 조금 멋있어진 것 같기도?

갑옷 자체의 가벼움은 건재했다. 벨프 씨는 전작보다도 장갑을 두껍게 했다는데, 나에게는 그렇게까지 중량감이 느껴지지 않았다. 장비를 교환할 때 일어나는 위화감도 전혀 없다.

역시 몸에 잘 맞는 이 갑옷에 욕심이 동한 것은 아니지만……. 음, 뭐, 조금도 끌리지 않았다고 하면 거짓말일지도.

눈을 흘기는 릴리에게 나는 헛웃음을 지을 수밖에 없었다.

"하아~ 릴리는 슬프답니다. 너무너무 슬퍼요. 겨우 물건 하나 사러 가셔서는 멋지게 릴리의 불안을 배신하지 않고 골칫거리를 가져오시다니……. 벨 님의 인품에 릴리는 눈물이 날 것 같아요."

통렬한 비아냥거림이 몇 방이나 되는 보디블로를 날려 댔다. 벨프 씨의 갑옷으로도 막을 수가 없어……!

아니, 하지만 골칫거리라니 아무리 그래도……!

"말이 지나치잖아, 릴리?! 벨프 씨는 나쁜 일을 하려는 게 아니고…… 골칫거리니, 오해라구!"

"──뭐가 오해예요! '어빌리티를 획득할 때까지만'이라니, 벨 님은 보기 좋게 이용당하는 거라고요! 게다가 완벽하게 임시 파티 요원이잖아요?! 이 누구인지도 모를 스미스 분이 목적을 이루고 파티에서 이탈하면 벨 님은 사실상 서포터만 딸린 솔로로 돌아가는 거예요! 한 발 나아갔다가 금방 후퇴해서 어쩌려고요?! 너무 무익해요! 네, 정말이지 앞날이 캄캄하다구요!!"

나의 반론에 릴리는 눈을 부릅뜨고 날카롭게 반론했다. 무시무시한 지적의 탄막에 나는 벌집이 되었다. 한마디도 받아치지 못한 채 릴리의 노기에 쏘여 휘청거리는 꼴.

너무 한심해……. 베, 벨프 씨의 시선이……!

"왜 릴리에게 상담 한마디 없이 마음대로 파티 편입을 결정한 거예요, 벨 님은!"

"아, 안 되니……?"

"안 되는 건 아니에요. 안 되는 건 아니지만! 이런 일은 릴리를 통해서 해주셔야지요! 릴리는 헤스티아 님께도 벨 님을 돌봐달라는 부탁을 받았으니까요!"

그, 그랬구나. 주신님이 릴리에게 그런 일도 부탁하셨구나……. 얼마나 신용이 없는 거람, 나는.

추욱 고개를 숙이는 내 옆에서 완전히 삐진 릴리의 모습을 보고, 어쩐지 화가 난 원인은 벨프 씨가 아닌 것 같다는 생각이 들었다. 뭐랄까, 나를 돌봐주고 싶어 안달이 난 듯한…… 아니, 그건 좀 아닌가.

분명 보고 있으면 위태롭다거나 해서 내 고삐를 쥐지 않으면 걱정이 되는 것이리라. 아마도.

"뭐야. 그렇게 내가 방해되냐, 꼬마돌이?"

그때 이제까지 우리의 대화를 방관하던 벨프 씨가 끼어

들었다.

　원래 벨프 씨에게도 좋지 못한 감정을 품었는지, 릴리는 '꼬마'라는 말에 밤색 눈동자를 한층 날카롭게 치켜세웠다.

　"꼬마가 아니에요! 릴리에게는 릴리루카 아데라는 이름이 있다고요!"

　"그렇구나. 그럼 잘 부탁해, 릴리돌이."

　"……몰라요. 말도 하고 싶지 않아요!"

　마치 놀리듯(아니, 실제로도 그랬겠지만) 배를 움켜쥐고 웃는 벨프 씨에게 릴리는 마침내 고개를 돌렸다.

　벨프 씨는 여전히 재미있다는 듯 싱글싱글 웃고…… 어쩐지 전도다난한 미래가 보이는 것 같았다.

　"……어, 음, 릴리. 새삼스럽지만 소개할게. 이분은 벨프 크로조 씨. 【헤파이스토스 파밀리아】의 스미스셔."

　일단 필요한 것만은 해치우자고 벨프 씨의 본명을 알려주었다. 아침에 그와 함께 집합장소에 갔을 때부터 릴리의 기분이 급격히 나빠지는 바람에 이야기를 할 상황이 아니었던 것이다. 릴리의 이름은 벨프 씨도 지금 들었으니 문제가 없겠지.

　대답이 돌아올 거라고 기대하지는 않고 나는 릴리의 뒷모습에 말을 걸었으나──.

　"크로조?"

　벨프 씨의 이름을 들은 순간 릴리는 홱 돌아섰다.

　생각지도 못한 반응에 나는 '어' 하고 중얼거렸다.

"저주받은 마검 도공 가문? 그 몰락한 대장장이 귀족?"

마검, 도공……?

아니, 그보다 '**대장장이 귀족**'이라니……?

릴리의 말에 약간 당황하며 벨프 씨 쪽을 보았다.

그는 갑자기 민망한 표정을 짓더니 입을 꾹 다물었다.

"저, 저기…… '크로조'가 어쨌는데?"

서로 다른 표정을 짓는 두 사람을 번갈아 보며 나는 벨프 씨의 가문명에 대해 물었다. 눈을 크게 뜨고 있던 릴리는 내 쪽을 보더니 뭐라 표현할 수 없는 표정을 지었다.

"아무것도 모르셨어요, 벨 님……?"

"어, 그게……. 으, 응."

부정해봤자 도리가 없으므로 순순히 고개를 끄덕였다.

릴리는 짧은 한숨을 쉬더니 간단히 설명하기 시작했다.

"'크로조'란 옛날 어떤 왕가에 '마검'을 헌상해 귀족 지위를 얻었던 명문 대장장이 일족의 이름이에요. '크로조'가 만든 작품은 모두 '마검'이었고…… 그들이 세대를 통틀어 왕족에게 바친 검의 수는 수천, 수만 자루나 된대요."

"수만……?!"

"마검의 제일인자, 권위자라고 해도 과언이 아니죠. 위력은 '바다를 불태웠다'고까지 칭송을 받을 정도였지만…….'

여기서 잠시 말을 끊은 릴리는 흘끔 하고 벨프 씨의 눈치를 살피더니.

말하기 힘들다는 듯 망설인 다음, 작은 목소리로 말을

이었다.

"······어느 날부터인가 왕가에서 신용을 잃는 바람에 지금은 완전히 몰락하고 말아서······."

릴리가 어영부영 설명을 마치자 나는 무슨 표정을 지어야 좋을지 알지 못한 채 벨프 씨를 보았다.

벨프 씨는 머리를 마구 헤집더니 휘휘 손을 내저었다.

"······뭐, 지금은 그딴 건 아무래도 상관없잖아? 던전에 내려갈 거니까, 해야 할 일은 하나지. 안 그래?"

머리 하나 정도 높은 위치에서 가볍게 웃음을 지은 벨프 씨는 은근슬쩍 화제를 흘려 넘기며 어깨에 짊어진 무기······ 날이 넓고 긴 사정거리를 자랑하는 대도(大刀)를 풀밭에 푹 꽂았다.

"어······ 네."

나는 뻣뻣하게 고개를 끄덕이고, 릴리는 관찰하듯 빤히 벨프 씨의 얼굴을 올려다보았다. 그때였다.

"──?"

"응?"

마주보고 있던 우리의 귀에 쩌적 하는 소리가 들렸다.

움직임을 멈춘 것은 잠시뿐. 던전에 내려오는 데 익숙해진 우리는 무슨 소리인지 생각할 필요도 없이 그 불길한 파열음의 정체를 알아차렸다.

던전에서 몬스터가 태어났다.

"우, 와······!"

"……크구만."

"'오크'네요."

삼인삼색의 반응을 보이는 우리의 시선 너머에서 던전 벽에 금이 가고, 갈라졌다.

벽면을 안쪽에서 열어젖히고 나온 것은 이미 기름이 낀 갈색의 굵은 팔이었다.

부서진 던전의 일부는 계란 껍질처럼 후둑후둑 지면에 떨어졌다. 벽을 파괴하면서 왼팔이 나타나나 싶더니 이번에는 오른팔, 다음으로는 거대한 돼지머리가 그 뒤를 이었다.

『후그……오오오오오오오오오……!』

짓이겨진 산성(産聲)을 내며 오크는 완전히 모습을 드러냈다.

'오크가 태어나는 건 처음 봤어…….'

대형급 몬스터가 탄생하는 순간에 나는 꼴깍 하고 목을 울렸다. 거구가 벽을 찢는 광경은 압권이라고밖에 형언할 방법이 없었다. 지면에 팔다리를 짚고 엎드린 오크는 완만한 동작으로 천천히 일어났다.

"……계속 이어지는구만. 이게 있어서 10계층부터는 무섭다니까."

그리고 벽이 갈라지는 소리는 거기서 그치지 않았다. 주위에서 같은 소리가 잇달아 울려 퍼지나 싶더니 룸의 벽 사방팔방에서 일제히 몬스터들이 튀어나왔다.

주로 10계층부터는 같은 에어리어 내의 몬스터 순간 대량발생 현상이 곧잘 확인되곤 한다.

이 현상이 일어나면 휑뎅그렁하던 에어리어는 눈 깜짝할 사이에 몬스터로 넘쳐난다. '몬스터 파티', 즉 몬스터의 연회라고 불릴 때도 있다.

물론 위험하다. 특히 '룸'의 중심에 있을 때 맞닥뜨리면 **이런 식으로** 단숨에 몬스터들에게 에워싸인다. 나도 모르게 뻣뻣한 웃음을 짓고 말았다.

"뭐, 그렇게까지 비관할 일은 아니겠죠. 다행히 이 룸에서는 안개가 발생하지 않고, 면적도 넓으니까요. 금방 포위당할 걱정은 없고, 여차하면 10계층으로 도망칠 수도 있어요."

릴리는 침착하게 말하며 백팩을 어영차 고쳐메었다.

많은 모험자 파티와 행동을 함께 해온 릴리는 이미 11계층을 경험한 상태였다. 【스테이터스】는 우리 중에서 제일 낮을지도 모르지만 상당히 뱃심이 두둑하다. 릴리의 말을 듣고 후방에 있는 계단을 슬쩍 본 나도 조금 긴장을 풀 수 있었다.

"좋아, 오크는 나한테 맡기라고."

"네? 그래도 돼요?"

벨프 씨의 말에 눈을 크게 떴다.

오크의 괴력은 무시무시하다. Lv.1, 아니, Lv.2 모험자도 직격을 받으면 그 순간 전투불능에 빠질 가능성이 있다.

놀라는 나에게 벨프 씨는 오히려 의아하다는 표정을 지었다.

"오히려 대환영인걸? 움직임은 느리고 노릴 곳은 많으니까. 내 실력으로도 쉽게 맞출 수 있어."

아, 그렇게 생각할 수도 있구나…….

내가 소심한 것인지 벨프 씨가 대담한 것인지 모르겠지만, 아무튼 그에게 오크는 다루기 쉬운 상대인 모양이었다. 벨프 씨는 금세 전방을 보고 입가를 틀어 올렸다.

【헤파이스토스 파밀리아】는 스미스 파벌이면서 전력도 높아, 구성원들 대부분이 흔히 말하는 **파이터 스미스**였다. 벨프 씨도 예외가 아니어서——'단야' 어빌리티를 획득하기 위해 어쩔 수 없이 그런 거라고 본인은 말하지만———이곳까지 오며 본 이 사람의 능력은 10계층 근처에서도 절대 밀리지 않을 것 같았다. Lv.1 중에서도 실력은 분명 상위에 속할 것이다.

"벨 님은 혼자서 원하시는 대로 행동하세요. 저 스미스 님은 릴리가 미력하나마 원호할게요. 솔직히 말하자면 가끔 이쪽도 신경 써주시면 고맙겠지만요."

"오? 뭐야, 내가 마음에 안 들었던 거 아니었어, 릴리돌이?"

"당연히 싫죠. 릴리는 벨 님을 방해하고 싶지 않을 뿐이에요."

릴리는 벨프 씨에게 씨익, 만면에 미소를 지어보였다.

나는 쓴웃음을 지을 수밖에 없었다.

릴리의 제안은 Lv.2가 된 내 능력을 고려해준 것이리라. 【랭크 업】한 지금의 나라면 혼자서도 문제가 없으리라 판단한 것이다. 반대할 마음은 없었다.

……게다가 의도는 좀 불순할지도 모르지만.

나 자신도 지금의 내 힘을 시험해보고 싶었다.

"슬슬 가자고. 임프 같은 놈들이 무리를 짓기 전에."

"누구한테 충고하는 거예요? 아, 벨 님. 아시겠지만……."

"응, 괜찮아. 절대 방심하지 않을게."

각자 무기를 들고 준비를 갖추었다.

나는 그 자리에서 잠깐 준비운동을 해 의식을 완전히 바꾸고 단숨에 뛰어나갔다.

『히이에!』『히갹!』

초원을 질주해 이미 집단을 이룬 임프들에게 향했다.

이 11계층에 오는 동안 몇 번인가 거친 몬스터와의 조우전은 거의 벨프 씨가 맡았다. 오늘 내가 본격적으로 전투하는 것은 이번이 처음이었다.

쇄도하는 수많은 시선, 날아드는 위협성. 5대 1, 숫자의 우위. 계속 늘어난다.

던전에서 태어난 몬스터는 헤아릴 수 없었다. 나를 해치우겠다고 주위에서 잇달아 여러 마리의 임프가 합류했다.

──오늘만은 신나게 돌진해보자.

몸을 더욱 앞으로 숙인다.

나와 임프들 사이의 거리가 쑥쑥 좁아지는 가운데, 나는 힘껏 오른발을 지면에 내리찍었다.

다음 순간, 초원이 터져나갔다.

『——히엑?』

임프들이 눈앞에 나타났다.

아니.

내가 적과의 간격을 없애버린 것이다.

가공할 가속력. 귓가에서 바람이 찢겨나갔다.

하지만 이제까지와는 선을 달리 하는 그 속도를 내 감각은 멋지게 따라가고 있었다.

느닷없이 눈앞에 나타난 내게 눈을 동그랗게 뜨는 임프. 나는 단숨에 《주신님 나이프》를 내질렀다.

사칵, 하는 경쾌한 소리.

『?!』

임프의 목이 허공에 떠올랐다.

날아가는 동료의 목을 올려다보는 임프들과 눈앞을 가로지른 검푸른 빛에 눈을 빼앗긴 임프들이 각각 절반씩.

한순간에 일어난 일에 멍청히 서 있던 몬스터들에게 나는 움직임의 흐름을 늦추지 않고 달려들었다.

베어버린다.

깃털처럼 가벼운 몸을 약동시켜 마치 번개처럼 적의 사이를 누볐다. 내가 스쳐 지나갈 때마다 임프들은 베이고 갈라져 그 자리에 쓰러졌다.

한 마리에 한 칼. 《단도》와 《주신님 나이프》, 하얀 칼날과 검은 칼날이 번뜩이면 그 순간 조그만 몸에 날카로운 사선이 생겨 임프들은 전투불능에 빠졌다.

'느려…… 아니.'

항상 선제. 임프는 덤벼드는 나에게 한 번도 반격을 하지 않았다.

적의 움직임이 둔한 것이 아니다.

상대가 눈앞의 움직임에 반응하지 못할 만큼——.

'——내가 빨라진 거야!'

다르다. 완전히 다르다. 이제까지 하고는 차원이 달라!

공격도, 속도도, 반응도!

이것이 【랭크 업】!

신의 은혜!

"하아아아아아아아아아아!!"

『깨흑?!』

아이즈 씨가 직접 전수해준 돌려차기가 임프의 가슴에 꽂히자, 다음 순간 놈은 어처구니없는 속도로 저 멀리 날아갔다. 몇 번씩 튕기고 구르더니, 소악마 몬스터는 초원 위에 힘을 잃고 축 늘어졌다.

열 마리도 훨씬 넘던 임프 떼는 눈 깜짝할 사이에 전멸했다.

『르어어어어어어어어어!』

"!"

포효를 지르며 새 몬스터가 달려들었다.

나와 비슷한 체구. 짧은 두 다리로 서 있으며 앞발에는 단단한 발톱이 났다. 마치 갑옷을 짊어진 것처럼 등 부분은 몇 개의 마디로 나뉜 갑주에 뒤덮였다. 이 비늘 형태의 외피는 머리까지 이어졌으며, 각진 형상도 맞물려 마치 투구를 쓴 것 같았다.

온몸을 떨며 두 마리의 아르마딜로 몬스터는 나에게 일직선으로 달려들었다.

11계층부터 나타나는 몬스터 '하드 아머드'.

처음 본 상대를 앞에 두고 나는 두꺼운 사전을 머릿속으로 펄럭펄럭 넘기듯 에이나 누나에게 혹독히 교육받았던 몬스터 정보를 찾아냈다.

킬러 앤트와 비슷한 성질을 가진 하드 아머드는 튼튼한 갑주를 가진 반면, 갑주로 보호받지 못하는 배나 가슴은 부드럽고 약하다. 온몸이 단단한 껍질에 에워싸인 킬러 앤트에 비하면 훨씬 노리기 쉬운 약점이지만…… 갑주의 강도 자체는 거대 개미를 훨씬 능가한다.

11~12계층에 출현하는 다른 몬스터가 따라오지 못할 방어력. 다시 말해 상층에서 가장 단단한 방어력을 자랑한다.

드워프의 공격도 쉽게 튕겨낸다는 갑주는 한마디로 말해 철벽이다. Lv.1 모험자는 백병전으로 이 몬스터를 혼자 쓰러뜨릴 수 없다는 말까지 있다.

기본 어빌리티 도달 기준 B~S에 해당하는 11~12계층의 공략 난이도는 전부 이 하드 아머드가 올려놓고 있다고 해도 과언이 아니다.

"——흡!"

정면으로 대치한 우리는 서로 눈을 치켜세운 순간 스타트를 끊었다.

나는 각력을 살린 가속을.

하드 아머드 한 마리는 온몸을 말아 회전운동에서 시작하는 맹렬한 돌진을.

등에 달린 저 갑주는 견고한 방패인 동시에 무기도 된다. 고속회전 하는 몸에는 모험자 파티를 한꺼번에 해치울 만한 위력이 있으며 힘으로 공격해봤자 막아낼 수는 없다.

구르며 짓쳐드는 거대한 탄환. 눈 깜짝할 사이에 거리가 사라지고, 맞았다간 순식간에 끝장이 날 몸 받기를 나는 종이 한 장 차이로 흘려냈다.

먼저 후열부터 친다.

구형으로 변형하지 않은 나머지 하드 아머드에게 나는 발끝을 향했다.

『오오오오오!』

날카로운 발톱을 쳐들고 직진하는 하드 아머드.

마찬가지로 간격을 좁힌 나는 상대를 한계까지 끌어들

© Suzuhito Yasuda

여──크게 옆으로 뛰었다.

『?!』

몬스터의 코앞에서 거의 직각 궤도를 그린다.

순식간에 시야 밖으로 사라진 움직임을 따라오지 못해 하드 아머드는 완전히 나를 놓쳤다.

내가 차지한 위치는 상대의 사각에 해당하는 대각선 후방.

브레이크의 반동으로 무릎을 한껏 굽힌 나는 그 자세에서 몸과 함께 뛰어들어, 역수로 쥔 《주신님 나이프》를 내질렀다.

『────꺼억?!』

크게 휘두른 참격이 하드 아머드의 몸통을 양단했다.

──통한다!

상층에서 가장 강한 방어력도 뚫을 수 있다.

갑주 위에서 적의 몸을 갈라버리는 내 공격을 보고, 칼자루를 쥔 손에 꽉 힘을 주었다.

『르어어어어어어어어어어어!!』

남은 하드 아머드가 다시 몸을 말아 돌진했다.

나는 착지한 자세에서 몸을 돌려 고속으로 굴러오는 몬스터에게 오른팔을 내밀었다.

"【파이어볼트】!"

염뢰(炎雷)가 울부짖었다.

이제까지 없었던 굉음을 터뜨리며, 더 빠르고 더 굵어진 다홍색 화염은 회전하는 구체를 꿰뚫었다.

작렬.

폭풍이 발생하는 가운데 통구이가 된 까만 덩어리가 금방 모습을 나타냈다. 등의 갑주 일부를 뭉텅 잃은 구체 형태의 갑옷은 이윽고 깨끗하게 갈라지면서 지면에 툭 떨어졌다.

전신이 드러난 하드 아머드는 몸 곳곳에서 연기를 뿜으며 침묵했다.

'마법도 강해졌어…….'

불똥이 수없이 피어나는 광경을 바라보며 쳐들었던 오른팔을 천천히 가슴께로 가져왔다.

위력은 역시 현저히 달랐다. 규모 자체도.

파이어볼트만이 아니라, 아직도 힘에 휘둘리고 있다는 느낌은 부정할 수 없었지만…….

'다가가고 있어. 분명히!'

뇌리에 떠오른 것은 한 여검사.

머나먼 동경의 대상인, 그 황금색 등을 쫓아갈 수가 있다.

이제 와서 새삼스레 크게 뛰는 심장을 나는 열심히 억눌렀다.

『───────오오오오!』

그리고 그 순간을 기습하듯, 오크의 고함소리에 의식을 빼앗겼다.

릴리의 말을 떠올린 나는 흠칫 고개를 들었다. 포효에

이끌리듯 그쪽을 보자 벨프 씨와 오크가 지금 막 전투에 임하려는 상황이었다.

"빠르구만……."

벨프는 그렇게 중얼거렸다.

흘끔 쳐다보았던 벨의 움직임. 동작도, 공격 초동도, 마법 발동 속도까지도 어마어마하게 빨랐다. 어디서 시작된 것인지는 알 수 없지만 벨에게 '토끼'라는 별명이 붙은 이유를 알 것 같았다.

"후후, 멍하니 있다가 납작쿵이 되지 말라구요. 벨 님이 슬퍼하실 테니까."

"릴리돌이 네 성격은 자알 알겠다."

바로 뒤에서 날아든 릴리의 목소리에 느긋하게 고개를 끄덕인다.

그녀 쪽을 돌아보지는 않았다. 앞으로 몇 초만 있으면 접촉할 위치에서 추한 울음소리를 질러대는 거대한 몬스터가 있기 때문이다.

벨의 시선이 이쪽으로 향한 것을 알아차리고, 놀아줄 거냐고 웃으며 턱짓을 한다.

"좋아. 두 번째 놈 잡으러 가자."

뒤쪽, 릴리의 옆에 쓰러진 오크의 시체에 등을 돌리고

벨프는 무기인 대도를 어깨에 걸머졌다.

『오오오오오오오오오오오오오오오!』

쿠웅, 쿠웅, 쿠웅, 느릿한 움직임과 커다란 보폭으로 오크가 다가왔다.

벨프는 입가를 틀어올리며 자신도 대담하게 간격을 좁혔다.

『브르으어어!!』

사냥감이 간격에 들어온 것을 확인하고 맨손의 오크는 그 통나무 같은 팔을 힘차게 휘둘렀다.

아무렇게나 날린 수평 일격을 벨프는 재빨리 몸을 숙여 회피한다. 오른손에 든 대도는 어깨에 얹은 채, 한없이 낮은 자세로 왼손을 지면에 댄 그 자세는 당장이라도 달려들려는 야수를 방불케 했다.

그리고 적의 굵은 팔이 머리 위를 다 지나간 순간, 벨프는 튀어 오르며 거대한 칼날을 번뜩였다.

"──이야아!!"

살을 가르는 소리. 위로 날린 대도에 베여 축 늘어진 오크의 배가 출렁 파도쳤다.

녹색 피가 하늘로 솟구치는 가운데, 대형 무기가 가져다준 무시무시한 충격에 몬스터는 뒤로 넘어가 그대로 뒷머리부터 지면에 쓰러졌다.

"저승길 선물이다!"

지체하지 않고 풀밭을 박찬 벨프는 오크의 머리 바로 옆에 착지했다. 두 손으로 쥔 무기를 높이 상단으로 쳐들고, 짓무른 눈을 크게 뜨는 그 얼굴을 향해 내리친다.

퍼억!! 박살나는 소리가 울려 퍼진다.

"릴리돌이, 다음!"

"벌써 오고 있어요!"

머리가 갈라진 몬스터에게서 떨어져 릴리가 가리키는 방향으로 발을 돌린다.

시야에 비친 것은 네이처 웨폰──고목이었던 곤봉을 치켜든 오크였다. 맹렬히 달려드는 몬스터에게 벨프는 웃음을 지우지 않은 채 혀를 찼다.

"저건 까다롭겠구만!"

"나도──알아요!"

릴리는 원을 그리듯 크게 돌아들어와 오크의 진로 방향 옆쪽의 위치를 차지했다.

그녀는 로브 자락을 젖히며 가녀린 팔에 장비했던 핸드보건을 꺼냈다.

발사된 금속 화살이 오크의 어깨에 명중했다.

『!』

어깨를 꿰뚫린 둔중한 아픔에 오크는 발을 멈추었다. 돼지머리 몬스터는 추한 표정을 지으며 그때까지 표적이었던 벨프에게서 릴리에게도 목표를 바꾸었다.

그 순간.

주의력이 산만해진 오크의 품으로 파고들며 벨프는 힘

차게 왼발을 디뎠다. 몸에 걸쳤던 까만 키나가시가 아지랑이처럼 펄럭이고, 부츠가 지면을 꽉 붙들었다.

"뒈져라."

어깨에 짊어진 대도가 흉흉한 원호를 그렸다.

오른손 하나로 휘두른 혼신의 참격이 오른쪽 어깨부터 비스듬히 오크의 몸을 내리쳤다.

두꺼운 거구를 양단한 것이 아닐까 싶을 정도로 강렬한 검격. 두 눈에 핏발을 세운 오크는 비명 한마디 지르지 못한 채 울컥 피를 토하더니 뻣뻣이 굳고, 몸에서 색소를 잃은 재가 되어 허물어졌다.

벨프의 일격은 오크의 가슴 속에 있던 '마석'까지 깔끔하게 베어버린 것이다.

"크로조 님, 아까운 마석을 없애버리면 어떡해요! 벨 님이랑 릴리의 수입이 줄어들잖아요!"

"이미 저지른 걸 어쩌라고. 그리고 그렇게 부르지 마."

때를 놓치지 않고 책망하는 릴리에게 벨프는 넌더리가 난다는 표정을 지었다. 내 몫은 아예 없는 거냐고 조그만 소녀와 옥신각신하기 시작한다. 풀밭 위에는 반짝이는 남색 결정만이 남았다.

"앗…… 크로조 님!"

"그러니까 그렇게 부르지 말…… 허걱."

릴리가 외치는 소리에 크게 입을 벌리려다, 그도 깨달았다. 오크와는 다른 몬스터 두 마리가 벨프를 에워싸듯

다가왔던 것이다.

실버백.

근육질에 하얀 털을 가진, 야생 유인원을 연상케 하는 몬스터. 유일하게 거무스름한 은색으로 빛나는 머리카락이 등을 타고 꼬리처럼 늘어져 있다.

예전에 벨이 '몬스터 필리아'에서 대치했던 이 상대는 하드 아머드와 함께 11계층의 간판 몬스터다. 힘과 민첩함의 차이가 현저한 오크와는 달리 균형이 잡혔으면서도 뛰어난 신체능력을 지녔으며, 까놓고 말해 **상당히 강하다**.

벨프가 자신도 모르게 표정을 굳혔을 때, 뒤에 있던 한 층 커다란 고목 근처에서 쿵 소리가 들리더니 또 한 마리의 실버백이 지면에 착지했다.

"……."

『끼이익…….』

위험하게 됐구만.

벨프는 입속으로 중얼거렸다.

여럿 대 하나. 게다가 포위당한 상태. 던전에서 절대 맞닥뜨려서는 안 될 상황 중 하나였다.

'일 났네……. 이래선 솔로로 내려온 거나 다를 바가 없잖아.'

이마에 배어 나오려는 땀을 느끼며 벨프는 세 마리의 실루엣을 주의 깊게 둘러보았다.

파벌 동료들 사이에서 따돌림을 당해 자포자기하는 심

정으로 포션을 잔뜩 마련해 혼자 도전했던 10계층……. 눈 깜짝할 사이에 죽음의 위기에 몰렸던 당시의 기억이 뇌리에 되살아났다.

'도망칠 수밖에 없어……. 아니, 도망칠 수 있을까?'

자신을 에워싼 원진이 줄어드는 모습을 초조하게 바라보며 벨프는 생각을 굴렸다.

어림짐작해도 자신의 실력은 실버백을 약간 웃도는 정도다. 그리고 그 정도로는 한 마리를 상대하는 동안 뭇매를 맞을 것이 뻔하다. 조금 떨어진 위치에서 긴장한 표정을 지은 릴리도 함부로 움직이지 못하고 있다. 일개 서포터에게 도움을 청하는 것도 잔혹한 짓이다.

외통으로 몰렸네.

머리가 내린 결론. 하지만 벨프는 무시하기로 했다. 무기를 어깨에 걸머지고 정면의 실버백에게 으름장을 놓아본다.

포위망의 한 점을 자폭 각오로 돌파해볼 생각이었다. 찌릿찌릿 하는 소리가 귓전에서 터지고, 이제까지 수없이 던전에서 맛보았던 그 기분 나쁜 긴장감에 몸을 태우며 벨프는 각오를 다졌다.

험악한 분위기로 가득 찬 공기.

벨프와 노려보던 실버백의 두 눈이 번들 빛났다.

몬스터들이 움직였다.

다음 순간.

"——하나, 둘, 세엣!!"

『끄걱?!』

"억?!"

무시무시한 **측면공격**이었다.

엄청난 기세로 질주해온 벨이 그야말로 투창처럼 강렬한 날아차기를 실버백의 옆얼굴에 꽂았던 것이다. 머리가 이상한 각도로 구부러지며 몬스터는 옆에 있던 동료에게까지 날아가 버렸다.

갑작스러운 전개에 벨프도 실버백들도 뻣뻣이 굳어버린 가운데, 벨은 칼집에서 《단도》를 뽑았다.

"벨프 씨!"

루벨라이트색 눈동자와 시선이 부딪쳐, 마치 조건반사처럼 깨달았다. 벨프는 상반신을 옆으로 눕히고 **사선**에서 벗어났다. 벨은 간발의 차이도 두지 않고 움직여, 머리 뒤로 들어올렸던 오른손으로 《단도》를 쏘아냈다.

"———흐읍!!"

『꺼억?!』

벨프의 뒤에 있던 실버백의 왼쪽 눈에 《단도》가 명중.

비명과 함께 몬스터의 몸이 휘청 하고 기울어지는 가운데, 벨프는 팽이처럼 돌며 그 기세를 이용해 상단으로 대도를 내질렀다.

은색 빛줄기가 멋들어지게 적의 몸을 가르고, 격파한다.

"……."

무릎을 꺾고 지면에 쓰러지는 몬스터. 대도를 휘두른 자세로 가만히 서 있던 벨프는 천천히 고개를 들며 뒤를 돌아보았다.

그곳에는 마침 두 번째 실버백을 쓰러뜨리는 벨의 모습이 있었다.

한동안 그의 등을 바라보던 벨프는 훗 하고 미소를 지으며 대도를 어깨에 다시 걸머졌다.

"역시 좋구만, 파티란 건."

진심으로 동의한다는 듯, 돌아본 백발 소년이 활짝 웃었다.

"근데 진짜 말도 안 되게 빠르더라, 너. 언제 날아왔는지도 모르겠던데."

"저, 저도 좀 당황했달까요⋯⋯."

몬스터 대군과의 전투를 마치고 우리는 지금 잠시 휴식을 취하는 중이다.

장소는 여전히 11계층 시작점 룸. 전투의 흔적이 남은 초원에는 박살난 던전 벽면의 일부가 굴러다니기도 하고 뜯겨나간 고목이 흩어져 있기도 해 꽤 처참했다.

나는 대도를 등의 칼집에 꽂고 팔짱을 낀 벨프 씨와 가볍게 이야기를 나누고 있었다.

"역시 특출나게 앞서나간 사람이 있으면 전투가 편하다니까. 너무 의지만 해도 안 되지만."

"하지만 저도 싸울 때 부담이 적은 것 같았어요. 예전에 비해서."

"파티의 장점이지. 몸도 마음도 여유가 생기면 움직임도 변하는 거야. 몬스터를 대처하는 방법도."

파티의 유용성을 말하는 벨프 씨. 얼마 전까지는 파티를 짜 던전에 내려갔다고 하니 그런 사정에는 나보다 훨씬 밝을 것이다.

"급조 파티 치고는 괜찮았던 것 같아, 우리도. 연대 플레이까지는 못 갔지만 움직임은 잘 맞던데……. 이건 릴리돌이 덕이려나."

"릴리가요?"

"응. 사소한 일만 하는 것 같아도 아주 적절하달까? 셋이 다시 합류한 후에도 움직임이 겹치지 않도록 나랑 네 중개를 잘 맡아줬고. 이런 표현은 좀 그렇지만, 쉽게 말해 우리는 릴리돌이가 조종하는 거나 마찬가지야. 유도해 준다고 하면 되려나?"

한 발짝 물러난 시점으로 전장을 내다보는 릴리가 절묘한 원호로 나와 벨프 씨의 보조가 딱 맞도록 도와주었다는 것이다.

"모험자의 움직임을 잘 알아."

나는 벨프 씨의 말에 수긍할 수 있었다. 서포터 일도 도

적 일도 포함해, 이제까지 릴리는 모험자라는 존재를 지속적으로 관찰했으니까.

"그건 그렇다 쳐도 일 정말 잘하네, 릴리돌이."

"이럴 때만은 서포터들에게 미안하다니까요……."

그건 그렇다며 웃는 벨프 씨와 내 시선 너머에서, 릴리는 열심히 마석을 회수하고 있었다.

우리가 해치운 몬스터의 수가 엄청났기 때문에 힘들기도 할 텐데. 거들어주려 했지만 깔끔하게 거절당하고 말았다. 이럴 때 확실하게 쉬라고 등을 떠민 것이다. 이것만은 자신의 일이라고.

"그런데 다른 친구들도 늘어났고……. 어떻게 할까? 다음에는 장소를 옮길까?"

"으음, 어떻게 할까요……."

주위에는 조금 전까지 없었던 몇몇 파티가 드문드문 보였다.

이 룸은 계층과 계층을 이어주는 위치이기 때문에 사람들이 많이 드나든다. 성가신 안개도 없다 보니 탐색의 거점으로 삼는 파티도 적지 않아, 이곳에서 사냥을 계속하는 것은 조금 어려울지도 모른다.

출현한 몬스터를 서로 쟁탈하기라도 하면 비참해진다. 다툼이 일어나 【파밀리아】 사이의 문제로 발전했다간 그런 꼴불견이 없다. 실제로 우리가 싸우는 동안에도 남은 몬스터를 사냥하던 파티가 있었으니까. 미궁을 탐색할 때는 가능한 한 다른 사람이 있는 곳을 피해 불간섭을 관철하는 것이 암묵적인 규칙이다.

……참고로 다른 파티의 존재를 가장 먼저 눈치챘던 릴리는 잽싸게 움직여 우리가 쓰러뜨렸던 몬스터를 한곳에 모아두었다. 우리 몫이니 가로챘다간 가만 안 두겠다는 뜻이다.

빈틈이 없달까. 숙련된 서포터인 만큼 야무진 면모가 엿보이는 솜씨였다.

"……기왕이면 여기서 점심이라도 먹을까요? 사람들이 많이 있으니 몬스터를 경계할 필요도 없을 테고요."

"그렇겠네. 그냥 자리를 양보하는 것도 아니꼬우니 이용해먹을까? 좋아, 난 찬성이야."

조금 뻔뻔한 것 아닐까 싶었지만, 벨프 씨는 내 의견에 동의해주었다. 릴리가 돌아오는 대로 조금 이른 점심을 먹기로 했다.

'그건 그렇다 쳐도…… 11계층이나 되니 어느 파티나 강해 보이는구나…….'

문득 시선을 돌렸다가 그런 감상을 품었다.

룸 곳곳에 자리를 잡은 파티는 하나같이 날카로운 분위기를 풍기는 것 같았다.

무기와 방어구도 그렇다. 건드려보지 않아도 장비에서는 '날카롭다', '튼튼하다' 같은 형용사가 전해진다.

파쇄궁을 등에 짊어진 수인, 특대 배틀액스를 땅에 내려놓은 아마조네스, 은백색 지팡이와 로브를 장비한 엘프…… 하나같이 개성이 넘쳐나는 사람들, 다양한 종족.

'어느 정도【랭크 업】을 한 사람들일까……?'

11, 12계층에서 탐색하는 파티라면 눈앞으로 다가온 '중층' 공략을 내다보는 사람들도 많을 테니, 저 사람들 중 몇 명은 Lv.2에 도달했을 것이다.

……정말로 내가 저 사람들과 같은 위치에 있는 걸까?

일단 나도 Lv.2이니 당당하게 굴어도 될 텐데…… 엄청난 체구를 자랑하는 드워프 같은 사람들을 보고 있으면 그 순간 몸을 움츠리고 싶어진다. 내가 목표로 한 곳은 훨씬 높으니까 이런 곳에서 머뭇거리고 있으면 안 되겠지만.

분명 저 사람들은 엄청난 '마법'이나 '스킬'을 가지고 있겠지…….

'아, 맞아. 내 스킬…….'

나도 한 가지 '스킬'을 얻었다는 사실을 떠올렸다.

【아르고노트】. 이제까지 까맣게 잊고 있어 전혀 의식하지 못했지만…….

'그냥 싸우는 동안에는 아무 일도 일어나지 않았……지?'

빠르게 움직일 수 있었다거나 힘이 올라갔던 것은【랭크 업】의 영향일 테니, 스킬이 발동되었던 것 같지는 않다.

'액티브 액션', '스스로 의식해 움직인다', '반격이 아닌 공격'.

주신님과의 대화를 떠올려봤지만 자꾸만 고개를 꼬게

된다.

역시 지금은 잘 모르겠다. 애초에 의식적인 행동이나 공격 같은 것은 조금 전의 전투 중에도 들어가 있었을 텐데. 그렇지만 아무것도 일어나지 않았으니, 행동을 일으키기만 해서는 안 된다는 뜻일까?

영창 같은 방아쇠가 필요한 '마법'과 마찬가지로, 무언가 계기가 있어야 하나?

'게다가······.'

······【아르고노트】라는 스킬은 왜 발현한 걸까?

【랭크 업】을 해서?

그 몬스터를, 미노타우로스를 쓰러뜨려서?

아이즈 씨에게 한심한 모습을 보이고 싶지 않다고, 이대로 있기는 싫다고 생각해서?

······나는 그때.

『영웅이──.』

되고 싶어.

그렇게 기도했다.

"······."

동화에 나오는 사람들처럼.

무서운 상대에게 겁먹지 않고 맞서는 그들처럼.

위험도 불사하고 수많은 사람들을 구하는 그녀들처럼.

나를 구해준 그 사람처럼.

그렇게 되고 싶다고, 한 걸음이라도 다가가고 싶다고,

진심으로 기도했다.

영웅, 선망.

"……야, 벨. 그건 뭐야?"

"!"

귓전을 두드리는 목소리에 마음의 심해로 가라앉았던 내 의식은 갑자기 떠올랐다.

고개를 들자 눈앞에는 눈썹을 치켜세운 벨프 씨가 있었다.

무슨 말을 하는 거냐고 묻기 전에 먼저 그의 시선을 따라가 보니 내 오른손이 있었다.

하얀 빛의 입자가 깜빡거린다.

"……엥?"

눈을 동그랗게 떴다. 얼빠진 목소리도 새어 나왔다.

손목 위쪽을 엷은 광채를 내는 순백색 빛이 에워싸고 있었다.

눈 결정보다도 더 작은 하얀 입자가 일정한 간격으로 오른손 안에 빨려 들어오는가 싶으면 또 새로운 입자가 태어나고, 시간을 되감은 것처럼 다시 빨려 들어온다.

빛의 집속, 수렴, 되풀이.

마치 내 오른손 주위에만 싸락눈이 내리며 맴을 도는 것 같았다.

또한 지릉, 지릉 하는 높고 가느다란 소리가 생겨난 것도 깨달았다.

마치 조그만 차임을 울리듯.

"……."

"……."

나는 벨프 씨와 얼굴을 마주보았다.

혼란과 당혹감을 공유한 표정. 물어보아도 답을 해줄 수는 없을 것이다.

뭐, 뭐지, 이게……?

나는 흰 빛이 모이는 내 오른손을 구멍이 뚫어질 정도로 응시했다.

그리고 그렇게 곤혹스러워하는 나를 보다 못했는지 벨프 씨가 입을 열려던──바로 그 순간이었다.

『────워어어어어어어어어어어어어어어어어어!!』

귀를 찢을 정도로 어마어마한 포효가 쩌렁쩌렁 울려 퍼진 것은.

""어?!""

벨프 씨와 나란히 고개를 들었다. 아니, 우리만이 아니었다. 룸에 있던 모험자 전원이 경악의 눈빛을 그 방향 한 점에 돌리고 있었다.

장소는 룸의 출입구. 다른 에어리어와 이어지는 통로 중 하나에서, 피어나는 안개를 가르고 호박색 비늘이 나타났다.

긴 꼬리에 예리한 발톱, 무수한 이빨.

몸의 높이는 약 150C, 길이는 아마 4M도 넘을 것 같은──소룡(小龍).

"'인펀트 드래곤'……?!"

이름도 모르는 모험자의 목소리가 울려 퍼졌다.

네 발로 땅을 기는 그 몬스터는 수많은 몬스터 종족 중에서도 최강을 구가하는 드래곤이었다. 날개는 없지만 단단한 비늘에 뒤덮인 강인한 육체에는 오크마저도 압도하는 잠재능력이 담긴 것이 일목요연했다. 피처럼 붉은 눈알이 두리번두리번 움직였다.

'인펀트 드래곤'.

11, 12계층에 출현하는, 숫자는 얼마 되지 않는 레어 몬스터.

넓은 계층 내에 다섯 마리도 존재하지 않는 저 소룡과 조우하는 것은 희귀함을 넘어서 행운이라고까지 할 수 있다. 하급 모험자 파티를 수없이 전멸시켰다는 보고만 무시할 수 있다면.

'몬스터렉스'가 존재하지 않는 상층에서는 저 소룡이 사실상의 계층 터주였다.

"──────아아악!!"

포효와 함께 인펀트 드래곤이 움직여 근처에 있던 엘프 모험자를 긴 꼬리로 후려쳐 날려버렸다. 벽에 처박힌 그는 눈을 크게 뜬 채 실이 끊어진 인형처럼 풀썩 목을 꺾었다. 순식간에 주위 일대로 퍼져 나가는 비명소리가 겹쳐졌다.

미노타우로스만은 못하다지만 개체에 따라서는 Lv.2에

속해도 이상하지 않은 강력한 몬스터에게, 다들 이번만큼
은 암묵적인 규칙을 버리고 한 덩어리가 되었다. 파티의
제약을 넘어서서 여러 가지의 마법이 영창 되기 시작하고,
대검이며 도끼를 든 아마조네스와 드워프들이 일제히 달
려 나갔다.

"릴리돌이, 도망쳐!!"

그런 가운데 여유가 없는 벨프 씨의 절규가 터졌다.

드래곤의 등장에 망연자실했던 내 눈에도 그 광경이 들
어왔다. 아득히 멀리, 마석을 회수하기 위해 룸 안쪽에 있
던 릴리에게 소룡이 달려가는 중이었다.

멍하니 선 릴리와 그녀에게 달려드는 몬스터의 모습에
눈을 깜빡이던 내 몸이 저절로 움직였다.

여전히 발광을 반복하는 오른손을 힘차게 내밀며 있는
힘껏 외쳤다.

"【파이어볼트】!!"

모든 소리가 사라졌다.

"―――――."

순백색 섬광.

시야를 새하얗게 물들인 광탄이 터지고, 그와 함께 거수
(巨獸)의 포효 같은 요란한 소리가 쩌렁쩌렁 울려 퍼졌다.
오른손에서 폭발한 백광 속에서 튀어나간 것은 불꽃의 벼
락【파이어볼트】.

다만 규모가 이상했다. 하얀 빛의 입자에 에워싸인 선홍

색 염뢰는 사람 하나를 통째로 뒤덮을 만한 굵기와 크기로 인펀트 드래곤에게 날아갔다.

눈 깜짝할 사이에 소룡을 후려치고, 그대로 멀리 떨어진 던전 벽면에 처박는다.

대폭발.

『……꺼, 억.』

호박색 비늘이 후둑후둑 떨어져나갔다.

염뢰의 먹이가 된 인펀트 드래곤은 갈라진 목소리를 남기고 쓰러졌다. 불에 내성이 있어야 하는 드래곤의 피부는 불에 타 떨어져 나갔으며, 커다란 몸 주위에는 시커먼 연기와 함께 불꽃의 잔재가 떠돌았다.

룸 가장 안쪽에는 그야말로 용의 발톱자국으로 착각할 만한 균열이 깊이 새겨져 있었다. 극대 사이즈【파이어볼트】를 받은 던전의 벽면은 벼락의 직격을 받은 것처럼 박살이 났다.

우르르르. 이제야 생각이 났다는 듯 벽의 일부가 무너졌다.

"……."

정적이 룸을 지배했다.

움직임을 멈춘 모험자들의 시선이 내게 모여들었다. 릴리와 벨프 씨의 시선도.

경악과 전율…… 그리고 적대감. 날아드는 온갖 감정. 그래도 반응하지 못한 채, 나는 뻣뻣한 동작으로 오른팔을 슬며시 내렸다.

　아연실색 내려다본 손바닥은 하얀 빛의 입자를 지운 채 아무 일도 없었다는 듯 입을 다물고 있었다.

✦

　"……휴우."

　옷에서 쏙 고개를 내밀고 온몸의 피로감을 토해내듯 숨을 내쉬었다.

　평상복으로 갈아입은 나는 문을 찰칵 열고 샤워실에서 나왔다. 보라색 소파 위에는 이미 옷을 다 갈아입은 주신 님이 있었다.

　"벨, 피곤하면 쉬는 게 어떠냐? 저녁 준비는 내가 할 테니."

　"아뇨, 괜찮아요. 거들게요!"

　"후후, 그러냐? 그럼 함께 하자꾸나."

　주신님은 아르바이트하는 곳의 사정 때문에, 나는 길어 졌던 던전 탐색 때문에 홈에 귀가한 시간이 늦어졌다. 이 미 밤이라고 할 수 있는 시간이라 우리는 부랴부랴 저녁 준비에 착수했다.

　주신님의 희망도 있고 해서 홈의 가사 전반은 가능한 한 둘이 함께 했다. 사실은 주신님의 손을 번거롭게 하고 싶 진 않지만, 주신님은 그럴 때마다 서운한 소리 하지 말 라고 타박을 주신다. 그래도 역시 죄송스러운데…….

"……벨, 한 가지 물어도 되겠느냐?"

"뭔데요?"

부엌이라고는 할 수 없는 좁은 설거지대에서 야채를 씻고 있으려니, 나란히 서서 고기를 썰던 주신님이 어딘가 망설이면서 말했다. 키가 작기 때문에 받침을 놓고 서 있는 주신님을 쳐다보며 손을 멈추었다.

"프레이야……. 어, 아니, 은발 여신과 면식이 있거나 하진, 않았느냐?"

"은발 여신님요? 아뇨, 뵌 적 없는 것 같은데요……."

기억을 더듬어보며 대답했다. 이 도시에 온 후로 헤스티아 님 말고 다른 여신님과 이야기를 나눈 것은 손으로 꼽을 정도밖에 안 되고, 은색처럼 눈에 뜨이는 머리카락이라면 분명 기억할 것이다.

"으음, 그래. 그렇겠지……."

주신님은 고개를 들고 천장을 바라보신다. 무슨 일 있었나?

그러고 보니 신회가 끝나고부터 무언가 생각에 잠긴 주신님의 모습을 가끔 보곤 했던 것 같다. 무슨 일이 있었냐고 물어도 주신님은 쓴웃음을 지으며 아무것도 아니라고 고개를 가로저을 뿐이었다.

조금 신경이 쓰였지만 그 후로는 준비에 집중해, 잠시 후 주신님과 함께 식탁에 앉았다.

"호오. 그러면 그 스미스 군은 좋은 아이가 아니냐."

"네. 아주 싹싹하고, 어딘가 듬직해요. 릴리하고는 사이가 좋은지 나쁜지 잘 모르겠지만요……."

"하하하."

야식 시간대에 한 발을 걸친 저녁식사를 하며 주신님과 담소를 나누었다.

요즘 들어 식사가 풍성해졌다. 아니, 간소함이 줄어들었다고 해야 하려나.

당연하다는 듯이 2인분 빵이 있고, 당연하다는 듯이 고기가 든 샐러드를 그릇에 수북하게 담았으며, 당연하다는 듯 감자돌이가 산처럼 쌓였다.

여기까지 오느라 길었던 것도 같고 짧았던 것도 같고…… 가난뱅이라는 상태에서는 한 발짝 벗어난 것 아닐까.

"음, 그렇게 좋은 사람이고, 게다가 남자라면 아무 문제도 없지. 나도 쌍수 들어 환영하마. 그 아이를 놓치면 안된다, 벨."

"네! 뭐니 뭐니 해도 벨프 씨는 스미스고, 게다가 3인 파티면 위험성이 많이 줄어든다고 들었으니까요! 가능하다면 계속 있어줬으면 좋겠지만……."

"그렇지. 무슨 수를 써서라도 붙잡아야 한다. 너와 서포터 군 **단둘뿐인 상태**는 매우 위험하니까."

생글생글 시원시원한 웃음을 짓는 주신님에게 나도 약간 흥분해 고개를 끄덕였다. 두 가닥으로 묶은 주신님의 머리카락이 매우 기분 좋게 찰랑거린다. 보아하니 우리를 많이 걱정해주셨던 모양이다.

이건 여느 때의 습관이지만, 나는 주신님께 오늘 있었던 일을 말씀드렸다.

우선 벨프 씨에 대해. 직접 계약에 대해서는 어제 전해두었지만 오늘 하루 접해보며 느낀 인상을 알려드렸다.

"그건 그렇다 쳐도 헤파이스토스네 아이와 파티를 맺다니…… 후후, 이것도 네가 나의 【파밀리아】에 들어온 무슨 인연일까?"

주신님은 쿡쿡 웃었다.

헤스티아 님과 헤파이스토스 님은 천계에 있을 때부터 친분이 있었으며 매우 절친하다고 한다. 오라리오에 온 후로는 일도 좀 있었고, 【파밀리아】의 주신이라는 신분 때문에 예전처럼 가볍게 만나지는 못하는 모양이었지만.

떼어놓으려야 떼어놓을 수 없는 사이라며, 주신님은 재미있다는 듯 웃었다.

"……저어, 주신님? 벨프 씨의 '크로조'라는 가문명에 대해 무언가 들어보신 적 있나요?"

나는 기회를 노려 궁금했던 것을 과감하게 물어보았다.

릴리가 말했던 '마검'에 얽힌 '크로조'의 이야기.

벨프 씨가 모르는 곳에서 뒤를 캐는 것 같아 찜찜했지만, 나는 호기심 같은 감정을 억누를 수가 없었다.

"'크로조의 마검'이라…… 나도 그 정도 이야기라면 언뜻 들은 적이 있다만…… 아마 네가 아는 것과 별반 차이가 없을 거다."

"그런, 가요……."

주신님은 천계에서 내려오신 지 얼마 되지 않아 하계의 정보에 밝지 못하다. 그야말로 나와 비슷한 지식뿐이라 해도 어쩔 수 없다.

결국 벨프 씨에 대해서는 여전히 오리무중.

"……'크로조' 일족에 대해서는 모르겠다만 그 스미스…… 벨프 군 개인의 평판이라면 조금 가르쳐줄 수 있으려나."

"네에?!"

"후후, 벨. 내가 어디서 일하는지 잊어버렸느냐?"

——아!

나도 그 말에 금방 깨달았다. 주신님은 벨프 씨가 속한【헤파이스토스 파밀리아】의 가게에서 일하신다. 분명 그곳에서 일하면 어떤 구성원의 평판 한둘 정도는 들을 수 있을지도 모른다.

어떠냐, 벨! 이라고 하시듯 그 커다란 가슴을 불쑥 내미는 주신님께 나는 움찔하며 뺨을 붉혔다. 애써 만든 쓴웃음을 지으며 간신히 뒷말을 채근했다.

듣자하니, 어제 나에게서 벨프 씨의 이름을 들은 주신님은 스스로 정보를 모아주신 모양이었다.

"실력 좋은 스미스라고는 하더구나. 아직 싹을 틔우진 못했다지만, 헤파이스토스도 곧잘 이름을 언급하곤 했으니 그 점은 틀림이 없을 게다."

"헤, 헤파이스토스 님이, 벨프 씨 이야기를 하셨다고요?"

"그래. 마시러 가서 취한 김에 흘린 거긴 하지만, 누구누구는 재능이 있다느니, 얘는 굉장히 아깝다느니 하는."

세계에서도 이름 높은 스미스 파벌을 통솔하는 신이 재능을 인정했다니…… 혹시 벨프 씨는 【파밀리아】 내에서도 출세가 보장된 사람 아닐까?

"헤파이스토스가 점찍어두었더구나. 평가도 좋던걸. 빛이 보인다고. ……다만 남아돌 정도로 딱한 구석도 있는 아이라고 들었다. 주로 감성이."

"……"

'깡총이'라는 이름의 강한 기시감이 내 머리를 가로질렀다.

참고로 지금 쓰고 있는 라이트아머도 원조로부터 대대로 명칭을 물려받고 있다. 이번이 Mk.Ⅲ.

"그리고 말이다. 【파밀리아】 내부를 보자면 헤파이스토스의 말과는 정반대로, 그의 평판은 매우 좋지 못하지."

"네? 그게 무슨 말인가요?"

갑자기 이야기의 흐름이 바뀌는 바람에 내가 되묻자 주신님은 음음 하고 고개를 끄덕였다.

"우선 결론부터 말하자면, 그는 '마검'을 만들 수 있다고 한다."

"……!"

"위작이 아닌 진짜 '마검' 말이다. 그 완성도는 【파밀리아]에 있던 기존의 마검 작품…… 하이 스미스의 작품마저도 능가할 정도라고 하지. 그야말로 '크로조의 마검'이라 불리기에 손색이 없을 만큼."

——마검 도공.

내 귀로 들었던 말이 현실감을 띠면서 머릿속에서 되풀이되었다.

"어? 하지만…… 잠시만요. 마검이란 건 분명 '단야' 발전 어빌리티를 발현시켜야만 만들 수 있는 거 아닌가요……?"

그렇다. 처음으로 【헤파이스토스 파밀리아】의 가게를 찾아갔던 날 에이나 누나가 가르쳐주었다. 마검은 '단야' 어빌리티를 습득한 사람, 또한 그 중에서도 얼마 안 되는 스미스들만이 만들 수 있다고, 분명 그렇게 말했다.

"그 점은 나도 잘 모르겠다만, 아무튼 그는 마검을 만들 수 있다더구나. 헤파이스토스도 인정했다."

"……그렇다면."

"그래. 그 가문명은 진짜야. 그에게는 정통 '크로조'의 피가 흐르고 있어."

스스로도 정체를 알 수 없는 충격에 휩싸였다.

벨프 씨는 대장장이 귀족. 몰락했다고는 하지만 고귀한 출신이라는 사실.

그리고 그는 '단야'라는 발전 어빌리티가 없는데도 마검을 만들 수 있다는 사실.

……'스킬'?

나는 갑자기 그 생각을 해냈다. 벨프 씨는 무언가 특별한 스킬의 효과 덕에 마검을 제작할 수 있는 것이 아닐까하고.

아니, 하지만 '크로조'의 혈연은 누구나 마검을 만들 수 있다고 릴리가 그랬던 것 같은데……. 크로조 가문은 다들 같은 스킬을 가진 걸까?

으음, 아무리 그래도 그건…….

나는 머리를 싸쥐고 말았다. 안 되겠다. 공연한 억측을 해봤자 소용이 없겠다. 일단 솟아나는 의문은 접어두고 주신님의 이야기에 집중하기로 했다.

"하지만 그는 마검을 만들지 않아."

"……네?"

"제작하려고 하질 않는 게야. 어째서인지. 한 번 만들면 부와 명성을 보장받을 수 있을 텐데도 그는 마검을 만들려 하질 않아. 하이 스미스의 말석까지 걷어차고 한사코 거부한다더구나."

마검을 만들 수 있는데 만들지 않는다.

휘두르기만 해도 마법을──마법과 같은 효과를──발휘하는 마검은 강력하다. 행사 제한이 있는 대신 손에 들면 누구나 마법의 은총을 누릴 수 있다. 누구나 쉽게 힘을 얻을 수 있다.

많은 사람이 바라마지않는 마법의 검을.

고객도, 돈도 쉽게 모을 수 있는 신비의 무구를.

벨프 씨는 만들려 하질 않아……?

"내가 일하는 가게에서는 보물을 놔두고 썩힌다며 탄식했다. 【파밀리아】 단원들 사이에서도 '불량품 크로조'라 비방한다고 들었고. 주신인 헤파이스토스가 그런 것을 싫어하니 노골적으로 떠드는 아이는 없다지만."

……그것만은 이야기를 듣지 않아도 알 수 있다.

보물을 썩힌다고 탄식하는 가게 측의 목소리는 둘째 치고 구성원——벨프 씨와 같은 스미스들이 그를 헐뜯는 이유는 분명 질투하기 때문일 것이다. 마음만 먹으면 쉽게 하이 스미스의 대열에 들어갈 수 있는 재능을, 노력하지도 않고 마검을 만들어낼 수 있는 혈통을.

벨프 씨가 【파밀리아】 내에서 소외된 이유가 보였다.

"실력은 분명하지만 무언가 사연이 있다……고나 할까, 네가 계약을 맺은 스미스 군은."

"……."

사연이라…….

벨프 씨는 마검을 만들 수 있다는 사실을 내게 비밀로 하고 싶었던 걸까.

그야 만난 지 겨우 이틀밖에 되지 않은 사람에게 자신의 사정을 터놓는 사람은 없고, 애초에 벨프 씨는 숨길 생각 따위 없었을지도 모르지만.

오늘 그의 태도를 돌이켜본 나는 어쩐지 그렇게 느꼈다.

"벨, 비밀 한두 가지쯤이야 웃으면서 받아들여주어야 하는 거다. 설령 신이라 해도 켕기는 일은 얼마든지 있으니까. 부디 마음 넓은 남자가 되어다오."

"주신님……."

어쩐지 부드럽게 타이르는 어조, 어딘가 부드럽게 지켜보는 듯한 눈빛.

테이블에 팔꿈치를 짚고 턱을 괸 주신님께 나는 나도 모르게 눈썹을 늘어뜨리며 웃고 말았다. 내 얼빠진 웃음을 보고 주신님도 헤죽 웃었다.

"꽤 오래 이야기했구나. 밥이나 먹자꾸나. 아니면 아직 더 하고 싶은 이야기가 있느냐?"

완전히 식어버린 요리를 보며 주신님이 물었다. 나는 잠시 망설이다가 이 자리에서 이야기하기로 했다. 마지막으로 그 스킬에 대해.

"그러면 발동했느냐? 네 스킬이."

"네……."

영웅들을, 동경하는 존재를 떠올려 스킬이 발동했던 것.

스킬의 영향이 미치는 곳이 하얀 빛의 입자에 휩싸인다는 것. 그리고 그곳에서 발하는 공격이…… 액티브 액션의 효과가 비약적으로 상승한다는 것.

아마도, 차지(충전)되었던 만큼.

나는 이러한 사실을 감추지 않고 주신님께 말했다.

"……벨, 잠깐 거기 서서 【스테이터스】를 보여주지 않겠느냐?"

"어, 네."

나는 진지한 표정을 짓는 주신님의 말에 따랐다.

폴짝, 의자에서 내려온 주신님의 앞까지 가서 몸에 걸친 평상복을 벗는다. 엄숙한 시선이 【스테이터스】가 새겨진 피부 위를 훑는다.

"……음."

주신님의 손이 내 등에 놓였다.

갑자기 부드러운 손가락이 건드린 부위가 열기를 띠기 시작했다.

눈에는 보이지 않아야 하는 칠흑의 【히에로글리프】가 머릿속에 그려지는 감각.

한 장의 비석에 새겨진 【아르고노트】의 한 문장이 환영처럼 떠올랐다.

"그만 됐다."

나는 천천히 돌아보았다. 주신님은 의자 위에 놓아둔 옷을 집어 건네주었다.

"내 개인적인 견해를 말해보마. 네 스킬은 역전의 힘이다."

주신님이 말했다.

손을 내민 자세 그대로, 조용히.

"자신보다도 강대한 적을 쓰러뜨리기 위한 힘……. 어떤 궁지도 뒤집을 가능성을 가진, 말하자면 자격이라고나 할까."

푸르스름하고 신비한 눈동자가 나를 올려다보며, 나만을 비춘다.

"바보처럼 영웅을 동경하는 아이가 영웅이 되기 위한 스킬인 게다."

——아르고노트.

영웅이 되기를 꿈꾼 청년의 이야기.

영웅을 꿈꾸었으며, 영웅이 되고 말았던 사내의 궤적.

영웅으로 가는 여정.

"그 일격에 모든 것을 걸고, 그 일격에 모든 힘을 쏟아붓는다. 압도적인 힘의 부조리에 대해 단 하나뿐인 미미한 힘으로 대항하는 게지……. 옛 영웅들이 그랬듯."

주신님이 말을 이었다.

"네가 손에 넣은 것은 '영웅의 일격'이다."

주신님의 그 말을 끝으로 방에는 침묵이 찾아왔다.

내 눈은 나도 모르는 사이에 주신님의 눈동자에 못 박혀 한동안 뚫어지게 응시하고 있었지만, 주신님이 옷을 톡톡 두드리는 바람에 흠칫 지금의 상황을 깨달았다.

귀까지 붉게 물들이며 황급히 옷을 입고, 허둥지둥하는 그런 나를 곁에서 바라보던 주신님은.

마지막으로 후훗 웃으셨다.

언제나 보던 웃음과는 다른 뭐랄까, 손이 닿지 않는 먼 곳에서 짓고 있는 듯한 아득한 웃음.

하늘 위에서 단 하나뿐인 자식을 지켜보며 보내는 머나

먼 자애의 웃음.

나는 이때 처음으로.

의식도 심장 고동도, 주신님께 빼앗기고 말았을지 모른다.

"기억해두면 좋을 게야."

내가 멍하니 서 있는 가운데 주신님은 그렇게 말씀하셨다.

🐾

"크르으아아아아아아아아아아아아아아아아아!!"

포효가 터졌다.

가공할 속도로 날아간 발차기가 멍청히 선 몬스터의 안면을 박살냈다.

피에 물든 금속제 장화. 이미 수백이나 되는 괴물들의 두개골을 부숴 마그마를 뒤집어쓴 것처럼 보이는데도, 그 안쪽에서 둔중하게 빛나는 광택은 전혀 죽질 않았다. 발을 보호해주기 위한 방어구가 아니라 무기의 방향성을 갖춰 특별 주문한 메탈 부츠는 눈앞의 적에게 아낌없이 위력을 해방시켰던 것이다.

"베이트 좀 비켜! 그러다 썰려도 난 몰라!"

"네 느려 터진 무기에 누가 맞는다고!"

"티오네! 오늘 메뉴는 늑대고기야! 우와, 맛없겠다!!"

"너 죽는다?!"

"……바보들."

44계층.

찌는 듯한 무더위가 피어나는 던전 심층영역.

타오르는 붉은색이 주위 일대의 지면을 가득 메우고, 울퉁불퉁한 바위는 곳곳에 널려 있다. 시야를 가로막는 벽면은 곳곳이 갈라진 채 거무스름하게 그을려 마치 탄화(炭火)한 것 같다. 균열 속에서 어렴풋이 빛나는 붉은 광채가 숯색 벽 안에서 기분 나쁜 존재감을 뿜어낸다.

마치 화산 뱃속에 떨어진 듯한 착각 속에서, 한창 '원정' 중인 【로키 파밀리아】는 암석 몬스터 '플레임 록'의 무리와 격렬한 전투를 벌이고 있었다.

"저치들은 왜 이번 원정 내내 저리 흥분하고 난리인가?"

어이없다는 투의 나직한 목소리가 【로키 파밀리아】의 수령 핀의 귀에 들렸다. 그리고 다가온 것은 한 드워프였다.

"가레스."

무성한 수염, 방어구 틈새로 엿보이는 강철 같은 근육. 망토가 달린 강건한 중무장에 거대한 도끼를 대수롭지 않다는 듯 장비하고 있어, 관록과 박력을 겸비한 모습은 그야말로 역전의 전사 그 자체다.

가레스라 불린 드워프는 전방에서 날뛰어대는 베이트 일행을 흘겨보며 투덜거렸다.

"중층부터 저 꼬락서니 아니었나? 저래서야 다른 친구

들을 어떻게 키워주겠어. 보라고. 라울 같은 애들이 난처해하잖나."

"으음— 나도 별로 좋진 못하다고 생각하지만, 말릴 수가 없어서."

지금 베이트 일행을 에워싼 것은 몬스터의 대군만이 아니었다. 동료인【로키 파밀리아】의 구성원들도 있다. Lv.3 단원을 중심으로 한 제2급 모험자들은 수준 높은 제1급 모험자의 전투에 당혹감을 보이며 엉거주춤 서 있다.

베이트, 티오나, 티오네. 겨우 세 명이 '심층'의 귀중한【엑세리아】를 송두리째 독차지하는 모습에 바위 위에서 팔짱을 끼고 있던 파룸, 핀 디무나도 금방 한숨을 쉴 것 같은 표정이었다.

눈가 깊이 눌러 쓴 투구를 척 들어 올리며 가레스는 바위 위에 선 핀을 올려다보았다.

"티오네도 웬일로 내숭을 안 떨고 있고……. 핀, 내가 합류하기 전에 무슨 일 있었나?"

평소 같으면 동경의 대상인 핀의 시선을 신경 써서 냉정하고 침착함을 가장하던 쌍둥이 아마조네스 중 언니를 가리키는 말이었다. 그녀는 조용한 표정 속에서 이따금 사나운 전의를 드러내며 살짝 입가를 틀어 올리고 있었다. 쿠쿠리 쌍검을 휘둘러댈 때마다 젖은 까마귀색 장발이 아지랑이 속에서 요란하게 춤을 추었다.

"그게 좀, 오는 도중에 봤던 모험자에게 영향을 받았

는지."

"음? 중층에 그렇게 쌩쌩한 놈이 있었나?"

"아니, 상층에."

"뭬야?"

가레스는 호박색 눈동자를 슬쩍 크게 뜨며 놀란 표정을 지었다.

'원정'의 규칙에 따라 부대를 둘로 나누었던 【로키 파밀리아】 중 후속부대를 통솔했던 것이 가레스였다. 【로키 파밀리아】 최후의 제1급 모험자인 그는 예측하지 못한 사태에 대비해 전력을 집중시켰던 선발대의 뒤를 따르는 형태로 던전 안을 나아갔고, 미리 정해둔 포인트에서 합류했다. 따라서 앞장을 섰던 핀 일행이 무엇을 보았는지는 모른다.

"아마 흑막이 있을 것 같긴 한데, 미노타우로스가 9계층에 나타났거든. 그걸 Lv.1 모험자가 혼자 해치웠어."

"Lv.1이 미노타우로스를? 아니, 잠깐잠깐. Lv.1인 건 어떻게 알았지?"

"【스테이터스】를 볼 기회가 있었거든. 그때 확인했지. 뭐, 리베리아의 【히에로글리프】 해독이 잘못되지 않았다면 말이야."

"뭐야. 내 눈을 의심하나, 핀?"

"오오, 리베리아."

핀 일행의 대화에 엘프 여성 리베리아가 뒤에서 나타나

끼어들었다.

빛나는 비취색 장발. 투명한 흰 피부는 이 열기 속에서 땀 한 방울 흘리지 않는다. 아름다운 푸른 옷을 걸친 그녀는 핀 일행 앞에서 걸음을 멈추었다.

"핀, 역시 다음부터는 나도 로브를 입고 오겠어. 운디네 드레스는 장비하기가 너무 귀찮아."

"으음— 기껏 로키가 마련해준 건데, 좀 참으면 안 될까?"

"음음. 잘 어울리는걸."

"그 녀석의 핥는 것 같은 시선을 떠올리기만 해도 난 이걸 내팽개치고 싶어지거든……."

자신의 주신이 '리베리아, 부탁한데이! 이걸 입어도!!'라며 내밀었던, 매우 얇은 원단으로 만든 드레스를 리베리아는 싸늘한 눈으로 내려다보았다.

핀도 가레스도 그녀의 것과 비슷한 재질의 푸른 속옷을 방어구 안에 겹쳐 입고 있었다. 리베리아와 마찬가지로 더위에 지친 기색이 전혀 없었다. 그들은 그 장비품——'운디네'의 가호 덕에 밀려드는 열파로부터 보호를 받는 것이다.

"이야기를 되돌리자면, 나 말고 아이즈도 증인이다. 그 아이도 벨 크라넬의 스테이터스를 읽었으니까."

그 이름을 들은 가레스는 한쪽 눈썹을 치켜 올리며 리베리아가 쳐다본 방향, 혼자 묵묵히 서 있던 아이즈에게 시선을 돌렸다.

"……자네들의 이야기가 사실이라면 아이즈가 제일 먼저 몬스터에게 달려갔어야 한다고 생각하네만……. 그건 내 기분 탓인가?"

"응—? 그러고 보니, 무슨 일이지? 너무 얌전해서 까먹고 있었네."

"뭐, 내버려두도록. 언젠가는 제 분위기로 돌아가겠지."

의아해하는 핀과는 달리, 리베리아는 무언가를 눈치챘는지 쓴웃음에 가까운 표정을 지었다.

아이즈는 슬쩍 턱을 당겨 마치 지면을 주시하는 듯한 자세로 무언가 생각에 잠겨 있었다. 무표정한 것치고는 지금이라도 부글부글 하는 소리가 들려올 것만 같았다.

"나한테는 영 뜬금없는 헛소리로밖에 안 들리는데……. 자네들은 뭔가 느꼈나? 그 모험자를 보고."

"아직 거칠고 잡스러운 면도 눈에 뜨이지만……. 그래도, 뭐랄까, 저 애들이 도저히 가만있을 수 없다고 설쳐대는 것도 이해는 가. 덕분에 나도 그 아이와 같은 **모험자**였다는 사실을 떠올렸거든."

황금색 머리카락을 찰랑거리며 가레스 쪽을 돌아본 핀은 그 앳된 얼굴에 어울리는 아이 같은 표정으로 웃었다. 리베리아도 동감이라는 듯 거들었다.

"【파밀리아】를 통솔하는 입장에서, 동료를 포함해 내 몸을 지키는 데만 치우친 전투에 지나치게 익숙해졌지. 만에 하나 있을지 모를 우를 범하지 않으려는 지금의 우리에게,

그 아슬아슬한 전투는…… 조금 눈부셨어."

"……어쩐지 아까운 구경거리를 놓쳤다는 생각이 드는 구먼."

이야기를 듣던 가레스가 수염에 손을 뻗으며 그 자리에 없었던 자신을 후회하듯 중얼거렸다.

차마 섣부른 짓을 할 수 없는 【파밀리아】 수뇌 세 사람의 시선 너머에서 젊은 단원들은 몸속의 열기가 시키는 대로 설쳐대고 있었다.

"……리베리아."

"왜 그러지, 아이즈?"

문득 들려온 나직한 목소리에 리베리아는 슬슬 때가 올 줄 알고 있었다는 듯 반응했다.

아이즈는 한동안 뜸을 들이더니 입을 열었다.

"어빌리티의 한계는…… 어떻게 하면 넘을 수 있을 것 같아?"

귀를 세우고 있던 가레스와 핀은 그 질문에 의아한 표정을 지었다. 그러나 핀만은 이내 무언가를 깨달은 듯 눈을 가늘게 뜨고 아이즈와 리베리아를 바라보았다.

리베리아가 아이즈의 물음에 대답했다.

"우리는 발을 들일 수 없는 영역이지. 어빌리티를 마스터하는 거라면 모를까, 넘어설 수는 없다."

마도사인 그녀 자신을 예로 든다면, 마법효과와 관계가 있는 어빌리티 '마력'을 최고평가 S로 마스터할 수는 있지만 '힘'이나 '내구'처럼 엘프의 몸으로는 단련하기 어려운 능력을 크게 성장시킬 수는 없다. 학술이며 무투 등 사람에 따라 잘하고 못하는 것이 확실히 나뉘듯, 어빌리티 분야에도 각 개인별로 정해진 상한이 뚜렷이 존재한다.

상한치에 도달하기란 어려운 일. 하물며 신들이 규정한 스테이터스의 한계치를 돌파하는 일은 불가능하다고, 리베리아는 그렇게 단언했다.

"멍청한 생각은 하지 마라, 아이즈. 우리가 가진 그릇의 한계는 레벨마다 정해진 거니."

"……응."

리베리아에게서 냉엄한 시선을 받은 아이즈는 침묵했다.

이윽고 그녀는 자신의 의식을 어딘가로 날린 것처럼 움직임을 멈추는가 싶더니──검을 뽑았다.

칼집에서 나타난 날카롭기 그지없는 검신이 주위에 달라붙었던 열기를 갈라버렸다.

리베리아 일행이 지켜보는 가운데 아이즈는 전장을 향해 걷기 시작했다.

"……이봐, 리베리아."

"소용없다. 불이 붙었으니."

말해봤자 듣지 않는 자식을 포기한 부모처럼 탄식을 억누른 리베리아가 가레스에게 말했다.

베이트 일행이 있는 곳으로 진로를 잡은 아이즈의 발걸

음은 확고했다. 금발을 찰랑거리며 금색 눈동자를 조용히 불태우는 소녀는 그 미모를 얼음 가면으로 덮어버렸다.

아이즈 발렌슈타인의 또 다른 얼굴.

누가 말했던가, '전희(戰姬)'라고.

한사코 힘을 추구했던 소녀는 오로지 전장에만 몸을 던졌다.

'……나는 더 강해질 수 있어.'

던전의 열기 속으로 그 속삭임이 사라져가는 가운데, 아이즈는 제시된 가능성 속으로 뛰어들었다.

그 눈동자에는 한계를 넘어섰던 소년의 뒷모습이 지금도 새겨져 있었다.

🔥

이른 아침.

도시를 에워싼 시벽 너머에서 태양이 얼굴을 드러내려는 시간.

미궁탐색을 가려던 나는 시르 씨에게 붙들려 주점 앞에 있었다.

"죄송해요. 조금만 더 시간을 내 주실 수 없을까요! 요리에, 좀 실패해서……."

"저기, 시르 씨, 그렇게 무리하실 필요는……. 늘 얻어먹기만 하는데 오늘 하루쯤이야……."

"아니에요, 꼭 준비할게요! 그러니 받아주세요!"

불쑥, 귀기 어린 표정을 코앞에 들이미는 시르 씨에게 나는 어정쩡하게 대답하며 고개를 끄덕일 수밖에 없었다. 부끄러움에 얼굴을 붉게 물들인 그녀는 탁탁탁, 서둘러 주점으로 돌아갔다.

나는 매일 시르 씨에게 도시락을 받는다. 오늘은 보아하니 조리 과정에서 실수를 한 모양이다. 평소에 별로 허점을 보이지 않는 만큼 지금과 같은 시르 씨의 모습은 매우 보기 드물며 어쩐지 흐뭇하기도 하지만⋯⋯. 오늘은 어떤 맛의 점심이 될지, 얻어먹는 주제에 이런 말은 좀 그렇지만 식은땀과 함께 걱정이 앞서고 만다.

무료하게 서 있으려니 문에 달린 종이 딸랑 소리를 내며 웨이트리스 제복에 하얀 카추샤를 쓴 류 씨가 나타났다.

"안녕하신가요, 크라넬 씨."

"아, 류 씨. 안녕하세요."

"시간을 빼앗아 죄송합니다. 하지만 시르도 노력하고 있으니⋯⋯ 부디 기다려주십시오."

시르 씨를 감싸주는 그녀의 마음 씀씀이에 나는 괜찮다고 웃음을 지었다. 일부러 가게 준비를 빼먹고 나온 류 씨는 내 말상대가 되어주었다.

"그렇군요. 무사히 파티 멤버를 구하셨군요."

"임시가 될지도 모르지만요⋯⋯."

얼마 전에 말해주었던 파티의 인원에 대해 당분간은 확

보할 수 있겠다고 전해주었다. 그러자 류 씨가 내게 질문을 던졌다.

"크라넬 씨, 그분은 신뢰할 만한 인물입니까?"

"어…… 네?"

"아니, 죄송합니다. 당신을 의심하는 것은 아니지만, 다른 【파밀리아】 단원이 파티가 된다면 이야기가 달라지기 때문에."

개인 문제 이외에도 파벌 사이의 배경도 유의해야 한다고 류 씨는 하늘색 눈을 내게 돌리며 말했다.

신경을 써준다는 것을 금방 이해할 수 있었다. 그날 축하 파티 자리에서 모험자들에게 에워싸였던 나를 감싸주느라 몸을 날렸던 분이니, 지금도 나를 걱정해주고 있을 것이다.

류 씨의 진지한 마음을 기쁘게 생각하면서 나는 대답했다.

"그분은 【헤파이스토스 파밀리아】 소속이니까 저희 【파밀리아】랑 문제를 일으킬 일은 없을 거예요. 주신님들끼리도 친하거든요."

【헤파이스토스 파밀리아】는 널리 조직에서 개인 단위까지 계약을 맺는 대장장이의 본산이므로, 그런 의미에서도 충분히 신뢰할 수 있다. 이해관계로 맺어진 【파밀리아】의 유대는 정말로 위험하다고 들었지만 【헤파이스토스 파밀리아】는 그런 파벌과 선을 달리한다 해도 좋다.

벨프 씨 개인에 대해서는 물론 불만이 있는 건 아니……지만.

어젯밤 주신님이 한 이야기를 떠올린, 나는 조금 생각한 다음 류 씨의 반응을 살피기 위해 일부러 벨프 씨의 이름을 말해보았다. 살짝 손짓을 섞어가며 실력 있는 스미스라는 사실을 설명했다. 어째 나 완전히 뒷조사하고 다니는 것 같아…….

"크로조……."

벨프 씨의 가문명을 들은 그녀는 움직임을 멈추었다. 입 속에서 굴려보듯 그 이름을 중얼거린다.

평소 별로 볼 수 없었던 류 씨의 반응에 조금 가슴이 두근거렸다.

"뭐, 뭔가 아시나요……?"

"아뇨, 안다기보다는…… '크로조'는 일부 엘프들이 무시할 수 없는 이름입니다."

에, 엘프가?

생각지도 못한 각도에서 튀어 나온 '크로조'의 정보에 나는 당황했다.

"괜찮으시면 가르쳐주시겠어요? 전 벨프 씨에 대해 알고 싶어서……."

"……좋습니다. 그렇다고는 해도 이것은 크라넬 씨가 원하는 그런 정보는 아니리라 생각합니다만……."

그렇게 전제를 둔 류 씨가 말을 시작했다.

"'크로조의 마검'에 대해서는 들어보셨으리라 생각합니다만, 마검 도공인 그들이 어디를 섬겼는지는 아시는지요?"

"아뇨, 몰라요."

"라키아 왕국이라는 나라입니다. 여러 나라들 중에서 이곳 오라리오와 비교적 가까운 곳이지요."

라키아…… 오라리오에 오기 전에 시골에 있을 때도 가끔 들었던 것 같다. 그 나라가 또 전쟁을 시작했다느니, 이번에는 어디어디로 원정을 나간다느니.

"라키아는 어떤 한 신이 군림한 국가 계통【파밀리아】입니다. 크로조 일족은 지위를 얻기 위해 그 왕권신수국가에 수많은 '마검'을 제공했습니다."

여기까지는 릴리가 가르쳐준 이야기의 내용과 겹치는 부분이 있다. 나는 고개를 끄덕였다.

"전쟁의 신을 자청하는 주신의 뜻도 있고 해서, 라키아는 매우 호전적인 국가입니다. 지금도 여전히 이어지고 있지만 기회가 있으면 다른 나라나 도시에 전쟁을 걸곤 합니다."

'정말 그랬구나…….'

"그리고 몇 번이나 되풀이된 과거의 전쟁 속에서 '크로조의 마검'은 유감없이 위력을 발휘했습니다."

핵심에 다가서려는 분위기를 느끼고 나는 숨을 죽이며 귀를 기울였다.

"크라넬 씨는 상상하실 수 있겠습니까? 일개 병졸조차

마검을 갖춘 군대를."

"……설마."

"그렇습니다. 당시 라키아는 마검을 구사하여 어마어마한 화력을 자랑했습니다. 그야말로 아무런 책략 없이 상대를 근절해버릴 만큼 압도적인 화력이지요."

연전연승, 무패무적, 불패신화.

당시 마검의 은총을 얻은 라키아 군의 진격은 그칠 줄을 몰랐다고 한다.

"라키아는 **지나치게** 힘을 휘둘렀습니다. 마검의 남발로 전장은 모조리 지형이 바뀌었으며, 풀 한 포기 나지 않는 초토가 되었다고 들었습니다. ……그리고 그 불꽃은 저의 동포인 엘프가 살던 숲까지 미쳤습니다."

신들이 하계에 강림한 후이기는 하지만, 휴먼과 데미휴먼의 교류는 그 전과 비교할 수 없을 정도로 왕성해졌다. 그러나 폐쇄적인 사고방식을 가진 사람들은 아직도 남아 있다.

그 가장 좋은 예가 엘프다. 어디까지나 일부라고는 하지만, 자존심이 좀 강한 그들은 다른 종족과의 교류를 꺼려해 부락을 만들어 숲 속 깊은 곳에 틀어박혔다고 한다.

그렇다면, 말인즉슨…….

"쫓겨났던 건가요, 엘프가? 전쟁에 피해를 입고, 살던 숲에서?"

"정확히는 초토화되었던 것입니다. 부락이. 숲 그 자체가."

숲이 불에 탔다.

그 말을 들은 나는 흠칫 숨을 멈추고 말았다.

그리고 이어진 류 씨의 이야기에 따르면, 숲을 잃은 엘프들은 그 후 어떤 신의 도움을 빌어…… 다시 말해 '은혜'를 입어 【파밀리아】에 소속해 라키아로 쳐들어갔다고 한다.

그때 이미 마검의 힘을 잃었던 왕국은 큰 손실을 입었고, 엘프들의 보복은 일단 멈추었다.

"피해를 함부로 확산시켰던 것은 어디까지나 무기를 가진 병사들. 무기에 불과한 마검을, 나아가서는 '크로조' 일족을 원망하는 것은 번지수가 잘못되었다고 해야겠지만……. 역시 선을 명확히 그어놓을 수 없었던 사람도 많았다고 합니다."

"……."

"다시 말해 그런 뜻입니다. 엘프에게 '크로조'가 무시할 수 없는 이름이란 말은."

"……류 씨에게도, 그런가요?"

"아뇨, 저는 아닙니다."

금세 단언하는 류 씨에게 내심 놀랐다.

엘프는 자기 자신에게 긍지를 가진 사람이 많으며 종족 내의 동료의식이 매우 강하다고 들었다. 류 씨는 어디까지나 과거의 일이며 또한 자신의 부락이 직접 불에 탔던 것도 아니기 때문이라고 했지만……. 그게 뭐랄까, 의외라는 생각은 감출 수 없었다. 시르 씨를 비롯한 '풍요의 여주인' 분들은 물론이고 만난 지 얼마 되지 않은 나까지도 잘 챙겨주는 류 씨는 식구를 매우 소중히 여기는 사람이라는 생각을 했기 때문이다.

"벨 씨, 오래 기다리셨죠!"

"……시간이 된 모양이군요. 그러면 크라넬 씨, 미궁탐색은 부디 조심하시기 바랍니다."

"아, 네……."

주점에서 나오는 시르 씨를 확인하고 류 씨는 작별인사를 하며 슬쩍 고개를 숙였다.

시르 씨와 엇갈리듯 멀어져가는 그녀의 등을 나는 말없이 지켜보았다.

"조금 늦었구나……."

살짝 뛰어서 서쪽 메인 스트리트를 나아간다. 도시 동쪽에서 아침 종소리가 울려 퍼지며 시민들이 거리에 모습을 나타내기 시작하는 가운데, 릴리와 벨프 씨가 기다리는 바벨로 향했다.

발을 움직이면서도 의식은 조금 다른 곳으로 날아가고 있었다. 류 씨에게 들었던 이야기를 이리저리 머릿속으로 굴리던 나는 정면에서 다가오는 사람을 깨닫는 것이 늦어졌다.

"어라, 정말 왔네."

"아."

나는 눈을 살짝 크게 떴다. 손을 들며 다가온 사람은 벨프 씨였다.

······어라?

이상하게 생각했다. 집합장소는 어제와 똑같다고 전해주었는데······. 아니면 일부러 마중을 나와 준 걸까?

"여, 벨. 좋은 아침."

"아, 안녕하세요. 어······ 벨프 씨, 여기는 왜 오셨나요?"

"응, 릴리돌이가 전할 말이 있다고 해서. 오늘은 던전 탐색에 같이 못 가겠대."

"네에?!"

듣자하니, 벨프 씨가 혼자 바벨에서 기다리고 있을 때 릴리가 헐레벌떡 달려와선 사정을 설명하고 갔다고 한다. 요즘 바빠지기도 해서 하숙하는 곳의 노움 주인장이 쓰러졌다는 것이다. 간병할 수 있는 사람이 달리 없었는지, 릴리는 몇 번이나 머리를 숙이며 사과했다나.

내가 서쪽 메인 스트리트 쪽에서 온다는 말을 들은 벨프 씨는 직접 말을 전해주러 온 것이었다.

"어떻게 할까. 둘이서 던전에 갈래?"

"으, 으음······."

서포터인 릴리가 없으면 마석이나 드롭 아이템 수집효율이 나빠진다. 그렇다고 해서 탐색을 중지하면 오늘 하루를 그냥 날려버리는 셈인데······ 그건 피하고 싶다.

이렇게 되면 솔로 때처럼 내가 백팩을 장비하고 서포터 노릇도 같이 해버릴까?

"……벨. 뭣하면 오늘 하루는 나한테 시간을 좀 내주지 않겠어?"

"네?"

벨프 씨의 제안에 나는 고개를 갸웃했다.

그는 입술 양끝을 살짝 틀어 올리며 손을 휘휘 내저었다.

"약속했잖아? 네 장비를 전부 새로 맞춰주겠다고."

"여, 역시 저는 이 라이트아머면 충분해요, 벨프 씨……."

"사양하지 말라니깐. 스미스는 두말 안 해."

쑥쑥 나아가는 벨프 씨의 등을 나는 난처한 표정으로 따라갔다.

한 번 승낙했던 일이라고는 하지만, 새삼스레 장비를 공짜로 제공하겠다는 말을 들으니 미안한 마음이 무럭무럭 솟아났다. 하지만 벨프 씨는 거절하려는 나와는 달리 천연덕스레 '됐으니 내게 맡겨라' 한마디뿐. 까만 키나가시를 펄럭이며 당당히 대로를 나아간다.

"벨, 아는 척을 좀 하자면 너는 더 욕심을 부리는 게 좋겠어. 모험자란 내일이면 어떻게 될지 모르는 거야. 만에 하나를 위해서라도 지금 할 수 있는 최고의 준비를 갖춰놓아야 하지 않을까?"

"윽……."

일리가 있다. 나는 멋지게 수긍하고 말았다.

죽어버리면 아무 의미가 없다. 에이나 누나도 바로 얼마 전에 그렇게 말하지 않았던가.

주신님과도, 혼자만 남겨두지 않겠다고 약속했다. 절도를 생각할 필요는 있겠지만…… 가장 소중한 것만은 언제나 제대로 가늠해야 한다는 소리이려나.

한동안 고민한 나는 결국 벨프 씨의 호의를 받아들이기로 했다.

잘 부탁드린다고 고개를 숙이자 벨프 씨는 그러라고 웃음을 지었다.

"그런데 벨프 씨, 지금 어디로 가는 건가요?"

"내 '공방'."

"공방?"

내가 앵무새처럼 되풀이하자 벨프 씨가 설명해주었다.

'공방'이란 벨프 씨의 스미스 작업실을 말한다. 대장장이 일을 하기 위한 도구와 설비 일체가 갖춰져 있으며, 벨프 씨는 그곳에서 쇠를 벼려 무구를 만든다고 한다.

전부【파밀리아】에서 제공받은 것이며…… 모든 구성원이 각자 공방을 얻을 수 있는 것은【헤파이스토스 파밀리아】의 특권이라나.

"특권이라면, 보통은 개개인이 공방을 받을 수 없나 봐요?"

"없나봐. 공동 공방을 여는 편이 싸게 먹히고 작업도 효율적이니까."

"그럼 왜?"

"자신의 기술을 다른 동료들에게 보이지 않기 위해서야. 내 기술은 나만의 것이다 이거지."

그것은 기술자의 본성…… 스미스의 긍지이기도 한 걸까?

【파밀리아】 동료 전원이 경쟁상대. 그런 말이 제일 먼저 떠올랐다.

"음습하고 고지식하다고 생각하지는 말라고. 이건 헤파이스토스 님의 방침이야."

농담처럼 말하며 벨프 씨는 걷는 속도를 조금 빨리했다.

우리는 지금 북동쪽 메인 스트리트를 걷고 있다. 이쪽 방향으로는 와본 적이 없었다는 생각이 들어 나는 주위를 연신 둘러보았다.

대로 양쪽에 처마를 맞대고 늘어선 크고 작은 상점. 주점이 아니라 공구 같은 것을 취급하는 전문적인 가게가 눈에 뜨였다. 길을 오가는 사람들은 모두 작업복 차림이었으며 전형적인 기술자 풍이다. 【파밀리아】 구성원이 아닌 무소속 시민노동자도 많은 것 같았다. 길 안쪽에는 상자 모양의 커다란 건물…… 수많은 공장이 보였다.

오라리오에서 얻는 이익의 기본인 마석제품은 이곳 북

동쪽 거리에서 만들어진다고 들었다. 공업구역이라는 말이 제일 먼저 떠올랐다.

"저 모퉁이에서 꺾을 거야."

굵은 통나무를 짊어지고 어정어정 걷는 드워프에게 눈길을 주면서 나는 벨프 씨를 따라갔다.

대로에서 벗어나 잇달아 좁은 길을 이동해나간다. 아직 이른 아침이기는 했지만 햇빛이 닿지 않는 석조도로는 좁고 서늘했다. 고개를 들어보면 좁은 하늘이 아름답게 보였다.

높이 우뚝 솟은 거대한 시벽이 시야 안에서 쑥쑥 다가왔으며, 이윽고 도시 끄트머리에 도착하는가 싶었을 때 벨프 씨가 발을 멈추었다.

"와아……."

좁은 골목을 몇 번이나 꺾은 곳에 그 건물이 있었다.

아담한 단층 구조.

곳곳이 거무스름하게 때를 탄 것이 눈에 뜨였지만 그야말로 대장간! 이라는 분위기를 풍긴다. 지붕 위에는 굴뚝이 하나 뻗어 나와 약간 애교 같은 것이 느껴졌다.

"이미 알지도 모르겠지만, 이 일대는 기술자들의 영역이거든. 이런 공방이나 공장은 얼마든지 있어. 우리 홈도 바로 근처야."

"그, 그렇구나~."

물론 그런 사실을 몰랐던 나는 대충 말을 흐리며 주위를 관찰했다.

벨프 씨의 공방은 메인 스트리트에서 떨어진 곳에 있었다. 우리 홈이 있는 골목과 풍경이 비슷하다. 주위는 조금 어두운 느낌.

귀를 기울이지 않아도 무언가를 두드리는 소리…… 금속을 치는 소리가 주위에서 들려와 스미스의 존재감을 바로 곁에서 느낄 수 있었다.

듣자하니 【헤파이스토스 파밀리아】는 이 공업지대를 이용해 단원을 위한 공방을 수없이 마련해놓았다는 것이다. 관리는 어디까지나 자기책임이라지만…… 통이 크다.

"멍하니 서 있지 말고 그만 들어가자."

"어, 네."

조그만 목소리로 실례합니다, 하고 인사를 하며 나는 마침내 벨프 씨의 공방 문으로 들어섰다.

처음 느낀 것은 강한 쇠 냄새. 벨프 씨가 덧문을 열자 금방 밝아졌으며 어두웠던 실내의 전모가 드러났다.

수많은 금속 연장들이 벽에 걸려 있다. 망치니 부집게니, 아무튼 잔뜩. 이제까지 본 적도 없었던 도구들뿐이다. 구석에 놓인 커다란 화로 옆에는 커다란 작업대가 보였다. 저걸 모루라고 그러던가?

칸막이도 전혀 없는 방 안에 대장장이 일을 위한 도구와 설비가 빼곡하게 들어선 광경.

진짜, 스미스의 작업장이다.

"미안해, 지저분해서. 좀만 참아주라."

"아, 아뇨, 괜찮아요!"

그게 아니라 사실은 좀 더 견학하고 싶은 기분도……. 나는 살짝 흥분하며 고개를 가로저었다. 쓴웃음을 지은 벨프 씨는 의자를 가져와 앉으라고 권했다.

"일단 치수부터 재자. 나머지는 내가 알아서 할게."

"치수요?"

"응. 주문제작이나 마찬가지니까, 기왕이면 네 전용장비로 하는 게 좋잖아."

무기상에 나오는 장비는 불특정다수의 모험자를 대상으로 삼다 보니 크기가 미묘하게 맞지 않는 것이 많다. 오차는 착용하는 사람도 조절할 수 있지만, 원래는 개인에게 맞춘 무기와 방어구를 준비하는 것이 이상적이라고 한다.

"나는 그리브(판금 정강이받이)를 만들까 하는데, 벨은 뭐 원하는 거 있어?"

"음…… 으음……?"

"딱히 연연하는 장비가 있으면 그것도 상관없고. 방패가 없으면 직성이 안 풀린다거나, 뭐 그런 거 말이야. ……아무튼 원하는 게 있으면 다 말해봐."

나에게 등을 돌린 채 벨프 씨는 벽에 걸린 이런저런 도구를 골라 손에 챙겼다. 덜그럭덜그럭 소리를 들으며 나는 의자 위에서 생각에 잠겼다.

내가 집착하는 게 있다면, 그야말로 단도랑 라이트아머

정도? 너무 뻔뻔하게 굴고 싶진 않지만, 막상 새 장비를
생각하려 해도 떠오르는 것이 없었다.

으음…… 방패는 아니지만 경량 프로텍터 같은 건 또 써
보고 싶긴 한데.

그때 문득 방 한구석, 벽에 붙은 선반이 눈에 들어왔다.
무기가 몇 자루 놓여 있었다. 분명 벨프 씨가 과거에 만든
작품일 것이다.

'아, 대검…….'

그 가운데 있던 한층 커다란 무기를 보고 나는 미노타우
로스와 싸웠을 때를 떠올렸다.

"……벨프 씨, 이건 제가 쓰면 안 될까요?"

빨려 들어가듯 선반에 다가가 칼집에 꽂히지 않은 대검
을 빤히 바라보았다.

장식이라곤 전혀 없다. 그저 무기의 기능만이 은색 칼날
에 뚜렷하게 떠올랐다. 내가 얻어 쓰고 있는 방어구와 마
찬가지로, 참으로 벨프 씨다운 작품이었다.

"안 된다고 할 것까진 없지만…… 그건 가게에서 반품당
한 물건인데?"

"하지만 전 이걸 써보고 싶어요."

손에 들어봐도 좋으냐고 묻자, 당황하던 벨프 씨는 천천
히 고개를 끄덕였다.

휙 잡아당기듯 대검을 허공에 쳐들었다. 칼끝을 바닥으
로 돌려 천장으로 살짝 들어보니 번뜩 은색 광택이 넘쳐

났다. 나는 나도 모르게 웃음을 지었다.

그대로 가볍게 휘둘러본다. 역시 굉장히 무거우며, 나이프를 다루는 것처럼 잘되진 않았다.

두세 번 휘둘러보고 있을 때 벨프 씨가 움직임을 멈춘 것이 눈에 들어왔다.

"……."

"……응? 왜 그러세요?"

물어보자 나를 바라보던 그가 입가에서 힘을 풀었다.

"넌 마검을 탐내진 않는구나."

씨익, 꾸밈없는 웃음을 보인다.

"네?"

"아니 뭐랄까. 마검이 아니라 팔다 남은 검을 요구하다니. 그런 생각은 꿈에도 못 했다고."

"아."

어딘가 기뻐하는 것처럼 보이는 벨프 씨를 앞에 두고 나는 얼빠진 소리를 냈다.

그렇다. '크로조의 마검'……. 이 공방과 무기에 정신이 팔려 이제까지 까맣게 잊고 있었다. 그 순간 갑자기 가시방석에 앉은 기분.

내가 뭐라 반응해야 좋을지 난감해하고 있으려니 벨프 씨가 심술궂은 웃음을 지었다.

"그래서, 무슨 얘기 들었어? 너희 주신님…… 헤스티아 님께 나에 대해."

"?!"

"바벨에서 일하는 종업원이 가르쳐줬거든. 가게에 고용된 꼬마 여신님이 나에 대해 캐묻고 다녔다고."

차근차근 설명해주는 벨프 씨 앞에서 내 낯빛은 한없이 창백해졌다. 몰래 냄새를 맡고 돌아다녔던 걸 다 알고 있잖아?!

"죄, 죄송합니다! 주신님은 나쁜 뜻으로 그러셨던 게 아니고요, 뭐냐, 절 걱정해서 벨프 씨에 대해 알아보셨달까…… 다시 말해 저 때문이랄까?!"

"딱히 신경 안 써. 자기네 단원이 다른 【파밀리아】 사람하고 파티를 맺는데 궁금해 하는 것도 당연하지."

오히려 좋은 주신님 아니냐고, 벨프 씨는 전혀 마음에 두지 않는 투로 말했다. 나는 안도의 한숨을 내쉬고 말았다.

"벨이 나에 대해 알고도 태도를 바꿀지…… 조금 마음이 쓰였거든. 미안, 시험해보고 그래서."

벨프 씨는 미안하다는 듯 쓴웃음을 지었다.

……다시 말해 내 입에서 '마검'이라는 말이 나올지 어떨지 보고 있었다는 뜻?

마검 도공 가문인 벨프 씨를 이용해 '마검'을 손에 넣겠다는?

'크로조'라는 가문명은 유명하다고 하니 조금 예민해진 것인지도 모른다. 벨프 씨의 말 뒤에 감추어진 뜻을 헤아려보면서 나는 조금 이상하게 생각했다.

"얘기가 벗어났네. 본론으로 돌아가서, 대검 말고 뭐 갖고 싶은 건 없냐?"

"어, 음……."

그 말에 다시 생각에 잠겼다. 기왕이면 단검을 부탁해볼까 생각하면서 나는 벨프 씨의 작품도 참고해볼까 싶어 벨프 씨에게 등을 돌리고 다시 선반을 주시했다.

"……야, 벨. 전부터 궁금했는데, 그거 드롭 아이템이야?"

"네? 아."

벨프 씨가 손가락으로 가리킨 내 허리에는 《주신님 나이프》와 《단도》, 그리고 《미노타우로스의 뿔》이 꽂혀 있었다.

"이건…… 네, 미노타우로스에게서 나온 드롭 아이템인데요…… 왠지 처분하기 싫어서 남겨뒀어요."

군데군데 붉은색으로 물든 예리한 외뿔. 부적이라고 할 것까진 없지만 그냥 팔아치우는 것도 뭔가 아니라는 생각이 들었던 것이다.

……그 몬스터를, 그 사건을, 나는 소홀히 여기고 싶지 않았을지도 모른다.

적어도 이렇게 형태로 남겨놓을 만큼.

이런 걸 가지고 있어봤자 쓸 일은 없겠지만…….

"……뭣 하면 그걸 써볼까?"

"네?"

"그 뿔을 재료로 삼아서 장비를 만드는 거야. 미노타우로스에게서 나오는 드롭 아이템은 뭐든 무구로 활용할 수 있으니까."

나는 눈을 크게 떴다.

그렇구나! 직접 계약──전속 스미스가 있으니 드롭 아이템을 넘겨주고 의뢰하면 무기를 만들어주는 거야!

벨프 씨의 제안은 하늘에서 내려온 계시처럼 들렸다. 그거라면 처분하는 것도 아니고, 기껏 얻은 드롭 아이템을 썩혀둘 필요도 없다. 나는 힘차게 고개를 끄덕였다.

"부, 부탁드릴게요!"

"그럼 결정."

재료 선정 방침이 하나 결정되어 나는 벨프 씨에게 '미노타우로스의 뿔'을 건네주었다.

벨프 씨는 드롭 아이템을 빤히 바라보더니 두 손에 들고 이리저리 살폈다.

"……'미노타우로스의 뿔'이란 게 빨간색이었나?"

"네?"

"아니, 아무것도 아냐. ……그래, 파손은 심하지 않고 경도도 보통 이상인걸. 이거라면 연마해서 모양만 잡아도 충분히 무기로 써먹을 수 있겠지만……."

'미노타우로스의 뿔'을 열심히 관찰하는 벨프 씨.

미간에 힘을 주고 무언가를 중얼거리더니 잠시 후 내게 고개를 들었다.

"벨, 공정은 나한테 맡겨줄 수 있을까? 힘을 좀 들이고 싶은데."

"그, 그러세요. 스미스도 아닌 제가 간섭할 수도 없고……."

"미안. 고맙다. 그래서 말인데, 이 드롭 아이템만으로는 만들 수 있는 무기가 별로 없거든……."

단검 한 자루, 혹은 단도 두 자루.

이것이 벨프 씨가 판단한, '미노타우로스의 뿔'로 제작할 수 있는 메뉴라고 한다.

단검이면 날이 매우 얇아질 거라면서 벨프 씨는 후자를 추천해주었다.

《주신님 나이프》는 그렇다 쳐도 길드 지급품인 《단도》는…… 내가 봐도 역시 바꿀 때가 지난 것 같았다. 무기의 위치로 보자면 최저 랭크일 테니 앞으로의 전투, 다시 말해 중층 몬스터를 상대로 통할지 어떨지는 의심스러웠다.

마침 좋은 기회일지도 모른다. 지난 두 달 동안 익숙해 졌던 무기를 은퇴시키기로 결심했다. 벨프 씨에게 단도 제작을 부탁했다.

"좋아, 알았어. 일단 이번에는 단도 한 자루만 만들어 놓지. 남은 재료는, 그래, 내가 '스미스' 어빌리티를 얻은 후의 즐거움으로 남겨줘."

"하하……."

짐짓 득의양양한 표정을 짓는 벨프 씨에게 눈썹을 늘어 뜨리며 웃었다.

그리고 우리는 곧 내 몸의 치수를 재는 작업에 착수했다. 강철 양동이에 든 여러 종류의 도구를 번갈아 꺼내며 벨프 씨는 내 몸 여기저기를 측정했다. 신발을 벗고 발 모양을 구체적으로 뜨는 작업이 어쩐지 인상적이었다.

"이게 끝나면 오늘은 그만 돌아가도 돼."

"저기, 벨프 씨. 그 얘기 말씀인데요…….''

"응?"

"벨프 씨가 작업을 하는 걸 보고 있으면 안 될까요……?"

무기를 쥘 내 손바닥을 확인하는 벨프 씨에게 조심스레 말을 꺼냈다.

대장장이 작업을 견학하고 싶다는 것이 내 솔직한 심정이었다. 이런 공방에 끌려와 유치한 호기심은 충분히 자극되었던 것이다. 아직 어깨 언저리가 근질거렸으며, 다음에 어떤 광경이 펼쳐질지도 궁금해 참을 수가 없었다.

생각한 내용을 얼버무리지 않고 말하자 벨프 씨는 조금 난처한 듯 웃으며 이상한 놈이라고 하더니 견학을 허락해 주었다.

작업을 방해하지 않겠다고 굳게 약속한 나는 흥분 탓인지 자꾸만 얼굴이 뜨거워졌다.

"실내가 엄청 더워질 테니까 방어구는 벗어두는 게 좋을 거야."

"어, 네."

말뜻을 파악하지 못한 채 고분고분 따랐다.

벗어놓은 라이트아머를 방 한구석에 놓아두고 이너웨어 차림으로 서 있자 벨프 씨는 공방 한구석의 화로 쪽으로 다가가더니…… 불을 준비하기 시작했다.

"그, 그건 뭘 하는 거예요?"

"드롭 아이템을 가열하려고."

"몬스터의 뿔을 태우는 거예요?!"

작업을 방해하지 않겠다고 해놓곤 나는 소리를 지르고 말았다. 동물의 뿔은 분명 뼈랑 비슷한 거 아닌가? 아니, 잘은 모르겠지만…… 아무튼 태우면 재가 되지 않을까……?

"몬스터의 발톱이나 뿔 중에는 금속 같은 성질을 가진 게 있어."

"금속……?"

"그래. '아다만타이트'란 거 못 들어봤냐?"

'아다만타이트'…… 들어본 적이 있는 것도 같고 없는 것도 같고.

레어메탈이라는 이미지가 막연하게 머릿속에 있기는…….

"아다만타이트는 던전에서만 채취할 수 있는 광물인데. 무기 소재 중에서는 최고야. 경도가 장난이 아니거든."

"더, 던전에서 채취해요?"

"그래. 몬스터도 튀어나오는 그 벽에서 툭 떨어지듯, 정말로 드물게. 상층에서도 나온다고는 들었지만, 모험자들이 가지고 오는 건 거의 대부분 하층이나 심층이지."

던전에서밖에 채취할 수 없다. 다시 말해 오라리오가 아니면 입수하지 못한다.

아다만타이트는 이곳 미궁도시의 특산물이며, 게다가 매우 찾기 어려운 광물이라 가치는 마석과 비할 바가 아니라고 한다.

"……혹시 던전에서 태어나는 몬스터도 그 아다만타이트의 성질을……?"

"오, 눈치 빠른걸. 맞았어. 뭐, 덩어리로 나오는 오리지널 광석하고 비교하면 강도는 훨씬 떨어지지만 말야."

같은 던전에서 **태어나는** 거라면 몬스터의 구성에 그 금속의 성질이 반영되었어도 이상하지 않을 것 같다.

어디까지나 일부 몬스터라지만 송곳니나 발톱 같은, 말하자면 무기와도 같은 기관에 아다만타이트의 성질이 나타난다고 벨프 씨는 설명해주었다.

……그러고 보니 이 뿔에 그렇게 두꺼운 대검이 부러졌지.

"'미노타우로스의 뿔'에도 금속 같은 성질이 있어. 열을 가하면 그대로 가공도 할 수 있을 거야."

그렇구나 싶어 나는 수긍했다. 말하자면 금속과 같은 성질을 가진 '미노타우로스의 뿔'을 가열해 가공…… 단조하기 위한 사전단계를 거치는 셈이다. 가열되어 붉은 엿처럼 변한 강철의 그림이 머릿속에 떠올랐다. 마치 철을 그렇게 하듯, 벨프 씨는 드롭 아이템을 단련하려는 것이다.

"벨, 미안한데 덧문이랑 문을 좀 열어주지 않겠어?"

"아, 네."

손수건을 머리에 감은 벨프 씨가 그렇게 지시했다. 시키는 대로 덧문을 활짝 열었다.

시선을 되돌리자 벨프 씨는 화로에 불씨를 넣는 참이었다. 몬스터 '플레임 록'의 드롭 아이템으로 만들어내는 발화제다. 작용이 너무 격렬해 일반인에게는 판매하지 않는다고 들었다.

"아다만타이트도 그렇지만, 이놈의 뿔은 어지간한 열로는 가공을 못 하겠어."

화로에 시선을 고정한 채 벨프 씨가 말했다.

눈 깜짝할 사이에 대형화로 안은 불과 열로 가득 차 방 전체의 온도를 올려버렸다. 화로에서 충분히 거리를 둔 내 이마에도 땀이 배어 나왔다. 방어구를 벗으라는 게 이런 뜻이었구나.

그리고 벨프 씨는 화로 조정에 몰두했다. 나도 의자에 앉은 채 그 모습을 지켜보았다.

시각은 아직 오전. 시르 씨와 헤어진 지 한 시간도 안 됐을 테니, 지금쯤 바벨은 던전 탐색을 나선 모험자들로 북적거리겠지.

공방도, 덧문 너머로 보이는 바깥 경치도 뒷골목 특유의 어스름에 잠겨 있는데 화로만이 벌린 입을 점점 새빨갛게 물들여가는 광경은 어딘가 신비했다.

벨프 씨의 진지한 옆얼굴을 불이 조용히 비추고 있었다.

그리고 한동안 시간이 흘렀을 때. 조정이 일단락됐는지 벨프 씨가 화로에서 고개를 들었다.

"뭔가 물어보고 싶은 표정이구만."

"네헥?!"

"괜찮아. 뭐든 물어봐. 계약까지 맺은 사람한테 감출 게 뭐 있겠어."

갑작스런 말에, 아니, 정곡을 찌르는 말에 나는 눈을 깜빡였다.

묻고 싶다기보다, '그것'은 줄곧 궁금했던 의문이었다. 벨프 씨의 말을 듣는 동안 조그만 의문이 쌓여나가, 정신을 놓으면 입에서 툭 튀어나갈 것 같았다. 이렇게 본인에게 들키고 말 정도로.

벨프 씨의 분위기는 부드러웠다. 슬쩍 웃음을 짓고 있었으며, 나를 보는 눈에도 신뢰의 빛이 떠오르는…… 것 같았다.

나는 침을 꼴깍 삼키고, 한 걸음, 벨프 씨에게 한 걸음 다가가보기로 했다.

"벨프 씨는 왜 마검을 안 만드나요?"

나를 손님으로 얻어 기뻐하던 이 사람의 모습을 떠올린다.

마검을 만들기만 하면 그런 손님도, 돈도 원하는 대로 모을 수 있을 텐데.

부와 명성을 쉽게 긁어모을 수 있는 마법의 무기. '크로조'의 진수.

나는 벨프 씨가 마검을 만들려 하지 않는 이유를 물었다.

"뭐, 이유는 몇 가지 있지만……."

쓴웃음을 지으며 벨프 씨는 일단 화로로 시선을 되돌리더니.

"난 마검이 싫어."

마검에 대해 뚜렷한 거절의 뜻을 보였다.

"사실은 말이야, 작품이 안 팔린다고는 했지만 손님은 썩어 넘쳐날 정도로 있었어. ……아니, 지금도 있긴 있지만."

"네……?"

"속이 뒤집힐 만큼 간단한 얘기지. 가게에 늘어놓은 내 무구를 발견하고 '크로조'라는 사인을 보면 이 공방으로 달려오는 거야. '마검을 만들어줘!'라고."

발밑의 도구를 집어 벨프 씨는 화로에 공기를 불어넣으며 말을 이었다.

"**내 작품**은 안중에도 없고 마검마검마검……. 너 말고 다른 놈들은 그 말밖에 몰랐어. 아니, 내 실력이 미숙하다는 건 누구보다도 내가 잘 알지만…… 그래도, 말이지? 넌 더리가 나지 않겠냐고."

시뻘건 불꽃을 응시하는 벨프 씨는 질렸다는 듯 입가에 살짝 주름을 지었다.

바다를 불태웠다는 전설까지 있는, 분명 지고의 위력을

지녔을 마검. 그들이 원했던 것은 바로 그 '크로조의 마검'이지, **벨프 씨의 작품**이 아니었다.

이곳을 찾아온 손님은 누구 하나 벨프 씨 자신에게는 눈길도 주지 않고…… 바로 '크로조'라는 핏줄에만 가치를 두었던 걸까?

마검을 노리고.

"그럼 벨프 씨는…… 어, 그러니까."

말을 얼버무리고 있으려니 벨프 씨는 딱 잘라 말해주었다.

"뭐, 삐딱해졌지. 이 빌어먹을 놈들이, 싫어서. 누가 너희 부탁을 들어줄까보냐 하고, 마검만 찾는 놈들은 다 내쫓아버렸어."

"하, 하하하……."

헛웃음을 지으며, 그건 그거대로 수긍할 수가 있었다.

자신의 작품을 평가해주지도 않는 사람들에 대한 반발. 아니, 자신의 몸속에 흐르는 '크로조'의 혈통에 대한 반항심일지도 모른다.

수긍은 할 수 있다. 할 수 있지만…… 그래도.

"저기…… 그게, 전부인가요?"

아직도 무언가가 더 있는 것 같았다.

마검이 싫다고 한 이 사람의 말에는 다른 깊은 의미가 있는 것이 아닐까.

"……."

대답은 금방 돌아오지 않았다.

화로에서 시선을 뗀 벨프 씨는 가만히 선 채 '미노타우로스의 뿔'을 놓아둔 작업대로 다가갔다. 끌 같은 도구와 망치를 두 손에 들고 드롭 아이템 절단작업에 착수했다.

요란한 타격음이 50번쯤 울려 퍼졌을 때 '미노타우로스의 뿔'은 겨우 부러졌다. 절반으로 꺾인 것 중 비교적 짧은 쪽을 들고 벨프 씨는 다시 화로 앞에 앉았다.

"크로조 일족이 어째서 마검을 만들 수 있는지 알아?"

멀리서 봐도 특제임을 알 수 있는 부집게로 뿔 한 덩어리를 붙잡아 충분히 달군 화로 안에 집어넣는다.

이미 작업에 열중한 벨프 씨를 바라보며 나는 간신히 대답했다.

"아뇨……."

"원래 크로조는 어떤 남자 이름이었어. 나중에 자손들이 가문명으로 쓰게 됐지. 우린 그 남자를 '시조'라고 불러. 신이 하계에 현현하기 전의 얘기야."

신들이 아직 지상에 내려오지 않았던 시대를 우리는 '고대'라고 부른다. 천 년도 더 된 이야기다. '크로조'의 기원을 알게 된 나는 그렇게나 오래 됐나 싶어 조용히 놀랐다.

"시조는 변변찮은 스미스였대. 물론 마검도 못 만들고. 하지만 시조가 '크로조'를 번영시킨 기초를 세웠던 건 사실이야."

잠시 간격을 두고.

"시조는 몬스터에게 습격을 당했던 어떤 종족을, 목숨 걸고 구해줬지."

"어떤 종족, 이라뇨……?"

"'정령'."

——엑.

내 목소리는 바닥에 툭 떨어졌다.

얼굴에 경악을 새겨놓은 나를 곁눈질하며 벨프 씨는 담담히 말을 이었다.

"정령은 빈사의 중상을 입은 시조를 어떻게든 살리려고 했다나봐. 몸의 일부를 잘라 자신의 피를 시조에게 나눠줬다고 하지."

"그, 그럼 '크로조'에는……?"

"그래. 정령의 피가 흘러."

——정령.

님프, 스피릿, 엘레멘탈, 진…… 그 외에도 다양한 호칭이 존재하는 하계의 주민들. 다른 종족에 비해 숫자는 매우 적은 신비한 존재.

'가장 신에게 사랑받은 아이들', '신의 분신'.

많은 휴먼이나 데미휴먼들에게 다양한 별명으로 불리지만, 확실한 것은 정령은 신에게 가장 가까운 종족이라는 점이다.

"정령의 피를 마신 시조는 아무렇지도 않다는 듯 부활했어. 문자 그대로 기적의 힘을 이용해서. 게다가 그 후로 시조는 휴먼이면서 마법을 구사할 수 있게 됐다고 해. ……
마검도 만들 수 있었고."

정령의 잠재능력은 다른 종족을 압도한다.

엘프와 비견되는 대표적인 매직 유저 종족. 겁화(劫火)를
만들어내고 폭풍을 부르며, 숲 속에 호수를 만들어내는가
하면 금은보석도 연성할 수 있다. 그 힘은 어지간한 신과
같다고 해도 과언이 아닐지 모른다.

다시 말해 '기적'을 일으키는 것이다.

"혹시 '크로조'는 영웅 일족인가요……?"

"아, 그건 아냐. 시조는 좋든 나쁘든 지극히 평범한 서민
이었대."

정령은 많은 옛날이야기, 특히 영웅담――영웅담은 대
부분 단순한 창작이 아니라 사실에 따른 원형이 있다고 할
아버지에게 들었다――속에서 종종 보인다.

정령들은 그 기적의 힘을 이용해 영웅들을 인도하고 때
로는 힘을 빌려주어 그들에게 부과된 사명을 달성하도록
뒷받침해준다.

구체적으로는 지금 벨프 씨의 이야기에 나온 것처럼 마
법이나 강력한 무기를 준다. 자기 자신의 몸을 무기 그 자
체로 바꾼 정령도 있다고 들었다.

정령의 힘은 영웅들의 위업과 밀접하게 관련이 있으며,
또한 큰 공헌을 한다. 신들이 아직 지상에 없었던 때이니
그야말로 그들의 은총이 '팔나'나 마찬가지였다고 해도 과

언이 아닐 것이다.

"수명까지 늘어난 시조의 피는 정령의 힘도 있어서인지 천 년이 지난 지금까지도 아직 끈덕지게 이어지고 있어. 천계에서 모든 것을 본 신의 증언 같은 것도 있고 해서, 우리가 시조의 정당한 자손임은 틀림이 없다고 해."

신들이 하계에 강림한 후로는 구름 위의 존재였던 정령과의 교류 또한 시작되었다. 그렇다 해도 정령은 변덕스럽달까, 자아라는 것이 희박해 일부를 제외하고는 전혀 진전이 없다지만.

그중에서도 노움은 용케 우리들 사이에 녹아들었다. 외견이 하나같이 노인인 그들은 귀중한 금속이며 보석을 생성하거나, 능숙한 손재주를 이용해 은근히 우리의 생활을 지탱해주고 있다.

신들이 내려준 스테이터스의 유행 덕에 정령의 고마움은 예전보다 희미해졌다지만, 신비한 경향이 강한 그들의 존재는 아직까지 휴먼이나 데미휴먼에게 여러 가지 의미에서 동경의 대상임은 분명했다.

"아무리 피를 물려받았다고는 하지만 시조의 자손에게 정령의 힘이 표면적으로 드러나는 일은 없었어. 그래도…… 몇 대 전의 '크로조'가 신에게 '은혜'를 입었을 때 그게 발현됐지."

"……스킬?"

"그래. 오로지 마검을 제작하기 위한 스킬이. 일족 대부분이 무조건 이거랑 똑같은 스킬을 손에 넣었어."

【스테이터스】를 계기로 '크로조'라는 계보 속에 잠들었던 **가능성**은 눈을 떴다.

시대를 넘어서, 정령의 힘이 되살아난 순간.

"그때부터는 릴리돌이가 했던 말 그대로야. '크로조'는 기존의 것보다도 훨씬 강력한 마검을 왕가에 팔러 갔어."

왕국의 일원이 된 것도 그때였다고 한다.

정리하자면, 크로조 가문의 시조는 정령의 힘으로 '팔나'를 받기 전부터 마검을 만들 수 있었다. 그리고 '크로조'가 마검 도공 일족이라 불린 것은…… 자손들이 하나같이 강력한 마검을 만들 수 있었던 것은, 몸에 정령의 피가 흐르기 때문에.

크로조 번영의 기초. 그것은 핏줄이라는 이름의 소질이었던 것이다.

"지위를 얻은 후에는 아주 떵떵거리며 살았대. 일족이 만드는 마검 덕에 왕국은 전쟁에서 무적이었고, 칭송하는 목소리와 왕가의 포상은 끊이질 않았고. 매일 맛있는 음식과 술에 취해…… 스미스가 귀족 흉내를 내다니, 뭐 하는 짓인지."

자조처럼 들리는 말을 내뱉으며 벨프 씨는 화로에서 타오르는 불꽃을 가만히 들여다보았다.

이야기가 끊어졌다.

오랫동안, 불이 우는 소리만이 공방 안에 울려 퍼졌다.

"……'크로조'는 오만해졌어. 몸에 흐르는 피의 존재도 잊고, 마검의 힘은 자신들의 힘이라고 착각해서…… 사리사욕을 위해 마검을 무턱대고 양산했어. 그래서——"

——저주 받았지.

벨프 씨는 딱 잘라 단언했다.

"'크로조'가 섬기던 왕가…… 왕국은 전쟁 중에 너무 설친 나머지 촌락이 초토화당한 엘프들에게 원한을 샀는데……."

"그, 그건 알아요."

"원한을 품은 건 엘프들만이 아니었어. 시조에게 피를 준 정령들도 마찬가지였지."

"?!"

"정령은 자연이 풍요로운 곳을 좋아해. 마검의 힘 때문에 산은 깎여나가고 호수는 말라붙고 숲은 불타고…… 엘프가 촌락을 잃은 것처럼 정령들도 살 곳에서 쫓겨났을 거야."

류 씨에게 들었던 엘프와의 악연.

은혜를 원수로 갚듯, 정령들 또한 '크로조의 마검'에게 소중한 것을 빼앗겼단 말인가.

"엘프들의 분노는 왕국에, 그리고 정령들의 분노는 마검과 '크로조'에게 향했지."

"……."

"어떤 전쟁 때, 전장에 있던 모든 마검이 아무런 조짐도 없이 **박살**났어. 사용하기도 전에 산산이. 물론 마검에만 의존하던 왕국군은 전쟁에 참패했고."

"그게, 정령들의 소행인가요?"

"분명 그럴 거야. 같은 시기에 '크로조'도 마검을 전혀 만들 수 없게 됐거든. 일족은 정령들에게 저주 받았어."

저주 받는다는 게, 그런 건가……?

나는 나도 모르는 사이에 어깨를 뻣뻣이 굳히고 있었다.

"왕국은 그 후로도 연전연패. 쓸모가 없어진 '크로조'는 패전의 책임을 물어 지위를 박탈당했어. 몰락귀족이라 이 말씀. 내가 태어났을 무렵엔 집안은 완전히 무너진 후였지."

천국에서 지옥. 인과응보라고 한다면 그럴지도 모르지만…….

이것이 현재 영락한 '크로조' 일족에 얽힌 이야기.

어라? 하지만 잠깐……?

"저기, '크로조'는 마검을 만들 수 없게 된 건가요? 하지만 벨프 씨는 마검을 만들 수 있다면서요……?"

"그래, 만들 수 있어. 나는. 이유는 모르겠지만."

저주의 효과가 끊어진 것인지, 정령들의 기분이 풀렸는지, 아니면 **벨프 씨이기 때문인지**.

이유는 확실하지 않지만 현재는 벨프 씨만이 일족 중에서 유일하게 '크로조의 마검'을 만들어낼 수 있다고 한다.

하지만 벨프 씨는 '크로조' 가문의 만류도 뿌리치고 태어난 고향을 뛰쳐나와…… 정처 없이 방랑하다 헤파이스토스 님께서 거두어주셨다고 한다.

"집안을 다시 일으키는 게 목적이었다고는 하지만, 대장장이 기술을 가르쳐준 아버지나 다른 분들께는 감사하고 있어. 무구를 내 손으로 만들어내는 기쁨을 알게 됐으니까."

체감온도가 한층 올라간 것 같았다. 이제는 시간 감각도 애매해진 가운데 벨프 씨는 드롭 아이템을 화로에서 꺼내 모루 위에 올렸다.

원형은 남았지만 '미노타우로스의 뿔'은 지금 당장이라도 녹아 흘러내릴 것 같은 붉은색으로 물들었다.

"싫지는 않았어. 그을음에 찌든 낡고 냄새 나는 공방에서 아버지나 영감들 옆에 서서 조수 비슷한 노릇을 하던 게."

처음으로 쇠를 두드리게 해주었을 때의 감각도 똑똑히 기억한다는 목소리는 어딘가 물기를 머금고 있었다.

"하지만…… 나에게는 소질이 있다는 걸 알자 아버지랑 영감들은 마검을 만들라고 강요했어. '크로조'의 번영을 되찾자고."

벨프 씨는 한손에 해머를 들고 한 호흡을 두었다.

이어서 눈꼬리에 힘을 주더니 입을 굳게 다문다.

처음 보는 '스미스' 벨프 씨의 얼굴.

내 호흡이 한순간 멎었다.

"……왕가에 꼬리를 치기 위한 **도구**를 만들라고, 그렇게 지껄였어."

그리고 벨프 씨는 손에 쥔 해머를 단숨에 내리쳤다.

"아니잖아? 그게 아니잖아? 무기란 건."

엄청난 금속 타격음. 단련 개시.

마음을 때려 부수듯. 벨프 씨는 해머를 내리쳐댔다.

"정치의 도구도, 벼락부자가 되기 위한 수단도 아니야. 무기는 쓰는 사람의 분신이라고."

살짝 내리치는 것 같은데도 충격성은 깜짝 놀랄 만큼 높고 컸다. 어빌리티의 '힘' 보정 덕에 그 일격은 일반인의 영역을 벗어난 위력을 담고 있다.

"쓰는 사람이 딱 한 사람이고, 어떤 궁지에 몰려있다 해도 무기만은 배신하지 않아. 자루를 쥐었을 때부터 무기와 사용자는 일심동체."

크고 작은 힘을 나누어 쓰는지 해머를 휘두르는 모습은 하나하나 다 달랐다.

때로는 금속을 펴기 위해 크게, 때로는 형태를 잡아나가기 위해 섬세하게.

앞메를 쳐주는 사람도 없이 붉은 금속덩어리는 점점 형태를 바꿔나갔다.

"우리 대장장이는 그런 작품을 세상에 내보내야만 해."

무기에 쏟아붓는 정열. 마치 벨프 씨 자신이 불꽃인 것처럼.

진지하기 짝이 없는, 한결같은 마음.

"극한까지 뜨거운 열로, 극한까지 쇠와 마주하는 것. 우리가 쇠와 정면으로 마주해야 비로소 하나의 무기가 완성

되는 거야. 반쪽짜리 수고로 해치워서 어쩌겠다는 거야. 핏줄로 검을 만들어내서 어쩌겠다는 거야. 대장장이의 본질을 잊어서 어쩌겠다는 거야?"

일사불란하게 쇠를 두드린다.

귀기가 서린 것처럼, 무언가에 사로잡힌 것처럼.

벨프 씨는 그 붉게 타오르는 금속 너머에서 무엇을 보고 있을까.

"나는 마검이 싫어. 쓰는 사람만 남기고 모든 것을 박살내지."

흩어지는 불꽃. 새빨간 섬광.

해머가 드롭 아이템에 명중할 때마다 달구어진 가느다란 금속 파편이 튀었다. 모험자의 방어구와 비교해도 손색이 없는지 벨프 씨의 까만 키나가시는 새빨간 불똥을 튕겨내 바닥에 떨어뜨렸다.

지금 깨달았다.

이 사람의 누더기 같은 저 옷은 작업복이며.

그을린 듯 거무스름한 색과 낡은 외견은, 헤아리는 것조차 진저리가 날 만큼 수많은 작업에 바쳤던 증거라고.

"나는, 마검이, 정말, 싫어. 그 힘은 사람을 썩게 만들어. 사용자의 긍지도, 스미스의 긍지도 무엇 하나 남김없이. 적어도 우리 크로조가 만든 검은 그래."

만드는 사람이던 대장장이 일족도 타락에 빠뜨린, 강력하기 이를 데 없는 마검.

© Suzuhito Yasuda

'저주 받은 마검 도공'.

그 말의 진정한 의미를 깨달은 것 같았다.

"난 마검을 만들지 않아. 만든다 해도 그건 팔지 않겠어."

뺨을 타고 흐르는 땀도 내버려둔 채 벨프 씨는 해머를 쳐들었다.

타격음은 연신 울려 퍼졌다. 끝날 줄 모르는 붉고 격렬한 선율이 좁은 공방 안을 가득 메웠다.

그 모습을 지켜보는 나도 흐르는 땀을 닦는 것을 잊고 있었다.

이 방에 들어왔을 때 느꼈던 쇠 냄새.

코를 막고 싶어지던 그 강렬한 향이, 지금은 이렇게나 멀다.

벨프 씨는 눈앞만을 바라보며 손에 든 해머를 연신 울려댔다.

🔥

덧문으로 보이는 바깥의 광경이 어둠의 색으로 물들기 시작하더니 완전히 깜깜해졌을 무렵.

겨우 벨프 씨의 작업이 끝을 맺었다.

"……완성이다."

"우와……!"

공방 안에서 나온 벨프 씨는 두 손에 든 얇은 상자를 테이블 위에 놓았다.

내가 몸을 내밀어 들여다보자, 상자 안에는 단도 한 자루가 비홍색으로 빛나고 있었다.

투명감이 있는 예리한 도신(刀身). 길이는《주신님 나이프》보다 조금 짧은 정도. '미노타우로스의 뿔'에서 이어진 잔재가 이 선명한 색조에 남아 있었다.

칼자루는 칼날의 색과 가까운 적동색이었으며, 아마 내 손바닥에 맞도록 조정해놓았을 것이다.

"이, 이거, 혹시, 엄청 대단한 물건 아닌가요……?!"

"소재가 좋았겠지. 내가 이제까지 만든 작품 중에선 틀림없이 최고일 거다."

기분 좋은 피로감을 드러낸 벨프 씨는 눈을 활 모양으로 구부리며 씨익 웃었다.

겸손해 하지만 역시 벨프 씨 자신도 좋은 물건을 만들었다는 실감이 있었으리라. 안 그러면 '최고'라는 말을 쓰지는 않았을 테니까.

나는 침착함을 잃고 벨프 씨에게 연신 고개를 숙여댔다.

"아~ 미안. 칼집은 마련할 틈이 없었어. 내일 안으로는 만들어둘 테니까, 오늘은 적당한 걸로 챙겨 갈래?"

"괘, 괜찮아요. 아니, 딱히 내일이 아니어도…… 오늘은 이미 늦었고요."

"아니, 이런 건 뜨거울 때 전부 끝내버리는 게 좋아. 쇠도 그렇잖아?"

벨프 씨는 오른쪽 어깨를 빙빙 돌리며 그렇게 말했다. 정말 스미스 같은 말이다. 그런 생각이 들었다. 아니, 그야 진짜 스미스지. 자신의 생각에 쓴웃음을 지었다.

기술자라는 사람들은 다들 벨프 씨 같은 걸까 싶어 미소를 지으며 멍하니 생각했다.

내가 흐뭇하게 웃고 있을 때 벨프 씨가 불쑥 몸을 내밀더니 비홍색 단도를 내려다보며 말했다.

"좋았어. 그럼 이름도 붙여줘야지."

이마에 가져다댄 오른손, 스윽 가늘어지는 눈동자.

어마어마한 집중력을 발휘한 벨프 씨는 천천히 입을 열었다.

"우시와카마루*………… 아니, 소돌이."

"아뇨아뇨아뇨아뇨아뇨아뇨아뇨아뇨아뇨아뇨?!!! 처음 게 좋잖아요?!?!"

"응? 벨은 우시와카마루가 더 좋아?"

"고민할 필요가 있어요?!"

낯빛을 홱 바꾼 나는 벨프 씨에게 침을 튀기며 역설했다.

"그러냐……?"

제발 살려달라는 나의 필사적인 설득 덕에 벨프 씨는 매우 유감스러워 하면서도 떨떠름하게 승낙해주었다.

---

* 우시와카마루(牛若丸): 헤이안 시대의 무장 미나모토노 요시츠네의 아명. 아울러 '마루(丸)'는 일본도의 이름에 흔히 붙는 글자다.

"그럼, 자."

"네. 정말로 고맙습니다, 벨프 씨."

다른 작품의 칼집을 대신 꽂아 벨프 씨는 한손으로 단도를 내밀어주었다.

마지막으로 다시 한 번 감사 인사를 올린 다음 내가 손을 뻗자…… 휙, 단도를 머리 위로 치켜든다.

"엥?"

헛손질을 한 나는 얼빠진 소리를 냈다.

"그거."

"어, 네?"

"그 딱딱한 호칭 좀 관두자."

그 말에 나는 눈을 크게 떴다.

"만난 지도 얼마 안 됐으니 날 통째로 신용하라고는 안 할게. 하지만 릴리돌이에게 하는 것처럼 나도 **그럴듯하게** 불러달라고."

동료 같이 말이야, 라며 벨프 씨는…… 아니, 벨프는 웃었다.

나는 웃음을 지으며 대답했다.

"알았어, 벨프."

그가 내민 단도를 나는 힘차게 움켜쥐었다.

에필로그 「넥스트 스테이지」

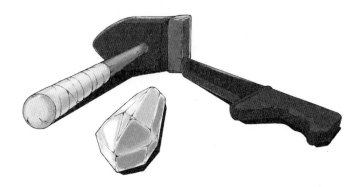

오늘도 소란스러운 길드 본부에서 수많은 모험자들이 로비 안을 오간다. 하지만 그렇게 마구 뒤섞인 발소리와 말소리도 로비 한구석에 비치된 면담용 부스에서는 전혀 들리지 않는다.

방음설비가 잘 갖춰진 방 중 하나에서 벨과 에이나는 책상을 사이에 놓고 마주 앉아 있었다.

"크로조? 어, 내가 잘못 안 거면 사과할게. 그 대장장이 귀족 크로조 말이니……?"

"네…… 역시 그렇게 유명한가요?"

"응, 그럼. 모험자나 업계 사람들은 크로조란 말을 들으면 우선 그 일족을 생각할걸."

새 무기를 얻고 일주일 후, 벨은 벨프에 대해 보고하러 길드에 들렀다. 직접 계약을 맺기도 한 새 스미스 동료 또한 화제가 끊이질 않는 인물이다 보니, 이야기를 들은 에이나는 쓴웃음을 지었다.

"하지만 놀랐는걸."

"네?"

"크로조 가문 사람이 오라리오에 있다는 게. 보통은 금방 온 도시에 이름을 떨쳤을 테니까. 비할 데 없는 고명한 마검 도공으로."

"……."

벨프의 이름이 대대적으로 오라리오에 퍼지지 않은 것은 그가 손님의 요구, 마검 제작을 한사코 거부한 데 있다.

단순히 말해 진짜 마검이 나돌지만 않으면 벨프를 '크로
조'라고 인정해주기란 어렵다. 출신을 아는【헤파이스토스
파밀리아】라면 모를까, 아무것도 모르는 손님들은 벨프를
가짜 크로조로 본다.

『마검도 못 만드는 크로조에게는 볼일 없어.』

  벨프를 발견한 일부 손님들은 그런 소리를 했으며, 그의
이름은 소문에 오르지 않은 채 그늘에 묻혔던 것이다.

  에이나를 비난할 생각은 없지만…… 마검이라는 잣대로
만 판단을 받는 벨프의 현실을 새삼 목격한 벨은 조금 풀
이 죽었다.

  "죄송하지만, 그래서 아까 하던 얘기 말인데요."

  "아, 응…… 그럼 오늘도 보여줄 수 있을까?"

  생각을 바꿔먹은 벨은 본론으로 들어갔다.

  조금 망설이는 기색을 보인 에이나는 긴장감을 감추지
못한 채 자리에서 일어났다.

  똑같이 일어나, 그녀의 눈앞에서 등을 돌린 벨은 방어구
와 이너웨어를 벗었다.

벨 크라넬

Lv. 2

힘: G267 내구: H144 기교: G288 민첩: F375 마력:
H189

행운: I

"……."

벨의 【스테이터스】를 확인한 에이나는 조그만 입술을 벌리려다 꾹 다물었다.

Lv.2가 된 지 이제 겨우 열흘. 그럼에도 최고 어빌리티 평가 F. I에서 3단계 상승. 대체 중간과정을 얼마나 건너뛰어야 직성이 풀리려는 걸까.

이너웨어를 입으며 자리에 다시 앉은 벨은 맞은편의 에이나에게 슬쩍 몸을 내밀었다.

"파티도 3인 구성으로 짰어요. 이 정도면 중층에 갈 수 있을까요?"

의지가 깃든 강한 눈빛. 눈앞의 루벨라이트색 눈동자에 흠칫 숨을 들이켠 다음, 에이나는 천천히 눈을 감았다.

중층의 초입인 13계층에서 14계층의 기본 어빌리티 평가 도달 기준은 I에서 H. 다시 말해 벨은 다음 층의 안전기준을 충분히 확보했다는 뜻이다.

Lv.1의 전열형 스미스에 【스테이터스】가 낮은 서포터. 벨 한 사람의 힘이 눈에 뜨이게 강한 변칙적인 파티. 그렇다고는 하지만 13계층에서 조우하는 몬스터와 12계층의 몬스터의 역량 사이에는 그렇게 큰 차이가 없다. 중층에는 '하드 아머드'를 비롯한 상층 몬스터도 출현한다.

벨만 잘 서포트 해준다면 전투에서 전멸할 위험성은 없다.

중층 진출을 인정할 수 있는 빠듯한 파티 레벨.

"……잠깐 기다려줘."

눈을 뜬 에이나는 잠시 부스를 나왔다.

한동안 혼자 남은 벨. 그러나 그녀는 금세 다시 돌아왔다. 그녀의 손에는 세 장의 가늘고 긴 티켓 같은 종이가 있었다.

"이거 받아, 벨."

"이건……?"

"'살라만더 울' 쿠폰. 이걸 가지고 바벨에 가면 조금 할인해줄 거야."

상황을 잘 이해하지 못한 벨에게 에이나가 설명해주었다.

"중층에 가는 건 허가할게. 하지만 조건이 있어. 파티 수만큼 '살라만더 울'을 마련할 것."

"사, 살라만더 울이 뭐예요?"

"정령의 부적이야. 명심해. 이걸 장비하지 않고선 저어어어얼대로 가면 안 돼! 알았어?!"

"네, 네헥!!"

손가락 하나를 세우며 책상에서 불쑥 몸을 내미는 에이나의 박력에 벨은 황급히 대답했다.

버들잎처럼 모양 좋은 눈썹을 치켜세운 하프엘프는 몸에서 힘을 빼더니 다시 의자에 앉았다.

"벨, 무리는 금물이야. 위험해지면 즉시 물러나야 해. 약속해줘."

"⋯⋯네."

자신을 바라보는 에메랄드색 눈동자에 벨은 고개를 끄덕여 대답했다.

중층이라는 미지의 영역에 대한 긴장감을 에이나에게서 나눠받았다.

그녀의 말을 단단히 가슴에 새겼다.

"힘내."

눈썹을 늘어뜨리기는 했지만 아름다운 미소.

그 웃음을 눈동자에 새기고, 벨은 동료들이 기다리는 던전으로 향했다.

『르기약?!』

붉은 참격이 '실버백'을 전투불능에 빠뜨렸다.

벨이 휘두른 것은 왼손에 든 붉은 단도. 마치 불타는 듯한 광택을 뿜어내는 칼날이 던전의 안개에 진홍색 궤적을 새겼다.

지체하지 않고 안개 속에서 달려든 새로운 몬스터에게 벨은 이번엔 오른손의 《헤스티아 나이프》로 응전했다.

"합!"

『끄엑?!』

Lv.1을 초월한 속도로 기선을 제압하며 고속 카운터. 베여 쓰러진 '임프'가 절규를 지르며 초원 위로 나뒹굴었다.

"안개가 곧 끝나요!"

10계층과는 비교할 수 없을 정도로 짙은 안개 속에서 벨은 바로 곁에 있는 릴리의 목소리를 들었다.

던전 12계층의 목적지, 다시 말해 13계층으로 이어지는 계층간 룸.

안개는 이 정사각형 공간의 중간까지만 피어난다. 그 경계를 넘어서면 시야를 가로막는 것은 모두 사라진다.

눈이 좋은 파룸인 릴리가 단언한 종점이 다가왔다.

뿔뿔이 흩어지지 않도록 벨프를 포함한 세 사람이 한 덩어리가 되어 사사사삭, 발목까지 뒤덮는 초원을 달려 나간다.

"!"

하얀 안개가 연기처럼 일렁이는가 싶더니 시야가 단숨에 맑아졌다.

벨의 눈에 들어온 것은 곳곳에 흩어진 몬스터의 무리, 다음으로는 암석 벽을 이룬 던전의 심장부.

주위 벽면은 짙은 나무색인데도 그곳만이 회색 바위로 이루어져 있다. 바위 한복판에는 뻥 뚫린 커다란 구멍이 보였다.

──저것이!

중층으로 가는 입구.

두근 심장이 뛰었다.

"흡!!"

릴리와 벨프를 놔두고 앞장선다. 위협성을 터뜨리는 몬스터 무리에게 '민첩'을 살려 기습을 감행했다.

『——?!』

붉은 단도가 '하드 아머드'를 일격에 재로 만들었다. 가슴 약간 아래쪽을 노렸는데도 충격이 전파되어 마석이 부서진 것이다.

《우시와카마루》.

날 길이 15C정도 되는 외날 무기. 벨프가 실력을 발휘해 미노타우로스의 뿔로 제작한 무기는 《헤스티아 나이프》의 날카로운 절단력과는 달리 사나운 파괴력을 발휘했다.

검보라색과 비홍색, 두 종류의 섬광.

높은 위력을 가진 두 자루의 무기를 능숙하게 다루며 벨은 몬스터의 시체를 쌓아나갔다.

"아주 잘 써먹고 있……구만!"

『흐각?!』

자신의 작품을 들고 설쳐대는 벨에게 웃음을 감추지 못하는 벨프는 어깨에 짊어진 대도를 몬스터에게 휘둘렀다. 벨이 놓친 임프를 두 마리 한꺼번에 베어 쓰러뜨린다.

『워어어어어어어어어어어어어어어어어어어!』

"왔군……!"

지면을 뒤흔들며 달려드는 거구. 네이처 웨폰인 고목을 장비한 오크에게 벨프가 맞서려 했다.

『——끼이이이이이이이이!!』

"?!"

그러나 오크의 사이에 끼어드는 째지는 소리가 벨프를 엄습했다. 음원은 상공, 하늘을 비행하는 '배드 배트'. 박쥐 몬스터의 살인적인 괴음파에 벨프의 평형감각이 한순간 파괴되었다. 무릎이 꺾이고 자세가 흐트러진다. 그러거나 말거나 오크는 벨프를 향해 달려와 굵은 곤봉을 쳐들었다.

"벨프 님?!"

"!"

벨도 릴리의 비명을 듣고 벨프의 위기를 감지했다. 상황을 파악한 것과 동시에 순간적인 직감. 오크와의 사선 사이에는 벨프도 있다. 【파이어볼트】를 쓸 수 없다.

판단은 빨랐다.

벨은 탄환처럼 달려나가 일직선, 최단거리를 가로질렀다.

"릴리, 대검!"

짧고 강렬한 목소리가 터졌다.

릴리는 그것만으로도 벨이 무엇을 하려는지 이해했다. 폴짝 점프하듯 달려 나간 것과 함께 백팩 바깥쪽에 억지로 매달아놓은 대검에 손을 뻗었다. 잠금쇠를 풀어 발검을 가능하게 만든 다음 자루가 옆으로 튀어나오도록 사이드벨트를 조작한다. 조그만 몸과 대검이 깔끔하게 십자를 그렸다.

소년의 예측 진로 위에 몸을 밀어 넣으며 등을 내밀듯 몸을 돌리고.

벨은 릴리를 칼집처럼 삼아 스르릉, 은색 대검을 뽑아들었다.

"━━━━차앗!!"

최고가속.

지금 막 벨프에게 일격을 날리려는 오크에게 전력으로 돌진한다.

『오오오오오오오오오오오오오!!』

"하아아아아아아아아아아아아아아!!"

몬스터의 수평 공격, 벨의 대각선 내려베기.

옆으로 휘두르려던 곤봉에 두꺼운 대검이 파고들며 박살을 냈다.

『꾸후엑?!』

당황하는 괴성.

괴력을 자랑하는 자신의 공격이 불발로 그치자 오크의 눈동자는 경악으로 물들었다. 혼신의 힘에 가속까지 얹힌 벨의 대참격은 오크의 괴력을 웃돌았다.

몸의 자유를 되찾은 벨프는 지체하지 않고 벨의 머리 위를 뛰어넘으며 수평 일섬. 오크의 머리를 대도로 날려버렸다.

"……어—, 미안."

"아냐…… 동료니까."

머리를 긁는 벨프에게 벨은 간지럽다는 듯 쓴웃음을 지었다. 벨프는 눈을 동그랗게 뜨더니 큭큭 하고 웃음을 터뜨렸다.

잠시 후 릴리가 쏜 화살이 배드 배트를 쏘아 떨어뜨리는 상쾌한 소리가 울려 퍼졌다.

"그럼 마지막 회의를 할게요."

룸 내의 몬스터를 소탕한 벨 일행은 바닥에 한쪽 무릎을 꿇고 둘러앉았다.

초원이 끊어진 곳에서, 암벽을 눈앞에 두고 흙 지면에 간단한 그림을 그리며 릴리가 입을 열었다.

"중층부터는 정석에 따라 대열을 짜겠어요. 우선 전열은 벨프 님."

"내가 맡아도 돼?"

"오히려 여기 말고는 벨프 님이 나설 곳이 없어요. 아니, 릴리가 잘난 척을 해선 안 되지만요…… 죄송합니다. 계속할게요."

한 줄로 늘어선 세 개의 동그라미 중에서 한가운데 것을 나이프로 콕콕 찌르는 릴리.

"벨 님은 중견을 맡아주세요. 벨프 님을 지원하시는 거예요. 공수 양쪽을 겸해주셔야 해요. 부담은 제일 커지겠지만…… 괜찮으시겠어요?"

"응, 괜찮아."

고개를 끄덕이는 벨을 보고 릴리는 마지막으로 제일 뒤의 원을 가리켰다.

"그러니 릴리는 제일 후열이 되겠죠. 아시겠지만 이 파티는 매우 불안정해요. 서포터가 후열을 맡은 시점에서 화력은 부족해지니까, 궁지에 몰리면 전열을 가다듬는 건 불가능하다고 생각하셔야 해요."

"한 번이라도 판단을 그르치면 끝장이라 이거구만. 빡센데."

"그럼 꼬리 말고 도망칠래요? 지금이라면 늦지 않았어요."

"멍청한 소릴. 난 냉큼 하이 스미스가 돼야 한다고. 지름길을 앞에 두고 등을 돌릴 수 있겠어?"

이미 익숙해진 릴리와 벨프의 대화를 벨은 멍하니 지켜보았다.

별생각 없이 두 사람의 대화를 듣고 있으려니, 두 사람이 의아하다는 듯 자신을 돌아보는 것을 알 수 있었다.

"넌 왜 실실 웃냐?"

"어…… 내가, 웃었어?"

"네, 아주 싱글벙글요. ……벨 님, 긴장감이 부족하신 것 아니에요?"

얼굴에 손을 대보니 정말 뺨에 힘이 풀려 있다. 벨은 황급히 미안하다고 사과했다.

"그건 됐고, 왜 웃은 거야? 신경 쓰이게."

"어, 그러니까…… 시끌벅적해서 좋달까…… 굉장히 파

티다워져서, 그게 기쁘달까."

빰을 붉힌 벨은 잠시 지면에 눈을 떨군 후 다시 릴리와 벨프를 교대로 보았다.

"게다가 말이야. 이런 거 가슴 두근거리지 않아? 다 같이 힘을 합쳐서 모험을 한다는 게."

붉어진 뺨은 그대로 둔 채 벨은 흥분한 듯 살짝 웃었다.

그것은 원래 모험자라는 직업의 진수였다.

아직 낯선 미지의 땅에 발을 들이고, 동료와 힘을 합쳐 새로운 발견을 거듭해나간다. 미지라는 이름의 흥분과, 서로를 돕는 손과 손, 그리고 서로를 이해하는 기쁨은…… 두근거리는 것이라고.

모험자는 모험을 해서는 안 된다는 가르침도 이때만큼은 잊고, 루벨라이트색 눈동자는 소년답게 빛났다.

서로 얼굴을 마주 본 후, 벨프는 호쾌하게 웃음을 터뜨리고, 릴리도 쓴웃음을 지으며 눈꼬리에 힘을 풀었다.

"……킥, 하하하하하하! 그러게, 이런 건 두근거리지! 두근거리지 않으면 남자가 아니지!"

"릴리는 좀 찬성하기 힘들지만…… 그래도 벨 님의 마음은 이해해요."

왠지 기뻐진 벨은 감정이 등을 떠미는 대로 만면에 미소를 지었다.

"그럼 준비는 다 되셨나요?"

"그래, 문제없다고. 가자!"

"응."

일어나 동료들과 나란히 선 벨은 구멍이 뚫린 암벽에 다가갔다.

중층으로 가는 시커먼 입구는 우툴두툴한 바윗결이 내리막길 끝까지 이어져 있었으며, 그 안쪽에서는 둔중한 인광이 어렴풋이 반짝이고 있었다.

조금 흙냄새가 나는 바위 냄새와 탁하고 축축한 공기는 빈말로 얼버무릴 수 없는 공포도 유발했다. 이 너머에는 아직 본 적이 없는 흉포한 몬스터도 있는 것이다.

슬쩍 주먹을 쥐어 돌아나려는 소름을 억누르고 벨은 던전 안을 노려보았다.

'……괜찮아.'

혼자가 아닌 것이다. 같은 파밀리아는 아니지만, 든든한 동료들이 있으니까.

그렇다면 분명, 어떻게든 해나갈 수 있을 것이다.

벨은 그렇게 생각했다.

'……좋았어!'

마음의 근원, 금색 동경을 가슴 속에서 곱씹으며.

벨은 중층으로 진출했다.

스테이터스

Lv. **1**

힘: C617 내구: D521 기교: C645 민첩: D509 마력: I70

《마법》
【윌 오 위스프】
　○안티 매직 파이어.
　○영창식:【불타버려라, 외법의 업.】

《스킬》
【크로즈 블러드】
　○마검 제작 가능.
　○제작 시 마검능력 강화.

《대도》

- 폭이 넓은 외날, 대형.
- 벨프의 자작 무기. 상층에서는 충분히 통할 만한 위력.
- 자기 전용 무기이므로 고유명은 없다. 타인을 위한 무기가 아니면 벨프는 이름을 붙이지 않는다.

【벨프 크로조】

소속 :【헤파이스토스 파밀리아】
종족 : 휴먼
직업 : 스미스
도달 계층 : 제12계층
무기 : 대도
소지금 : 94,000발리스

《키나가시》

· 원래는 대장장이용 작업복
불과 열에 내성이 있지만 방어력은 낮다.
· 보통은 이 위에 방어구를 걸친다.

※단편「퀘스트×퀘스트」,「여신에게 바치는 캄파넬라」는
「GA문고매거진 2013년 5월호」,「GA문고매거진 2013년 2월호」에 게재된
단편을 가필. 수정한 작품입니다.

하늘은 맑았다.

기후가 안정적인지, 오라리오는 지난 며칠 동안 구름 한 점 없는 쾌청한 날씨가 이어졌다.

상공에서 부드러운 햇살이 내리쬐는 가운데 대로에는 언뜻언뜻 모습을 보이기 시작한 시민들이 각자 짐을 들고 오간다.

과일이 든 광주리를 머리에 인 사람이며, 빨랫감으로 보이는 의복을 옆구리에 낀 사람, 잘 만든 옷을 맵시 있게 입은 상인임 직한 사람. 대로 한복판을 달리는 마차는 서서히 커지기 시작하는 소음 속으로 빨려 들어간다.

시간이 지날수록 활기를 더해가는 거리의 풍경은 휴먼과 데미휴먼이 뒤섞여, 정말로 새삼스럽지만 이국의 정서가 넘쳐난다.

"오, 오늘도 힘들었다……."

거리의 풍경을 보며 나는 힘없는 발걸음으로 서쪽 메인 스트리트를 나아갔다.

아이즈 씨에게 싸우는 법을 가르쳐달라고 부탁한 지 오늘로 사흘째.

해도 뜨지 않은 깜깜한 시간대부터 치러지는 그 사람과의 특훈은 던전을 탐색하러 가기 전부터 내 몸을 너덜너덜하게 만들었다. 오히려 던전에서 조우하는 몬스터와의 전투보다 훈련 중에 쌓인 대미지가 더 클지도 모른다.

웃음소리도 들려오는 대로에서 혼자 상처 입은 몸을 끌

고, 블록 바닥을 밟는 다리에 힘을 준다.

이것도 강해지기 위해.

가르침을 주는 그녀 자신을 따라잡기 위해.

나는 자신을 그렇게 타이르며 아픈 몸을 질질 끌고 던전 탐색을 위해 릴리가 기다리는 집합장소로 향했다.

"벨…… 베엘……."

억양이 적은, 늘어지는 목소리.

누군가가 내 이름을 불렀음을 깨달은 나는 막 디디려던 발을 멈추었다. 그 자리에서 고개를 돌려보자 목소리를 낸 인물은 금방 찾을 수 있었다.

【미아흐 파밀리아】 소속 수인 단원, 시앙스로프 나자 씨.

대로에서 골목으로 이어지는 건물과 건물 사이에 선 채 가슴께에서 손을 흔들고 있다. 윗옷은 왼쪽이 반소매고 오른쪽이 긴소매인, 여느 때와 같은 이상한 옷. 여기에 오른손에는 가죽 글러브. 롱스커트에서 뻗어 나온 폭신폭신한 개 꼬리를 느릿느릿 흔들며 그녀는 반쯤 감긴 눈으로 이리오라고 손짓했다.

잠깐 눈을 깜빡거린 나는 좌우를 둘러보며 지나가는 사람들의 흐름을 확인한 다음 그녀에게 다가갔다.

"어, 안녕하세요. 이런 데서 뭐 하세요?"

"응, 좀……."

이 시간대, 이 장소에서 그녀와 마주치는 것은 처음이었다.

내가 고개를 꼬고 있으려니 나자 씨는 언뜻 졸린 것 같기도 한 표정을 바꾸지 않은 채 입술만 움직였다.

"벨을 기다렸어. 여기 있으면 만나지 않을까 해서⋯⋯."

나는 홈에서 도시 중심에 있는 던전으로 갈 때 늘 이곳 서쪽 메인 스트리트를 경유한다. 보아하니 나자 씨는 내가 이곳을 지나가리라 반쯤 예측하고 기다렸던 모양이다.

그럼 용건은 대체 뭘까 생각하고 있으려니⋯⋯ 그녀는 품에서 둘둘 만 양피지를 꺼내 내게 내밀었다.

"퀘스트. 좀 부탁할 수 있을까⋯⋯."

"퀘스트⋯⋯?"

"응. 보수도 잘 쳐줄게⋯⋯. 그 메모에 적힌 걸 가져다줬으면 해."

메모라는 말에 양피지와 나자 씨의 얼굴을 번갈아 보고 있으려니 그녀는 살짝 고개를 숙였다.

"나랑 미아흐 님을 돕는다 치고⋯⋯ 부탁해."

"어, 네⋯⋯."

"기한은 딱히 없지만, 빠르면 좋겠어⋯⋯. 그럼, 잘 부탁해."

마지막에는 힘차게 팟 하고 손을 들고 나자 씨는 뒤에 있던 골목으로 돌아갔다. 【미아흐 파밀리아】의 홈 방향으로 사라져가는 등을 바라보며 나는 연신 눈을 깜빡였다.

어, 심부름을 부탁받은 거라고 보면 되나⋯⋯?

몬스터의 명칭 같은 것도 적혀 있는 양피지를 다시 한

번 내려다본다. 물 흐르듯 적어놓은 코이네 어와 그 아래에 적힌 물결무늬를 가만히 본 후, 한 손으로 머리를 긁으며 나는 일단 릴리와 합류하고자 다시 걷기 시작했다.

⊡

"퀘스트요?"

"응."

어리둥절 되묻는 릴리에게 나는 고개를 끄덕였다.

바벨 부근의 센트럴 파크 한 모퉁이. 약속장소이기도 한 이곳에는 활엽수 가로수가 무성하며 주위에는 벽돌로 만든 벤치도 있다. 머리 위에 펼쳐진 나뭇가지 틈으로 새 들어오는 눈부신 햇살을 뺨 언저리에 받으며, 나는 조금 전에 있었던 나자 씨와의 대화를 릴리에게 들려주었다.

"희한한 일이네요. 아무리 파벌끼리 친밀하다고 해도 하급모험자 분께 직접 퀘스트를 발주하다니."

"그런 거야?"

"네. 경우에 따라 다르긴 하지만 【파밀리아】 관련 퀘스트는 상급모험자 분들이 받을 만한 내용이 대부분이에요."

서포터 경력이 긴 릴리는 나보다도 던전의 제반 지식과 상식이 훨씬 풍부하다. 따라서 모험자의 정보에도 정통한 그녀는 무언가 이해가 안 간다는 듯 고개를 갸웃거렸다.

"잠깐 보여주실 수 있을까요?

그리고 내 손에서 양피지를 받아들었다.

"으음, 하기야 이 정도라면 Lv.1인 분께 의뢰해도 상관없을 만한 내용이지만……."

양피지에는 드롭 아이템 '블루 파필리오의 날개'를 수집해 달라는 내용이 적혀 있었다.

릴리는 동그란 눈동자로 나를 올려다보더니 입을 부루퉁 내밀며 말했다.

"벨 님, 혹시 만만하게 보여서 이용당하는 건 아니에요? 보수도 확인하지 않으셨죠? 릴리 생각에는 그 사람이 성가신 일을 떠넘긴 것 같은데요…… 그것도 아주 싸게 때울 작정으로."

"그, 그렇지는……."

……않을 거라고는 단언할 수 없을……지도 모른다. 이제까지 나자 씨에게 강매당한 갖가지 포션을 떠올린 나는 실례일지도 모르지만 한순간이나마 릴리의 지적을 받아들일 뻔했다.

흘러나오는 땀을 얼버무리듯 짐짓 이야기를 바꾸려 했다.

"어, 그런데 말이야, 애초에 퀘스트란 게 뭐야? 들어본 적은 있는 것도 같은데……."

그러고 보니 에이나 누나가 옛날에 "이상한 퀘스트에 걸려들면 안 돼!"라고 주의를 주었던 것도 같다. 다만 아이즈 씨랑 만난 후로는 곁눈질도 하지 않고 던전 공략에만 힘

쓰다 보니 다른 일에 신경을 쓸 여유가 없었던 것이다.

내 말에 릴리는 턱에 손가락을 대고 생각에 잠겼다.

"하긴, 앞으로 벨 님과 전혀 인연이 없는 이야기는 아닐 테니……. 그러면 오늘 하루는 퀘스트에 시간을 할애해보도록 할까요?"

그렇게 말하며 릴리는 생긋 웃었다.

"어? 하지만……."

"게다가 마침 좋은 기회이기도 해요. 벨 님은 요즘 **피곤하신** 것 같고……."

동경하는 그 사람을 따라잡으려면 쉬는 시간도 아깝다고 생각했던 내 마음속을 꿰뚫어보듯 릴리가 말했다. 흘끔 곁눈질로 눈치를 살피는 시선에 조금 양심이 찔렸다. 아이즈 씨와의 아침 특훈에 대해 밝히지 않는 것을 암암리에 원망하는 듯 느껴졌기 때문이다.

"가끔은 휴식도 필요하죠, 벨 님? 오늘은 한숨 돌리는 의미에서 이 퀘스트를 맡기로 해요."

"……그렇, 겠네. 그렇게 하자."

완벽하게 릴리에게 고삐를 빼앗긴 데에 쓴웃음을 지으며.

그래도 나를 생각해주는 그녀의 제안에 고분고분 따르기로 했다. 일리가 있는 말이기도 하고.

"그럼 우선 길드로 가요. 후학을 위해서라도 퀘스트에 대해 조금 공부하는 편이 좋겠어요."

어쩐지 기뻐하듯 웃으며 릴리는 내 손을 잡아 이끌었다.

"퀘스트란 간단히 말하자면 모험자에게 부탁하는 의뢰의 총칭이에요."

둘이서 나란히 북서쪽 메인 스트리트를 걸었다. 다른 대로에 비해 한층 길 폭이 넓은 이 메인 스트리트는 '모험자 거리'라는 별명대로 수많은 모험자의 모습을 볼 수 있다.

"의뢰주라 불리는 분들이 가진 여러 가지 문제를 모험자가 대신 해결해준다고 해석하시면 틀리지 않아요. 의뢰주는 의뢰 내용에 어울리는 보수를 준비하고, 모험자는 퀘스트를 수행해 대가로 그 보수를 받는 거죠."

"으음, 그건 '은혜'를 내려주는 주신님과 우리의 관계 같은 건가……?"

"네, 신들의 말을 빌자면 '기브 앤드 테이크'죠."

돌 블록으로 포장된 대로는 잡다한 발소리로 넘쳐났다.

아직 이른 아침 시간대라, 던전 탐색을 나가지 않은 모험자가 길드 본부나 저마다 애용하는 아이템 숍에 들러 준비를 갖추고 있을 것이다. 아름다운 방어구를 걸친 엘프 파티에게 나도 모르게 눈길을 빼앗기고 있으려니 릴리에게 허벅지 언저리를 꼬집히고 말았다. 뺨을 부풀리는 그녀에게 미안하다고 몇 번이나 사과하며 이어지는 설명에 귀를 기울였다.

"이곳 오라리오에서 전형적인 퀘스트의 예를 들자

면…… 전투능력이 없는 의뢰주를 대신해 모험자가 던전 깊은 곳에 내려가 자원을 회수해오는 것이에요."

"어쩐지, 참 미궁도시답네."

"후후, 그러게요."

이윽고 모험자의 물결에 편승하듯 이동하던 우리 앞에 아름다운 백색 석재로 만들어진 거대한 건조물이 나타났다. 대신전을 방불케 하는 길드 본부다.

앞뜰을 가로질러 넓은 로비로 발을 들이자 이곳에도 모험자들이 북적거렸다.

빈틈없이 수인 아이로 '변신'한 릴리는 머리 위의 고양이 귀를 이따금 꼼질꼼질 움직이며 커다란 게시판 앞에서 발을 멈추었다.

"퀘스트는 대부분 길드를 통해 게시돼요. 이게 지금 발주된 퀘스트 일람이네요."

널찍한 게시판에는 무수한 양피지가 있었다. 개중에는 길드가 제공하는 던전이나 모험자에 관한 공식 정보도 있지만, 대부분이 릴리가 말한 퀘스트 의뢰서였다.

의뢰 내용과 보수, 그 외에는 의뢰인을 증명하는 직필 사인이나【파밀리아】의 엠블럼이 각각 양피지에 기록되어 있다.

"어디보자…… '헬 하운드의 송곳니 ×10, 수집 바람'…… '24계층 보석나무의 열매와 아래의 보수를 교환하고 싶습니다'…… '계층 터주 토벌 임시 파티 모집. ※주: 가입 조건 Lv.3 도달'……."

읽어 내려가는 동안 서서히 뺨이 실룩거리는 것을 느꼈다.

난이도로 보자면 지금 내 실력으로는 도저히 달성할 수 없는 것들이 많았다. 간신히 가능한 것이라면 '오크 가죽 ×30장 채집' 의뢰 정도가 아닐까. 그나마 한나절 정도로는 안 되겠지만…… 상당히 힘들겠다.

"보다시피 던전에 관한 퀘스트는 대부분 '중층' 이하 계층을 대상으로 삼고 있어요."

'중층'…… 다시 말해 13계층부터 시작되는 Lv.2 이상 모험자들의 영역.

【랭크 업】한 모험자는 통틀어 '상급모험자'로 분류된다.

"왜 '상층'에는 의뢰가 적어?"

"웬만한 【파밀리아】나 모험자라면 직접 갈 수 있으니까요. 어지간히 모험자 적성이 없다면 모를까, 파티를 짜서 신중하게 시간만 들이면 상층 7계층 정도까지는 답파할 수 있어요."

아, 그렇구나.

오라리오의 모험자는 【랭크 업】을 하지 않은 Lv.1인 사람들이 절반이라고 한다. 많은 【파밀리아】가 '상층'까지는 도달할 수 있지만, '중층'까지는 가지 못했다는 이야기도 수긍이 간다. '중층' 이하의 계층에 도달할 수 있는 모험자는 얼마 안 되는 만큼 그 계층에 속한 의뢰도 자연스레 수가 늘어나는 것이리라.

릴리가 조금 전에 했던 '퀘스트는 상급모험자가 받을 만한 내용이 대부분'이라는 말도 그런 뜻이었구나.

"다만 길드에 붙은 건 【파밀리아】나 상인이 의뢰인인, 말하자면 모험자들에게도 매력적으로 보이는 퀘스트뿐이에요."

"?"

"바꿔 말하자면 제대로 된 보수가 확실하고…… 무엇보다 신용이 있죠."

잘 이해하지 못하겠다는 표정을 짓고 있으려니 릴리가 다시 이동하기 시작했다.

게시판 앞에서 멀어져, 길드 본부에서도 나간다.

"수상~한 퀘스트도 존재한다는 뜻이에요. 의뢰인의 이름을 감추거나, 의뢰 내용이 아~무래도 수상쩍거나."

"……어, 보수를 떼어먹는다거나?"

"아. 예리하시네요, 벨 님. 눈치가 빨라지셔서 릴리는 기뻐요."

마치 제자의 성장을 기뻐하듯 릴리는 웃음을 짓는다.

"참고로 릴리도 옛날에 그런 수법을 써먹은 적이 있답니다~."

그렇게 말하며 싱글싱글 웃으니 나는 헛웃음을 지으며 입가를 실룩거렸다. 모험자들을 얼마나 싫어하는 거니, 릴리…….

"아무튼 길드에 인정받지 못할 정도로 신용도가 낮은 의뢰나, 그 외에 일반인들의 의뢰 같은 건 저렇게 주점에 모이곤 해요. 온갖 의미에서 유별나도 참으로 유별난 퀘스트가 대부분이죠."

릴리는 북서쪽 메인 스트리트를 따라 세워진 주점 중 하나를 가리켰다.

듣자하니 그곳은 주점 【파밀리아】이며, 길드와는 별도로 퀘스트를——굳이 비교하자면 비공식적인 것들을——알선하는 장소라고 한다. 정말로 자세히 보니 문 위에 【파밀리아】의 엠블럼으로 보이는 간판이 붙어 있다.

참고로 저런 주점 【파밀리아】는 방문객들에게서 정보도 왕성하게 수집하기 때문에 정보상인의 면모도 있다나. 퀘스트 중개료나 정보를 팔아 【파밀리아】를 경영한다…… 머리 좋은걸. 세상에는 정말 수많은 종류의 【파밀리아】가 존재하는 모양이다.

"요컨대 말이죠. 길드를 거치지 않은 퀘스트는 다치고 싶지 않으면 손대지 않는 것을 권해드려요. ……설령 사이가 좋은 【파밀리아】에서 직접 부탁을 받았다고 해도요."

……릴리가 무슨 말을 하려는지는 알겠다.

말하자면 길드를 거치지 않은, 영 신용하기 어려운 나자씨의 의뢰도 원래는 받지 말아야 하는 거라고 나에게 가르쳐주려는 것이다.

하지만 누구인지도 모르는 상대도 아니고 면식 있는 사

람의 부탁인데 그렇게까지 경계할 필요가 있을까…….

"그러니까 벨 님은 어수룩하다는 소리를 듣는 거예요. 릴리가 할 말은 아니지만 그런 약점을 잡혀서 금방 속는다구요."

……생각이 얼굴에 드러났는지 릴리가 냅다 단언해버린다. 요즘은 자각도 좀 있었던 만큼…… 으음, 뭐라 받아칠 말이 없네.

"뭐, 릴리가 두 눈 시퍼렇게 뜨고 있는 동안은 벨 님을 그런 사기에서 지켜드릴 테니 안심하세요. ──자, 퀘스트의 기초지식은 이쯤 하고 슬슬 본론으로 들어갈까요?"

"어, 응."

대로를 따라 천천히 나아가며 나는 나자 씨가 준 양피지를 다시 꺼냈다.

확인하기 반복해서 다시 읽으며 나자 씨에게서 받은 퀘스트를 머릿속에 단단히 새겨 넣는다.

으음. 그건 그렇다 쳐도 '블루 파필리오의 날개'라…….

"블루 파필리오란 건 그거지? '레어 몬스터'라 불리는…….."

"네. 출현 계층은 '상층'이니까 지금 벨 님에게도 위험하진 않다고 해도…… 발견하려면 고생 좀 해야 할지도 몰라요."

"그렇겠지……."

나자 씨는 무기한이라고 했지만…… 정말로 좀 성가신 일이 될지도 모르겠다. 내가 받아온 이 퀘스트는.

그렇게 조금 난처한 표정을 짓고 있으려니 릴리는 내 불안을 해소해주려는 듯 생긋 웃음을 지었다.

"안심하세요, 벨 님. 릴리에게 생각이 있어요. 조금 준비를 한 다음 던전에 내려가도록 해요."

······정말로 릴리에게는 신세만 지는구나.

내가 부족한 점을 뭐든 다 커버해주는 서포터에게 미안함과 그 이상의 든든함을 느꼈다.

‘블루 파필리오’.

던전 7계층에 출현한다고 전해지는 나비 몬스터.

푸른색이 도는 투명한 네 장의 날개를 가졌고, 그 날개에서 희미하게 빛나는 인분을 뿌리며 날아다니는 모습은 모험자가 멈춰 서서 넋을 잃고 바라볼 정도라고 들었다.

몬스터답지 않은 아름다움을 가진 블루 파필리오. 아울러 조우할 기회가 극단적으로 적은 ‘레어 몬스터’로도 유명하다.

각 계층별로 숫자가 적으면서 어지간해선 모습을 드러내지 않는 몬스터를 우리는 ‘레어 몬스터’라 부르며 분류하는데, 블루 파필리오도 여기에 속한다. 당연하지만 발견하기 어려운 레어 몬스터의 드롭 아이템은 희귀하며 가치도 높다.

블루 파필리오는 다른 레어 몬스터에 비해 출현율이

높다고는 들었지만…… 평범하게 찾아다닌다면 발견하는데 분명 시간이 걸릴 것이다. 내가 오늘까지 한 번도 본 적이 없다는 것이 좋은 증거였다.

전에 에이나 누나 때문에 억지로 정독했던 몬스터 도감을 떠올리면서, 나는 이 퀘스트는 하루에 끝나지 않을지도 모른다고 생각하고 있었다.

"……우리 지금 꽤 깊이 왔지?"

"네. 이제 슬슬 계층 남쪽 끄트머리에 도착할 거예요."

장소는 7계층. 아이템 숍에 들렀다가 던전에 내려온 우리는 블루 파필리오가 출현하는 이 계층으로 발을 들였다.

릴리의 지시에 따라 미로 구조를 가진 통로를 한없이 나아간 지 이래저래 한 시간쯤 지났을까. 다음 계층 계단으로 이어지는 정규 루트를 크게 벗어나 우리는 7계층 깊은 곳까지 진입했다.

던전 아래층으로 내려간 적은 있어도 계층 구석으로 가본 적은 없다. 낯선 길에 어딘가 긴장을 품으면서, 이따금 나타나는 몬스터를 《주신님 나이프》와 《바젤라드》로 재빨리 해치웠다. 내가 물리친 '킬러 앤트'에게서 릴리도 재빨리 '마석'을 적출했다.

"릴리, 이렇게 계층 후미진 곳에 뭐가 있어?"

"던전 팬트리(식량고)요."

팬트리?

내가 되물은 것과, 진로의 광경에 변화가 나타난 것은

거의 동시였다.

연녹색 벽면이, 인광을 띤 천장이, 발밑의 지면이 울퉁불퉁한 표면을 이루기 시작했다. 전진함에 따라 규칙적인 미로의 형상이 사라지고, 마치 동굴 안으로 흘러들어온 것 같은 착각이 들기 시작했다.

내가 놀라 눈을 깜빡거리고 있으려니 천장의 인광은 어느샌가 엷어져 밝기가 사라졌다.

'빛이······.'

대신 동굴 형태를 띤 통로의 굽이진 모퉁이 너머에서 어렴풋한 알 수 없는 녹색 광채가 새나왔다.

멈춰 서서 조용히 릴리를 돌아보니 그녀도 아무 말 없이 고개만 끄덕였다. 나는 숨을 죽이며 신중하게 동굴 안으로 발을 들였다.

조금 빨라진 심장 소리에 가슴이 떨렸다.

던전에 내려오는 데 익숙해져 오랫동안 느껴보지 못했던, 비경을 앞에 둔 것 같은 이 감각. 처음 보는 영역——'미지'의 예감, 아직 신출내기 모험자인 내 가슴에는 큰 긴장과 조용한 흥분이 차올랐다.

주위에 울려 퍼지는 발소리를 들으며 천천히 모퉁이에서 고개를 내밀고, 녹색 광채의 정체가 기다리는 종착점으로 나아갔다.

"——."

그곳에 발을 들인 순간 나는 할 말을 잃었다.

넓고 넓은 공간이었다.

이곳보다 깊은 계층에서도 본 적이 없는 광대한 대공동.

우선 눈길을 빼앗은 것은 정면에 우뚝 솟은 녹색 석영이었다.

거대한 녹수정 기둥은 어스름한 대공동의 천장까지 뻗어 나갔으며 뒤쪽의 벽면과 붙어 있다. 곳곳에 결정이 솟아나온 울퉁불퉁한 표면은 나뭇결을 연상케 했으며, 기둥 전체는 그야말로 석영 나무라 해도 과언이 아니었다.

녹색 광채는 이 수정 나무에서 뿜어져 나오는 것이었다.

'몬스터들이······.'

수정 나무에서는 투명한 액체가 배어 나왔으며 그 뿌리께에 흘러내린 액체는 큰 샘을 이루었다. 그리고 그 액체를 얻기 위해서인지 '킬러 앤트'며 '퍼플 모스'가 나무에 달라붙었고, 샘에는 '니들 래빗'이 혀를 내밀어 목을 축였다.

"놀라셨나요?"

"릴리······."

"여기가 팬트리······ 던전이 몬스터들을 먹여 살리는 부양장소예요."

계속 넋을 잃은 내게, 어딘가 즐거운 투로 릴리가 설명했다.

던전에서 태어난 몬스터들도 때가 지나면 당연히 배가 고파진다. 개중에는 모험자를 잡아먹거나 동족상잔까지 가는 몬스터도 있다지만, 대부분은 모태인 던전이 제공하는 저 액체를 섭취한다는 것이다.

이 넓은 공간은 몬스터들에게는 영양원. 말 그대로 던전의 식량고였다.

"……혹시 여기서 블루 파필리오를?"

"네. 무턱대고 찾아 돌아다니느니, 여기서 대기하는 편이 만날 가능성도 높을 거예요."

나도 이해했다.

팬트리는 초층(初層)인 1, 2계층을 제외하면 각 계층마다 두세 군데 존재한다고 릴리가 말했다. 그중 한 곳에 진을 치고 있으면, 안 그래도 넓은 계층 내를 방황하지 않더라도 배가 고파진 블루 파필리오가 알아서 찾아올 테니 이를 잡을 수 있을 지도 모른다.

매복해 사냥감을 잡는, 말하자면 헌팅이라고나 할까.

통로 입구를 가로막고 서 있던 내 허리를 릴리가 꾹꾹 밀어댔다.

"자자, 벨 님. 언제까지 넋 놓고 있지 말고 얼른 몸을 숨겨요. 몬스터들에게 들키면 그거야말로 큰일이니까요."

"아…… 그, 그렇구나."

이 대공동에는 우리가 지나온 루트 외에도 십여 군데 통로가 이어져 있어서 지금도 곳곳에서 몬스터가 우르르 몰려나오곤 했다. 만약 들켜서 이 공간에 있는 모든 몬스터와 싸우게 된다면…… 생각만 해도 오싹해진다.

나는 샤샤샥, 대공동 구석으로 향했다.

"그럼 실례할게요."

백팩을 내려놓은 릴리가 안에서 재빨리 커다란 천을 꺼냈다. 엷은 녹색으로 물들여 7계층의 연녹색 벽면에 녹아들 것 같은 색조였다. 거대한 망토처럼 보이는 그 천을 펄럭 펼친 릴리는 나와 자신의 몸을 감싸듯 머리부터 뒤집어썼다.

"이러려고 샀던 거구나……."

"네. 7계층에는 코가 좋은 몬스터는 없으니, 얌전하게 있으면 이 정도로도 몸을 숨길 수 있어요."

준비가 필요하다면서 던전으로 오기 전에 릴리가 구입했던 이 아이템. 대체 어디에 쓰나 생각했더니…… 이런 거였구나.

식사에 정신이 팔린 몬스터들은 벽의 색깔과 경치에 완벽하게 녹아드는 은폐천을 두른 우리를 전혀 알아차리지 못하는 기색이었다.

"그, 근데 잠깐, 릴리? 너무 달라붙는 거 아냐?"

"아뇨아뇨. 백팩도 감싸야 하니까 천에 여유가 없거든요. 네, 그렇고말고요. 더 붙어야 해요!"

조그만 몸을 꾹꾹 밀어붙이는 릴리에게 나도 모르게 동요하고 말았다.

몸을 기울이듯 기대듯 릴리가 내 몸 오른쪽에 꼬오옥 달라붙는다. 보드라운 몸의 감촉이 이너웨어 너머로 전해져 나는 얼굴을 붉히고 말았다. 말은 그럴듯하지만…… 어딘가 즐기는 것처럼 보이는 건 내 착각일까?

당황한 나는 몸이 밀착된 부끄러움을 얼버무리려고 작은 목소리로 말을 꺼냈다.

"……그, 그러고 보니 말이야. 몬스터를 유인하는 트랩 아이템이란 게 있잖아? 하지만 식량이 있으면 몬스터들도 걸려들 이유가 없는 거 아닐까……."

당장이라도 새끼 고양이처럼 목을 골골거릴 듯 싱글벙글하던 릴리는 금방 의문에 답해주었다.

"벨 님은 맨날 같은 걸 드셔도 질리지 않나요?"

"아……."

"후후, 그런 거예요. 몬스터에게도 입맛이 있답니다."

또 한 가지 배우면서, 나는 이참에 이상하게 생각했던 것을 릴리에게 묻기로 했다.

왜 이렇게 좋은 사냥터에 모험자들이 없는 거냐고 묻자, 그건 팬트리의 위치가 너무나 깊은 곳에 있기 때문이라고 릴리는 대답했다. 팬트리는 각 층마다 여럿 존재하지만 모두 계층 제일 깊은 곳에 있기 때문에 잘못하면 두 계층을 내려가는 것보다도 더 시간이 든다는 것이다. 몇 시간이나 걸려 이곳에 도착해 사냥을 하느니——이 팬트리에서 제대로 싸울 실력이 있다면——다음 계층으로 내려가 마석의 질이 높은 몬스터를 격퇴하는 편이 수입도 높고 효율도 좋다나.

무엇보다, 조금만 실수하면 온 던전에서 몰려든 몬스터

© Suzuhito Yasuda

의 물량에 짓눌릴 위험이 있다.

그런 이유로 모험자가 팬트리를 전장으로 삼는 일은 거의 없다고 한다.

'……이 아름다운 광경을 어지럽히고 싶지 않으니까…… 그러는 것도 있지 않을까.'

천을 뒤집어쓴 채 눈앞의 광경을 바라보며 그런 마음을 품었다.

넓은 대공동을 비추는 은은한 녹색 광채. 수정 나무에서 뿜어져 나오는 광채는 정말로 아름답고 맑았다. 나무 주위에 펼쳐진 샘은 마치 달빛을 반사하는 것처럼 수면을 조용히 빛냈다.

샘 기슭에는 푸른 줄기를 가진 흰 꽃이 수없이 피어났으며 니들 래빗이 이따금 그 안을 헤집고 고개를 쏙 내밀었다. 그 머리 위에는 발광하는 석영에 붙어 녹광에 물들며 날개를 쉬는 퍼플 모스. 첨벙첨벙 소리를 내는 것은 수목을 향해 묵묵히 샘 안을 나아가는 킬러 앤트 무리였다.

녹색 빛을 받는 모든 광경이 부드럽게 보였다.

흉포하고 추하던 몬스터들이, 어째서인지 지금은 아름답게 보인다.

인류의 적, 괴물이라는 것은 충분하고도 남을 만큼 잘 아는데도.

대치하면 무조건 덤벼드는 위험한 존재임을 잘 아는데도.

이 광경만은 그대로 두고 싶다고.

빛에 드러난 환상적인 공간을 둘러보며, 그렇게 조금 젠체하는 생각을 하고 말았다.

"······! 벨 님!"

"!"

잠시 어깨를 굳혔던 릴리가 내 아래팔을 살짝 흔들었다. 의식이 다른 곳으로 날아갔던 나는 흠칫 몸을 떨고 전방을 뚫어져라 바라보는 릴리의 시선을 따라갔다. 그리고 이내 두 눈을 크게 떴다.

우아하게 날갯짓을 하는 푸른 나비.

퀘스트 목표인 블루 파필리오 여러 마리가 한 덩어리를 이루어 하늘을 춤추며 이곳에 나타난 것이다.

"일부러 팬트리까지 찾아온 보람이 있었네요."

"으, 응."

릴리와 나는 조금 들뜬 기분으로, 언제든 움직일 수 있도록 준비를 시작했다.

나비 몬스터는 이 대공동의 경치에도 뒤지지 않을 만큼 아름다웠다. 몸은 퍼플 모스보다 훨씬 가녀리고 네 장의 날개는 생생하다. 공중에 그려지는 푸른 궤적은 정말로 감탄사가 나올 만했다.

블루 파필리오는 싸울 힘이 거의 없는 반면, 날개에서 떨어지는 푸른 가루가 몬스터의 상처를 치유하는 작용을 가졌다. 나자 씨가 블루 파필리오의 드롭 아이템을 원하는 것도 분명 포션 개발에 이용하기 위해서일 것이다.

"여기서 공격할 수는 없죠. 팬트리에서 나갈 때까지 기다렸다가 뒤를 따라가요."

"응, 알았어."

의식을 퀘스트로 바꾸면서 나와 릴리는 한동안 더 몸을 숨긴 채 숨을 죽였다.

쏴아아. 상쾌한 공기가 뺨을 쓸어내렸다.

마천루 바벨을 나온 순간 피부 위를 미끄러지는 바람에 한쪽 눈을 감으며 나는 곁의 릴리에게 웃음을 지었다.

"잘돼서 다행이네."

"네. 드롭 아이템도 운 좋게 수확할 수 있었으니까요. 그 것도 이렇게 많이."

릴리도 기뻐하며 웃음을 지었다. 그 후 블루 파필리오의 무리를 추적해 한꺼번에 쓰러뜨리는 데 성공한 우리는 지 상으로 귀환했다.

릴리의 말대로 쓰러뜨린 블루 파필리오에게서는 모두 드롭 아이템이 발생해 수고를 던 것은 물론, 우리는 매우 짭짤한 수입을 얻었다.

합계 다섯 장의 날개……. 이 정도라면 의뢰한 나자 씨 도 만족할 것이 분명하다.

"이 날개를 길드에 가져가기만 해도 분명 9천 발리스는 받을 거예요. 날개 자체에 상처가 없기도 하고요. 아니, 교섭하기에 따라서는 액수가 더 붙을지도 몰라요! ……우웅, 좀 아깝네요…….”

'레어 몬스터'의 드롭 아이템인 만큼 기쁨도 치미는지 릴리는 조금 흥분한 어조로 말했다. 살짝 들뜬 파트너에게 쓴웃음을 지으며 우리는 센트럴 파크에서 서쪽 메인 스트리트로 향했다.

'기분전환이 좀 됐으려나…….'

그 아름다운 광경을 보고 마음에 평안을 얻은 것 같았다.

의도치 않게 좋은 휴식이 된 덕인지, 온몸을 채운 기분 좋은 피로를 느끼며 나도 상쾌한 걸음걸이로 나아갔다.

“실례합니다~. 안녕하세요~.”

“……벨?”

골목을 거쳐 【미아흐 파밀리아】 홈을 방문했다.

카운터 안에 있던 나자 씨는 문에서 들어온 나를 보고 반쯤 감긴 눈을 살짝 크게 떴다.

“혹시, 퀘스트 벌써 마친 거야……?”

“네. 지금 막 끝났어요.”

옆구리에 끼고 있던 방패만한 꾸러미를 펼쳐 내용물을 보여주었다.

반짝반짝 푸르게 빛나는 '블루 파필리오의 날개'를 보고, 나자 씨는 웬일로 여우에 홀린 것 같은 표정을 지었다. 그리고 이내 기쁜 듯 입가에 웃음을 지었다. 끄트머리가 바닥에 늘어져 있던 개 꼬리가 여느 때와 달리 붕붕 흔들렸다.

"고마워, 벨…… . 제법이구나. 아─주아주 다시 봤어."

"뭐, 뭘요…… ."

"벨은 하면 하는 애라고 믿었어…… ."

웃음까지 지은 나자 씨에게 칭찬을 받아 뒷머리를 긁으며 뺨을 붉혔다. 멋쩍어하는 내 머리를 나자 씨가 풍풍 가볍게 두드려주었다.

그리고 그때까지 한마디도 하지 않던 릴리가 말을 꺼냈다.

"바쁘신 데 죄송하지만요, 슬슬 물건이랑 보수를 교환하는 게 어떨까요?"

나자 씨가 손을 멈추고 시선을 내리자 릴리는 생긋, 사심 없는 만면의 미소를 지었다.

"……그래야지."

그녀를 처음 본 나자 씨는 릴리를 내 파티라고 판단했는지 순순히 고개를 끄덕이며 카운터 뒤로 돌아갔다.

"벨 님, 너무 싱글거리지 마세요."

"시, 싱글거리긴 누가…… ."

"됐으니까 똑똑히 기억하네요. 퀘스트는 **확실하게** 보수를 받아야 끝나는 거예요."

"……응?"

무언가 격언 같은 말에 나도 모르게 중얼거렸지만 릴리는 나자 씨 쪽을 본 채 방실방실 웃음만 지을 뿐이었다.

　고개를 꼬고 있으려니, 곧 나무상자 케이스를 끌어안은 나자 씨가 돌아왔다.

　"이게 보수…… 포션 두 통."

　"두, 두 통?!"

　내가 【미아흐 파밀리아】에서 구입하는 포션은 아무리 싼 것이라도 500발리스는 한다. 두 통이면 24개, 합계가…… 12,000발리스!

　"수고료도 얹었어."

　그렇게 덧붙이는 나자 씨에게 나는 황송함을 느꼈다.

　처음으로 받는 보수에 조금 기쁨을 느끼며 '블루 파필리오의 날개'를 싼 꾸러미를 넘겨주려 했을 때——.

　덥썩. 옆에서 나온 조그만 손이 내 손목을 붙잡았다.

　"리, 릴리……?"

　"조금 기다려 주실 수 있겠어요, 벨 님?"

　나자 씨에게서 시선을 떼지 않은 채, 릴리는 스으윽 자연스러운 움직임으로 그녀가 안은 나무상자에 손을 뻗었다. 그녀가 꺼낸 것은 푸른 용액이 든 시험관 하나.

　"실례할게요. 대금은 나중에 지불할 테니."

　"엑, 잠깐……."

　릴리는 대꾸도 하지 않고 뚜껑을 열더니 조그만 코를 시험관에 가져갔다.

향을 확인하고 색깔을 보고, 나자 씨가 무언가 당황하는 사이에 릴리는 재빠르게 자신의 손등에 포션을 한 방울 떨어뜨려선 날름 핥았다——그리고 다음 순간.

"——후후, 이 포션이 500발리스라고요? 장사하기 참 쉽네요. 정말 부러워요."

천진난만한 아이를 가장하던 웃음 그대로 노기를 드러내며 그렇게 말한다.

""——.""

"이건 원액을 희석한 거죠? 이래선 효능도 절반 이하로 떨어질 텐데요. 포션 특유의 단맛도 조미료로 얼버무려놓은 모양이고. 네, 정말 흔한 수법이죠."

하나씩 폭로되는 충격의 사실.

나와 나자 씨는 할 말을 잃고, 여전히 생글생글 웃는 릴리에게 눈을 떼지 못했다.

"기껏해야 200발리스나 할까요? 이제까지 엄청나게 **바가지를 쓰셨네요**, 벨 님. ——물론 이번 보수에는 저어어어언혀 미치지 못해요."

나자 씨는 이미 얼굴이 새하얗게 변했다. 눈을 반쯤 감은 채 엄청난 기세로 뻘뻘 땀을 흘린다. 꼬리는 이상한 방향으로 구부러졌다. 나는 여전히 충격에서 벗어나지 못했다.

"자, 이 결례를 어떻게 수습해주실 건가요?"

줄곧 눈을 가늘게 뜨고 있던 릴리는 악마처럼 부드럽게

웃으며 그렇게 물었다.

"미안하다!!"

미아흐 님이 깊이 고개를 조아렸다.

꼭두서니색 저녁 햇살이 창문으로 새 들어오는 가게 안에서 그런 큰 목소리가 울려 퍼졌다. 바로 곁에서는 나자 씨가 뒷머리를 붙들린 채 억지로 허리를 꺾고 있다.

"내 감독이 소홀했다. 정말로 미안하다, 벨! 이제까지 속여서 뜯어낸 돈도 모두 돌려주마!"

"아, 아뇨, 미아흐 님, 괜찮으니까, 일단 고개를 좀……."

안절부절못하며 채근하자 미아흐 님은 초연한 표정으로 고개를 들더니, 미안하다며 다시 한 번 사죄했다.

키가 크며 훤칠한 체격. 군청색 머리카락도 남성치고는 긴 편이며 어딘가 귀공자 같은 인상. 몸에 걸친 낡은 회색 로브는 오히려 그 아름다운 용모를 돋보이게 해주는 데 일익을 담당했다.

나자 씨의 주신인 미아흐 님은 데우스데아에 어울리는 단아한 얼굴을 침통하게 흐리고 있었다.

"헤스티아, 네게도 폐를 끼쳤구나. 그대들에게서 돈을 사취하는 짓을 하다니……."

"뭐, 지나간 일은 어쩔 수 없지. 앞으로는 이런 일이 일어나지 않도록 확실하게 마무리를 지어줘. 미아흐에게는 늘 도움을 받았으니, 그걸로 비긴 셈 치자고."

"으음. 약속하지……."

릴리가 가차 없이 나자 씨를 규탄한 후, 【미아흐 파밀리아】의 홈에는 주신님과 미아흐 님까지 찾아와 파벌간의 사죄 대회 같은 것이 벌어졌다.

미아흐 님은 나자 씨의, 그 뭐랄까, 이제까지 저질렀던 회색 행위를 모르셨는지 그 자리에서 몇 번이나 사과를 되풀이했다. 뒷머리를 붙들린 나자 씨는 여전히 고개를 들지 못하고 있었다.

"그건 그렇다 쳐도 서포터 군, 참으로 용케 이번 일을 알아차려 주었군. 정말로 벨을 잘 보살펴주는 것 같아 안심했다. 고맙다."

"뭘요뭘요. 벨 님과 헤스티아 님께 도움이 될 수 있었다면 릴리도 행복해요."

음음, 느긋하게 고개를 끄덕이는 주신님과 공손히 인사하는 릴리의 대화에 나는 조금 식은땀을 흘렸다. 뭔가 내가 모르는 사이에 나에 대한 계약 같은 것을 맺은 모양이다…….

"……나자, 왜 이런 짓을 했지?! 대답해!"

미아흐 님의 일갈.

드디어 미아흐 님의 손에서 풀려난 나자 씨는 몸을 일으키더니 홱 옆을 보았다. 반올림머리가 공기를 머금으며 떠올랐다.

"【파밀리아】의 장부는 언제나 궁했고…… 아무것도 모르는 토끼는 봉이었죠."

미아흐 님과 나는 동시에 얼굴을 굳혔다. 그런데 토끼한테 봉이라니…….

눈을 반쯤 감은 표정과 억양 없는 목소리는 여느 때와 다를 바 없는 나자 씨처럼 보였지만…… 허리에 달린 꼬리가 부들부들 겁먹은 듯 떨고 있었다.

"에잇, 이 멍청한 녀석! 속여서 얻은 한 푼이 무엇이 된단 말이냐! 나자, 이 하계는 신용과 신뢰로 돌아가는 곳이다. 장사가 그 가장 좋은 예가 아니냐. 너는 얼마 안 되는 돈 때문에 이 사람들의 신뢰를 잃어버릴 뻔했어!"

지극히 어리석은 짓이었다고, 미아흐 님은 어조와 눈빛에 힘을 주어 그렇게 말씀하셨다.

살짝 고개를 숙인 나자 씨는 질끈 이를 악물더니, 눈을 날카롭게 뜨며 미아흐 님을 노려보았다. 나자 씨에게서는 처음으로 보는 표정.

"그러면서 미아흐 님은 아무에게나 태연하게 포션을 거저 나눠주시죠. 그러니까 본전도 찾지 못하고요! 심지어 자각도 없는 사이에 여자애들을 홀려선 오해하게 만들고……. 내가 얼마나 힘들게 뒷수습을 했는데……!"

"무, 무슨 소릴 하는 게냐?! 홀리다니, 오해를 살 만한 소리는 하지 마라!"

생각지도 못했던 나자 씨의 반격에 미아흐 님은 경악
했다. 주신님과 릴리의 시선이 약간 싸늘해졌다. 하기야
실제로 미아흐 님은 귀공자 같은 웃음으로 여성들이 곧잘
낮을 붉히게 만드는 면이 있는데…… 본인은, 아니, 본신
은 전혀 짐작 가는 구석이 없는지 지금도 당황한 표정만
짓는다.

"벨에게는 잘못했지만…… 그래도 이대로 가다간 빚은
갚지도 못한 채 부풀기만 할 거고……!"

"엥."

나는 눈을 크게 떴다. 나도 모르게 시선을 돌리자 헤스티
아 님도 눈을 동그랗게 뜨고 의아해 하셨다. 빚이라고……?

미아흐 님의 민망한 표정과 나자 씨의 분한 얼굴에 끼어
어리둥절하고 말았다. 두 분에게는 입에 담기 어려운 무슨
사정이라도 있는 걸까.

──그리고 그렇게 생각한 순간.

"흐하하하하하하하하하하! 실례하겠네──!!"

고막에 울려 퍼지는 가가대소와 함께 가게 문이 벌컥 열
렸다.

"?!"

"이번 달치 이자와 원금을 받으러 왔는데에, 미~아~흐~."

나타난 것은 회색이 도는 머리카락과 수염을 기른 초로

의 남자 신이었다.

늙었다는 속성을 느끼게 하면서도 용모는 매우 훤하……지만 어쩐지 분위기가, 이런저런 것들을 모두 망치고 있는 것 같았다. 헤죽헤죽 징그러운 웃음과 거만한 눈빛. 복장은 금은 자수가 가미된 호화로운 로브이며 뭐랄까, 어딘가 미아흐 님의 모습을 의식해 화려하게 꾸민 듯한 인상이…….

"디안……!"

"아무리 기다려도 오질 않길래 내가 직접 발품을 팔아 여기까지 왔지. 고마워하라고, 가난뱅이들. 흐하하하하하하하!!"

……어쩐지 이분의 성격을 알 것 같다.

"여전히 먼지 냄새 나는 가게구만! 여기 계속 있으면 몸이 나빠질 것 같으니 냉큼 용건이나 마치자고! 평소보다 가난뱅이도 늘어난 것 같고!"

나자 씨는 부모의 원수라도 보는 듯 무서운 눈빛이었으며, 미아흐 님도 쓸쓸한 표정이다. 불똥처럼 튄 무례함에 헤스티아 님도 충격을 받아 그게 무슨 소리냐고 대들었다.

"디안 케흐트 님이네요."

"릴리……."

"모험자들 사이에서도 평판이 높은, 치료와 제약의 【파밀리아】를 이끌고 있죠. 포션을 판매하는 미아흐 님네 입장에서 보자면…… 라이벌이라고나 할까요."

살짝 귀띔해준 정보에 그렇구나 싶어 고개를 끄덕였다. 미아흐 님네가 적의를 보이는 것도, 디안 케흐트 님의 언동이 일일이 도발적인 것도 적잖은 악연이 있기 때문이리라.

　"그래서 이번 달치 돈은 준비하셨나, 미아흐~?"

　"그건……!"

　"흐흥~ 마련하지 못했겠지, 못했겠지? 크하하하하하하하하하! 이 만년 체납자들아!"

　──뿌드드드득. 미아흐 님과 나자 씨가 나란히 이를 갈아붙였다.

　"자비로운 나도 이제까지는 몇 번이나 봐줬지만, 너희의 절조 없는 행동에 이제는 신물이 나는군. 내일까지 이번 달 대출금을 가져오지 않으면 이번에는 네놈들을 쫓아내고 이 낡아빠진 홈을 접수할 테니 그리 알아! 각오하라고!!"

　침을 튀겨대며 디안 케흐트 님은 호쾌하게 웃었다.

　"흐하하하하하!! 돌아가자, 아미드!"

　"예."

　문 앞에 계속 서 있었는지, 디안 케흐트 님의 뒤에 서 있던 여성 단원이 움직였다. 키는 작으며 마치 정밀한 인형 같은 용모를 가진 그녀는 우리에게 꾸벅 고개를 숙이고는 웃음을 터뜨리며 활보하는 주신을 따라갔다.

　폭풍이 지나간 후와 같은 침묵이 우리 사이에 남았다.

　"저 디안 케흐트란 친구하고는 천계에 있을 때부터 마음이 맞질 않아서 말이야……."

미아흐 님이 신변 이야기를 꺼내기 시작했다.

여기까지 온 이상 이야기를 듣지 않고 돌아갈 수도 없다. 우리는【미아흐 파밀리아】의 사정에 귀를 기울였다.

"하계에 내려와【파밀리아】를 세운 후에도 툭하면 충돌했지. 파벌 활동 자체도 겹쳐져서 몇 번이나 경쟁했지만……."

"그걸 망친 게 나야."

말을 어물거리는 미아흐 님의 옆에서 끼어들듯 나자 씨가 발언했다.

"나도 전에는 모험자였어."

"네……?"

"벨처럼 던전에 내려가서 돈을 벌었지만……. 어느 날, 일을 낸 거야. 몬스터에게 엉망진창으로 당하고, **오른팔을 먹혔어.**"

내가 의문을 품기도 전에.

나자 씨는 지금 입고 있는 좌우 비대칭인 윗옷의 긴 오른팔 소매를 걷어 올렸다. 다음 순간 나는 말을 잃고 숨을 삼켰다. 릴리의 경악성이 울려 퍼졌다.

"은색, 의수……?!"

"팔을 잃은 내게, 미아흐 님이 마련해주신 거야…….【디안 케흐트 파밀리아】에 몇 번이나 고개를 숙여서."

릴리의 말대로 나자 씨의 오른팔은 은덩어리였다. 잘 벼린 검과 구분이 가지 않을 만큼 매끄러운 금속광택. 형상을 인간의 팔과 한없이 비슷하게 만든 한편, 관절 부분은 보석을 박아넣은 내부 구조가 그대로 보였다.

오른손에 끼었던 장갑을 벗으니 손끝까지 은으로 이루어져 있었다.

"【디안 케흐트 파밀리아】는 치료와 제약의 【파밀리아】야. 포션을 파는 것 말고도 모험자들의 수요에 따라 더 전문적인 치료술이나 아이템을 제공해. 이 은색 팔 '아케트라브'도 그 산물."

그녀가 왼손을 내밀어 오른팔을 꽉 쥐자 뿌드득 소리가 났다.

"미아흐 님은 나 한 사람을 위해 이 의수를 사서, 빚을 졌어. 그때까지 있던 나 외의 모든 단원은 어마어마한 부채에 시달리다 미아흐 님을 저버리고…… 다들, 나갔고."

……【미아흐 파밀리아】는 예전에는 중견 정도 규모와 힘이 있었다고 한다. 그야말로 제약의 【파밀리아】로서 【디안 케흐트 파밀리아】에도 뒤지지 않을 만큼.

그런데 나자 씨의 사고를 계기로 단숨에 몰락하고 만 것이다.

미아흐 님에게 남은 것은 쓸모없게 된 '전(前)' 모험자와 어마어마한 액수의 빚뿐이었다고 나자 씨는 담담히 말했다.

"이제 나는 몬스터하고는 싸울 수 없어. 제약 지식과 기술은 선배들에게 배웠으니까 약사로 전직은 했지만……
빚을 갚을 만큼 돈도 제대로 벌지 못해. 난 쓸모가 없어."

"나자."

"우리가 그놈들에게 빚을 진 건 그런 이유. 전부 내 탓."

"나자, 그만 됐다. 관둬라."

미아흐 님의 조용한 목소리에, 계속 자신을 매도하려던 나자 씨는 입을 다물었다.

무거운 정적이 찾아왔다.

나자 씨가 모험자였다느니 오른팔이 의수였다느니, 몰랐던 사실이 너무 충격적이라 뭐라 할 말을 찾을 수가 없었다. 헤스티아 님도 미아흐 님이 몰락한 처지였다는 말은 듣지 못했는지 팔짱을 낀 채 입을 다물고 두 눈을 감으셨다. 릴리는 냉정한 표정으로 미아흐 님과 나자 씨를 바라볼 뿐이었다.

나자 씨는 속임수로 돈을 뜯어내긴 했지만…… 내가 같은 처지였다면 역시 그녀처럼, 무언가 잘못된 행위에 손을 댔을지도 모른다. 버리지 않고 언제나 구원의 손길을 내밀어주는 주신님께 은혜를 원수로 갚는 짓은.

그것만으로도 한없이 괴로운 거다.

차라리 울부짖고 싶을 정도로.

"……그래서 어떻게 할 거지? 미아흐네 사정은 알겠어. 하지만 지금은 눈앞의 일을 먼저 해결해야겠지. 디안은 이 홈을 팔아치우겠다고 했잖아?"

주신님이 침묵을 깨고, 내일 안으로 지정한 액수의 빚을 갚을 방법은 있는지를 물었다. 그 물음에 미아흐 님은 복잡한 표정을 짓더니 눈만 돌려 나자 씨를 쳐다보았다.

나자 씨는 시선을 이리저리 굴리더니 고개를 숙였다.

"방법은, 있지만……."

그리고 꺼져 들어가는 목소리로 나직하게 중얼거렸다.

"나 혼자선…… 미아흐 님과 나만 가지곤, 불가능해……."

저녁 햇살이 창문 유리에서 반사돼 배어 들어오듯 반짝였다.

대로는 멀리 떨어져있을 텐데도 소음이 속삭임처럼 이곳까지 들려왔다.

면목이 없다는 듯 나자 씨는 고개를 숙이고 있었다. 도와달라는 한마디가, 이제까지 우리를 속였던 그녀에게는 무엇보다도 멀었다.

다시 정적이 찾아온 가운데 나는 좌불안석 다른 사람들의 얼굴을 몇 번이나 보고, 마지막으로는 매달리는 심정으로 주신님을 보았다. 신비한 푸른빛이 도는 눈동자로 돌아본 헤스티아 님은 한동안 나와 시선을 나누더니, 말없는 눈빛으로 너는 어떠냐고 물으셨다.

어쩌면 그것은 스스로 결정하라고 허락을 내려주시는 듯해서.

자신의 자식을 지켜보는 부드러운 눈빛을 보이는 주신님께 나는 가슴이 메는 것을 느끼며 마음속으로 크게 고개를 끄덕였다.

입에 담을 말을 열심히 고르며, 이 어두운 공기를 불식하듯 크게 목소리를 냈다.

"어, 어……. 리, 릴리? 아까 했던 얘기 말인데, 있지— 퀘스트를 좀 더 받고 싶지 않아? 그것만 가지곤 너무 부족한데……. 그, 그러니까, 후학을 위해서라도."

참으로 못난 연기력을 보이며 나는 어설프게 말을 꺼냈다.

눈을 크게 뜬 릴리는 내 진의를 파악했는지, 못 말리겠다는 듯 쓴웃음을 짓고는 어설픈 연기에 어울려주었다.

"그러게요. 기운이 남아도는 릴리와 벨 님에게 퀘스트를 줄 분들이 어디 없으려나 모르겠어요."

눈을 감고 웃음을 지으며 찬동하는 릴리에게 미아흐 님도, 나자 씨도 놀란 표정을 지었다.

헤스티아 님도 살짝 웃더니 미아흐 님을 올려다보았다.

"그런고로 미아흐, 뭔가 할 일은 없나? 혈기 왕성한 이 아이들을 돕는 셈 치고. 뭐, 성가신 일에서 대출금 변제 협조까지 뭐든 하지."

"헤스티아, 자네……. 아니, 고맙네. 은혜는 잊지 않겠네."

인사를 하는 미아흐 님의 곁에서 나자 씨는 어딘가 견디기 힘든 표정으로 나를 보았다.

"벨, 그래도 괜찮아……? 난……."

"……저도 릴리도 나자 씨에게 도움을 받았으니까요."

킬러 앤트의 대군에게 에워싸였던 그 날.

경위야 어찌됐든, 그녀가 만들어준 매직 포션 한 병이 우리를 궁지에서 구해주었다. 그 사실을 제외하고서라도 서로 돕고 도움을 받았던 이 사람들을 내버릴 수는 없었다.

내가 눈썹을 늘어뜨리며 웃자 나자 씨는 눈을 크게 뜨고 고개를 숙였다.

"미안해…… 고마워."

마지막 말을 조그맣게 중얼거리며, 그녀는 꾸벅 고개를 숙였다.

【퀘스트】 수주.

○의뢰인: 【미아흐 파밀리아】.

○보수: 완성품 신약.

○내용: 몬스터의 '알' 채취.

○비고: "함께 열심히 하자. 잘 부탁해."

이튿날 이른 아침, 도시를 떠난다.

어제 그 말을 들은 나는 아이즈 씨와의 아침 특훈을 평소보다 일찍 마무리하고 미아흐 님네 홈으로 가 이것저것 준비를 거들었다. 상인에게 마차를 빌려 짐을 꾸리고, 주신님과 릴리는 조금 늦게 합류했다.

두 분의 신과 권속 셋. 다른 곳에서는 찾아볼 수 없는 이색 파티가 탄 마차는 해가 뜬 것과 동시에 도시를 출발했다.

"벨, 이른 아침부터 수고가 많다. 아주 일찍 일어나 미아흐네를 도와주러 갔더구나."

"아, 아하하……."

릴리와 마찬가지로 아이즈 씨와 하는 특훈은 아직까지 주신님께 말씀드리지 않았다. 아니, 들켰다간 경을 칠 것이다. 마음속으로 몇 번이나 사과를 거듭하며, 수상쩍게 여기시기 전에 화제를 바꾸고자 나는 나자 씨에게 말을 걸었다.

"저기, 나자 씨. 그래서 오늘은 어제 얘기했던 대로……."

"응. 오늘 안으로 돈을 마련해야 하니까 시간이 없어. 그러니 일발역전 신상품을 개발해서【디안 케흐트 파밀리아】에 직접 팔 거야……."

움직이기 편한 복장을 입은 나자 씨는 억양 없는 어조로 말했다.

조금 번잡한 수속을 거치고 오라리오 동문을 빠져나간 마차는 풀꽃이 무성한 대초원을 나아갔다.

"어제도 들으면서 궁금했는데, 잘되겠어요? 새 상품을

만들 거라고 쉽게 말씀하셨지만…….”

“괜찮아. 짐작 가는 데가 있으니까…….”

릴리의 물음에 묘한 자신감을 보이는 나자 씨. 눈을 반쯤 감은 졸린 듯한 표정과는 달리 꼬리는 완만하게 좌우로 흔들렸다.

“행선지는 못 들었는데, 이 마차는 어디로 가는 거지?”

“오셀로 밀림이야. 멀다고 할 만한 거리는 아니지만 나름 시간이 걸리지. 기왕이니 도착할 때까지 교류라도 다질까.”

헤스티아 님의 질문에 이번에는 미아흐 님이 대답했다. 마지막 말은 릴리를 보며 말씀하신 것이다.

나무로 만든 마차는 생각보다 답답했다. 달리는 바퀴의 충격에 온몸이 흔들릴 때마다 곁에 있는 사람의 어깨에 슬쩍 부딪치고 만다. 참고로 지금 위치는 마부석에 가까운 곳에 미아흐 님, 그 옆으로 나, 헤스티아 님, 릴리, 나자 씨 순서대로 원을 그리고 있다.

천장도 장막도 없는 마차 위로 아침 햇살이 드리워지는 가운데 우리는 미아흐 님의 말대로 이야기꽃을 피웠다.

“나자 님. 모험자에서 약사로 전직하셨다고 들었는데, 역시 ‘조합’ 어빌리티를 가지고 계신가요?”

“응, 맞아……. 제약 일을 거들면서 【엑세리아】가 쌓였는지 운 좋게 발현 했어…….”

“어, ‘조합’이 뭔가요……?”

"포션 같은 약제를 만들 때 더 품질 좋은 제품을 만들 수 있는 어빌리티예요, 벨 님."

【랭크 업】때【엑세리아】의 경향에 따라 발현이 가능한 '발전 어빌리티' 중에 '조합'이라는 것이 있는 모양이다. 거의 제약에만 도움을 주는 능력인지, 순식간에 상처를 아물게 하는 마법 같은 회복효과는 이 어빌리티가 가져다주는 거라나.

'단야' 어빌리티와도 공통된 면이 있는 것 같지만, '조합' 같은 전문직 속성을 가진 발전 어빌리티는 가지고만 있어도 무구나 약품을 강화시켜준다. 같은 방법과 같은 재료로 같은 도구를 써서 만들어도, 어빌리티의 유무에 따라 성능에 큰 차이가 생기는 것이다.

"그런데 발전 어빌리티를 가졌다는 건……."

"응. 나 Lv.2야……."

나는 눈을 한껏 크게 떴다.

사, 상급모험자 수준의 실력자였구나, 나자 씨는…….

"중층까지는 갔는데, 거기서 몬스터에게 통구이가 되는 바람에…… 두 팔과 두 다리를 엉망진창으로 먹혀버렸어."

"엑――."

"왼팔이랑 두 다리는 어떻게 원래대로 돌아왔는데, 뼈까지 먹혔던 오른팔은 못 쓰게 됐거든. ……그때부터였을까, 몬스터와 싸우지 못하게 된 게. 어떤 괴물이든 보기만 하면…… 몸이 떨려 멈출 수가 없어."

그녀가 들려주는 당시의 처참한 사건에 나는 등줄기가 얼어붙고 말았다.

온몸에서 맴도는 살점 타는 냄새.

힘을 잃고 쓰러진 동안 달려든 몬스터들에게 뜯겨나가는 팔다리의 감각.

선명하게 새겨진 공포의 기억은 지금도 자신을 좀먹고 몬스터에 대한 치명적인 트라우마를 심어주고 말았다고, 나자 씨는 그렇게 말했다.

"……미안해. 겁먹게 할 생각은 없었는데."

"아, 아뇨……."

"아무튼 던전을 탐색할 때는 조심해……. 나는【랭크 업】하는 데 6년이 걸렸지만…… 아무리 강해져도, 잃을 때는 한순간에 잃어버려."

꼴깍 목을 울리며 나는 그런 나자 씨의 교훈을 가슴에 새겼다.

"그건 그렇다 쳐도 그 의수는 참 잘 만들었군. 움직이는 데 지장은 없나?"

"네. 마음대로 움직일 수 있어요……."

"어마어마한 가격을 지불하긴 했지만, 디안에게 제일 좋은 것을 받았지. 조금 분하긴 해도 그 녀석【파밀리아】의 힘은 믿을 수 있어."

주신님들이 은근슬쩍 화제를 바꿔주셔서 조금 무거워졌던 공기가 바뀌었다. 승차감은 절대 좋다고 말할 수 없는 마차에 흔들리면서 우리의 입은 차츰 가벼워졌다.

오라리오 동부는 한없이 녹색 초원이 펼쳐진다. 세계에서 유일하고도 가장 큰 마석제품 수출도시인 오라리오는 필연적으로 온갖 지역과의 교류가 활발해 다른 도시로 이어지는 육로는 모두 잘 정비되어 있다. 우리를 태운 마차가 나아가는 이 길도 하얀 석재로 포장되어 단차를 전혀 찾아볼 수 없었다.

"미아흐 님은 내 마음을 하나도 몰라……. 다른 아이들의 뜨거운 눈빛도 눈치채지 못한 건 다행이지만……. 정말 신인지 의심스러울 정도로 둔감해……."

"아~ 그거 이해한다. 우리 벨도 눈치가 나빠서 말이지. 난 언제나 울며 지낸단다."

"후후, 벨 님은 황송함 때문에 애초에 헤스티아 님을 이성으로도 보지 못하는 거겠지요. 현실을 보시는 게 좋지 않겠어요? ……그러는 릴리도 여동생 취급을 당하는 경향이 있지만."

""……""

어느 샌가 똘똘 뭉친 여성진, 그리고 영문도 모르고 민망해하는 남성진. 들리지 않게 소곤거리는 목소리에 얼굴을 마주하던 나와 미아흐 님은 알 수 없는 이유로 몸을 움츠렸다.

이윽고 광대한 초원을 관통하는 인공도로 위에서 오라리오로 향하는 마차와 스쳐 지나가기를 몇 차례.

태양이 상공으로 접어들었을 무렵, 우리는 목적지에 도착했다.

"여, 여기가……."

"호오~ 밀림이라고 부를 만하군."

처음으로 보는 눈앞의 광경에 나와 주신님은 압도되고 말았다.

『오셀로 밀림』.

오라리오에서 똑바로 동쪽으로 나아간 곳에 이어진 알브 산맥 기슭의 대삼림이다.

숲을 구성하는 수목은 하나같이 엄청나게 높으며 줄기도 굵다. 들꽃이나 이끼를 비롯한 식물도 무성해서 녹색 왕국이라는 말이 머릿속에 떠올랐다.

마차에서 내린 우리는 재빨리 준비를 갖추고 각자 짐을 짊어졌다.

고용한 마부에게는 숲에서 떨어진 곳에서 기다리도록 지시하고 밀림 안으로 발을 들였다.

"몬스터의 '알'을 모으러 가는 거죠?"

"그래. 드롭 아이템하고는 다른, 몬스터의 '알'……."

이곳 오셀로 밀림에 온 목적은 어떤 몬스터가 낳은 '알'에 있다고 한다. 보아하니 나자 씨는 그 '알'을 재료로 신약을 만들려는 것 같았다.

아득한 '고대'에 지상으로 진출한 몬스터들은 저마다 생식행동으로 번식을 되풀이해, 현대에도 그 후손들이 전 세계에 서식한다. 그렇게 생각하면 '알'을 낳는다는 현상도 전혀 이상할 것이 없겠지만…… 미궁탐색을 통해 몬스터는 던전에서 태어난다는 상식에 익숙해진 지금은 상당히 위화감이 들었다. 몬스터의 기척에 의식을 집중하면서도 나는 몇 번인가 고개를 꼬고 말았다.

"……벨, 멈춰."

나를 선두에 두고 대열을 짜며 숲 안쪽으로 나아가자 나자 씨가 불러 세웠다.

그녀가 눈을 가늘게 뜨고 바라보는 곳에는 뻥 뚫린 넓은 분지가 있었다.

금세 그녀가 지시를 내리기 시작했다. 우선 헤스티아 님과 미아흐 님에게 이 자리에 남도록 전하고, 릴리에게는 두 분의 호위를 맡겼다. 그리고 나에게는 자신을 따라오도록 손짓으로 신호한다.

"벨, 이거."

몸을 낮추고 분지로 다가가는 동안, 나자 씨는 미리 가져왔던 장비를 내게 건넸다.

매우 낡은 대검과 무언가가 든 백팩.

"뭐, 뭐에 쓰나요, 이건?"

"이 정도 무기가 아니면 그놈들에게는 힘들 것 같아서……. 그 백팩은 등에 짊어져."

불온한 말에 땀을 흘리고 있으려니, 나자 씨는 어떤 나무 그늘 아래에서 발을 멈추었다.

분지까지 거리는 이제 얼마 남지 않았다. 나자 씨는 킁킁 연신 코를 울리며 머리에 돋아난 귀를 쫑긋 세웠다.

팽팽해진 분위기를 느끼며 내가 점점 긴장하고 있으려니——전조도 없이 나자 씨가 움직였다. 내 등에 손을 뻗더니 꼼꼼히 밀폐했던 백팩의 입구를 활짝 연다.

"윽……?!"

금세 피어나는, 콧속을 찌르는 자극적인 냄새.

어디선가 맡아본 적이 있는 그 냄새에 나도 모르게 신음하는 동안 나자 씨는 팟 손을 들었다.

"그럼 힘내 벨. 미안."

네?

내가 중얼거리기도 전에 나자 씨는 금세 자리에서 멀어졌다.

역시 Lv.2답다고 할 만한 속도로 소리 하나 내지 않고 나무와 나무 사이를 누비며 나를 내팽개치고 떠나간다.

어리둥절 멍청히 서 있으려니…… 갑자기, 철퍼덕.

"……어?"

머리에 떨어진 찐득찐득한 점액.

기분 나쁜 투명한 액체를 피부로 느끼며 천천히 뒤를 돌아보고, 고개를 든다.

『후우우우…….』

눈이 마주친 것은 굵은 타액 방울을 뚝뚝 흘리는 **공룡**이
었다.

장절한 기세로 핏기를 잃어버리고 창백해진 나는 백팩
에서 피어나는 냄새의 정체를 깨달았다.

굶주린 몬스터를 끌어들이는 트랩 아이템.

『워어어어어어어어어어어어어어어어어어어어어어어
어어어어어!!』

"흐아아아아아아아아아아아아아아아아아아아아아아
아아아아악?!"

포효와 절규가 겹쳐졌다.

밀레르는 거대한 턱에 등을 돌린 채 전속력으로 도망치
기 시작했다.

"대, 대형급 몬스터잖아요오오오오오오오오오오오오오
오오오오오오오오오오오오오오?!"

"헉, 베, 벨?!"

"브, '블러드사우루스'……?!"

헤스티아의 고함에 이어 릴리가 경악해 말했다.

높이 5M은 되는 붉은색 육식공룡.

고막을 터뜨릴 것 같은 울음소리를 지르며 눈물과 비명
을 흩뿌리는 토끼를 쫓아다닌다.

"자, 잠깐만요! 저 몬스터는 30계층부터 출현하는 흉포
한……!"

"괜찮아. 지상 몬스터는 미궁 몬스터에 비해 훨씬 능력이 낮아."

동요하는 릴리와는 달리 벨에게서 떨어져 돌아온 나자는 냉정하게 말했다.

"이 틈에 분지로. 벨이 몬스터를 유인해주는 지금이 기회."

헤스티아 일행을 이끌고 나자는 분지로 이동했다. 나무가 없는 공간 곳곳에 수십 개는 되는 '알' 무더기가 있어 바로 이곳이 몬스터의 둥지임을 알 수 있었다.

"좀 더 좋은 방법은 없었나요……."

"없어. 블러드사우루스 떼를 전부 상대하면 주신님들을 지키지 못해."

"미안하구나, 벨……."

"에잇, 망할! 입을 움직이기 전에 모두 손을 움직여라! 우리 벨이 잡아먹히겠다!"

대화를 나누면서 열심히 몬스터의 '알'을 남획하는 헤스티아 일행. 저마다 가져온 백팩에 담을 수 있는 만큼 '알'을 채워나갔다.

"나자 님, 조금 전의 말씀은 사실인가요?"

"사실. 옛날부터 생식을 되풀이했던 지상 몬스터들은 가슴속에 '마석'이 거의 없어."

작업을 되풀이하며 나자는 릴리의 물음에 답했다.

'모태'인 던전을 벗어난 몬스터는 본능에 따라 종족을 번영시키기 위해 자손을 남겼다.

군체로 특화하면 개체의 힘은 쇠퇴하는 법이다. 원래 개체의 능력이 뛰어났던 몬스터들은 핵에 해당하는 '마석'을 깎아 번식 수단을 자식에게 나누어주면서 이를 보완했다.

오랜 세월을 거치면서 몬스터의 체내에 깃든 '마석'의 규모는 줄어들었으며, 그 힘은 지상에 진출한 선조보다도 현저히 낮아졌다.

"지상의 블러드사우루스라면 던전의 '오크'보다 조금 강한 정도 아닐까……."

말하면서 나자는 벨 쪽을 보았다. 사냥감에 정신이 팔린 세 마리의 블러드사우루스. 그새 늘어났다. 그와 함께 벨의 비명도 더욱 커졌다.

나자는 멈춰 서서 등에 짊어졌던 무기를 꺼냈다. 자신의 키에 필적하는 크기의 롱보우. 어깨부터 이어진 은제 의수로 활을 들고 왼손으로 화살을 시위에 메긴다.

이 정도 거리가 있으면 트라우마에서 비롯되는 떨림도 일어나지 않는다. 나자는 여행장비 위에 걸친 좌우비대칭 라이트아머를 햇살에 드러내며 두 눈이 꿰뚫어보는 곳으로 화살을 속사했다.

그 손이 흔들린 순간, 무시무시한 속도로 날아간 화살은 블러드사우루스의 눈을 꿰뚫었다.

『─────────────────────!!』

거대한 절규가 쩌렁쩌렁 울려 퍼졌다.

균형을 잃고 휘청거린 몬스터는 나란히 달리던 다른 블

러드사우루스에게 부딪치며 함께 넘어졌다. 밀림을 뒤흔드는 진동이 발생하자 고개를 돌린 벨은 눈을 크게 뜨더니 손에 든 대검을 힘차게 발검했다. 남은 블러드사우루스 한 마리가 달려들기 전에 나자의 엄호를 믿고 자신도 돌격한다.

"──기쁜걸. 그런 거."

"이야아아아아아아아아아아아아아아아아아아아아아아아아!!"

미소를 지은 나자가 화살을 쏘고, 대검을 치켜든 벨이 포효와 함께 달려든다. 화살은 한 치의 오차도 없이 몬스터의 한쪽 눈에 명중했으며, 놈이 움츠러든 순간 대검이 번뜩였다. 목이 절반 정도 날아가 선혈을 뿜은 블러드사우루스는 무릎을 꺾고 그 자리에 쓰러졌다.

뒤를 따르듯 대검을 제대로 휘두르지 못해 착지에 실패한 벨에게 나자는 이번에야말로 웃음을 터뜨렸다.

"나자, 이제 다 됐다."

"네…….."

미아흐가 부르자 나자는 웃음을 남긴 채 돌아보았다.

크게 부푼 백팩을 짊어진 릴리와 헤스티아를 보고 다시 눈을 벨에게 돌린다.

자리에서 일어난 소년은 대검을 지팡이처럼 짚은 채 이제 됐냐고 처량 맞은 시선으로 물었다. 나자는 고개를 끄덕였다.

"돌아가자, 벨."

별을 흩뿌려놓은 밤하늘.

문이 활짝 열린 호화 저택 앞에서 진남색 액체가 든 시험관을 내민다.

"우리 【파밀리아】의 신상품일세. 효능은 보장하지."

"으, 윽……!"

디안 케흐트는 미아흐가 불쑥 내민 시험관을 신음하며 받아들었다.

자신의 눈으로 확인한 후, 곁에 있던 구성원 아미드에게 내밀어 감정케 한다.

마른 침을 삼키며 지켜본 그는 시음한 그녀가 고개를 끄덕인 것을 본 순간 풀썩 고개를 숙였다.

"체력과 마인드를 회복시키는 '듀얼 포션'……. 이제까지 없었던 신약이지. 그대의 【파밀리아】에서 판매하면 상응하는 이익을 거둘 수 있지 않을까? 모험자의 수요에 항상 보답하는 파벌의 방침과도 잘 맞겠지."

"끄, 끄으으으응……!"

"전부 스무 개일세. 이번 달 원리금을 가볍게 넘고도 남을 걸세. 사주게."

"네……네 이노ㅇㅇㅇㅇㅇㅇㅇㅇㅇㅇㅇㅇㅇㅇㅇㅇㅇ옴!!"

밤하늘에 울려 퍼진 굵은 고함.

호화 저택을 에워싼 높은 벽 밖에서 그 목소리를 들은 벨 일행은 거래가 성립되었음을 깨달았다.

"잘된 것 같네요……."

릴리가 중얼거리자 나자가 씨익 웃으며 말했다.

"대박을 칠 기회를 내팽개칠 만큼 그 영감도 바보는 아니거든……. 우리에게 시비를 걸고 싶었겠지만…… 쌤통이다."

【디안 케흐트 파밀리아】의 홈인 저택을 에워싼 담장 앞에서, 벨 일행은 홀로 거래를 하러 간 미아흐가 돌아오기를 기다리는 참이었다.

"야~ 그건 그렇다 쳐도 피곤한걸. 하루 종일 일을 했더니."

"아하하……."

지쳤다고 투덜거리는 헤스티아에게 벨이 쓴웃음을 지었다.

무사히 '알'을 회수해 오셀로 밀림에서 귀환한 벨 일행을 기다리고 있던 것은 듀얼 포션을 필요한 만큼 개발하기 위한 시간과의 싸움이었다. 나자와 미아흐가 죽을힘을 다해 제약작업을 진행하는 동안 벨 일행도 두 사람의 조수와 잡무를 맡아 바쁘게 뛰어다녔던 것이다.

"하지만 정말 용케도 만들었네요. 그 급박한 순간에 신약이라니."

"오라리오 사람은 던전에만 눈이 가서, 도시 밖의 가능성을 알려고도 하질 않아……. 좀 더 눈을 돌리면 많은 발견이 있을 텐데."

몬스터의 '알'과 '블루 파필리오의 날개'. 미궁과 바깥세상에서 얻은 재료를 조합했기에 신약을 완성할 수 있었던 거라고 나자는 벨에게 대답해주었다.

"아, 미아흐. 다 끝났나?"

"음. 결판을 내고 왔지."

잠시 후 문에서 나온 미아흐가 벨 일행에게 돌아왔다. 홈에서 쫓겨날 걱정은 사라졌다고 설명한 그는 미소를 지으며 헤스티아 일행의 얼굴을 순서대로 둘러보았다.

"새삼 고맙다는 인사를 하고 싶어. 이것도 다 그대들 덕일세. 감사하네."

"조금이라도 빚을 갚을 수 있었던 것 같아 다행이지."

"노력한 보람이 있었네요."

헤스티아와 릴리가 웃으며 대답하고, 벨도 고개를 끄덕이며 말했다.

그런 세 사람에게 눈을 가늘게 뜬 미아흐는 마지막으로 나자를 마주보았다.

"나자."

"네……."

"어제, 너는 자신을 쓸모가 없다고 했지."

"……네."

"나는 단 한 번도 그렇게 생각한 적이 없다."

나자가 눈을 동그랗게 떴다. 그런 나자를 바라보며 미아흐가 말했다.

"나는 신이지만 네게 몇 번이나 도움을 받았다. 설령 전보다 가난해졌다 할지라도, 나는 네 덕에 충만하다. 그러니 앞으로는 절대 자신을 책망하지 마라."

"……그건, 명령인가요?"

"아니, 애원이다. 너를 무엇보다도 생각하는 나의 진심 어린 애원."

눈앞에 서서, 미아흐는 나자의 머리에 손을 얹었다.

부드러운 눈빛으로 미소를 짓는 주신의 모습에 나자는 뺨을 붉히며 고개를 숙였다.

"둔탱이……."

아무에게도 들릴 것 같지 않은 조그만 중얼거림을 남기고 머리를 쓰다듬도록 내버려둔다.

오해를 초래할 만한 언동을 멈추질 않는 미아흐를 보며 싱글거리던 헤스티아가 그를 놀리러 가고, 릴리도 재미있어하며 그 뒤를 따른다. 놀리고 놀림을 받는 그 대화에 벨이 혼자 쓴웃음을 짓고 있으려니 나자가 혼자 빠져나왔다.

"벨, 오늘은 고마워. 정말…… 정말, 고마워."

"나자 씨……."

다시 한 번 깊이 감사를 표한 그녀는 고개를 들더니 품에서 시험관을 꺼내 벨에게 내밀었다.

"어, 이건……."

"듀얼 포션……. 여분은 한 병밖에 못 만들었지만……
퀘스트 보수랑, 감사."

나자는 반쯤 감긴 눈으로 입술만 틀어 올려 웃음을 지
었다.

"뭔가 곤란한 일이 있으면 말해줘. 그동안 폐 끼친 것
까지, 벨을 도와줄 테니까……."

담담히 웃음을 짓는 나자에게 벨도 싱글벙글 웃었다.

보수를 그녀의 손에서 확실하게 받아든다.

벨의 긴 퀘스트가 지금 완료되었다.

야선애가 바치는 컴패널러

"해냈어요, 주신님! 제가 고블린을 쓰러뜨렸어요!"

"······잉?"

헤스티아가 늘어져서 독서를 즐기던 오후.

콰앙, 갑자기 문이 힘차게 열렸다 싶더니 백발 휴먼 소년이 자랑스럽게 외치면서 나타났다.

【헤스티아 파밀리아】홈, 교회 지하실.

정사각형과 직사각형 공간이 합쳐진 실내는 P자 형태이며, 거주하는 사람의 키가 고려되었는지 적절히 배치된 가구는 대부분 높이가 낮다. 주위를 슬쩍 둘러보면 일부 석벽은 칠이 벗겨지고 금이 가 있어 추레하다는 표현이 곳곳에서 엿보였다.

천장에선 하나뿐인 마석등이 빛을 내는 가운데, 헤스티아는 느닷없이 문을 열고 나타난 유일한 파벌 구성원——벨 크라넬에게 멍한 표정을 지었다.

어지간히 기뻤는지, 시선을 받은 소년은 뺨을 상기시키며 얼굴 전체를 빛냈다.

"고블린이라면····· 그 고블린 말이냐? 던전에서 제일 약하다고 하는 그 몬스터?"

"네! 저 사실은 어렸을 때 그 몬스터에게 죽을 뻔한 적이 있어서 계속 무서워했는데····· 오늘 드디어 쓰러뜨렸어요!"

"어······. 한 마리?"

"네?"

"고블린 한 마리를 쓰러뜨리고, 던전에서 돌아온 게냐?"

일부러 던전까지 가놓고는 제일 약한 몬스터를 쓰러뜨리자마자 냅다 돌아왔느냐는 헤스티아의 암묵적인 물음에, 벨은 몇 초 동안 얼빠진 표정을 지으며 굳어버렸다가.

그제야 가슴을 펴며 자랑스러워하기에는 너무나도 허망한 전과임을 깨닫고는, 반짝거리던 얼굴을 순식간에 부끄러움으로 물들이며 깊이 고개를 숙이더니 헤스티아에게 등을 돌렸다.

"죄송합니다. 다시 던전에 다녀올게요……."

"으아, 으아—, 으아—?! 미안하다 벨! 딱히 너를 책망할 작정으로 그런 말을 한 게…… 기, 기다려—!!"

헤스티아의 만류도 허무하게, 귀까지 새빨갛게 물들인 벨은 쏜살같이 홈에서 뛰어나갔다.

【헤스티아 파밀리아】발족으로부터 사흘.

헤스티아가 시내에서 벨과 만나 자신의 파벌에 스카우트한 후 그만한 시간이 흘렀다.

헤스티아와 계약을 맺은 벨은 길드에서 수속을 마치고 어엿한 모험자의 대열에 들어섰다. 의심할 여지도 없이 【파밀리아】의 주수입원으로 기대를 한 몸에 받은 그는, 본인의 뜨거운 의욕도 한몫해서 고향을 떠나 익숙하지 않은 지역임에도 적극적으로 움직였다.

아르바이트도 하는 둥 마는 둥 벨을 지켜보는 헤스티아는 매일같이 그의 새로운 일면을 발견하면서 천천히 교류를 다져나가는 중이었다. 타고난 시원시원한 성격과 여신다운 포용력, 그리고 보기에도 절로 미소가 나오는 친근하고 앳된 용모로, 자꾸만 황송함에 위축되려는 벨의 벽을 부드럽게 치워나가면서. 만난 지 얼마 되지는 않았지만 원만하다고 할 수 있을 만큼 허울 없는 사이가 되어갔다.

수많은 파벌 중에서도 제일 밑바닥에 위치한, 아직도 조그만 【파밀리아】는 '일상생활에 지장이 없을 만한 자금 확보'를 당면과제로 내세우고 천천히 조직의 지반과 결속을 다지면서 소소한 스타트를 끊었다.

"한때는 어떻게 되는 줄 알았다. 만약 네가 그대로 던전에서 돌아오지 못했다면 내 꿈자리는 한없이 뒤숭숭해졌겠지."

"죄, 죄송합니다. 걱정 끼쳐드려서……."

"하하, 뭘. 이번에는 나도 잘못했다. 사과는 내가 해야지. 미안하다, 벨."

홈의 테이블에 앉아 헤스티아와 벨은 이야기를 나누었다.

던전에 다시 돌입했던 벨이 무사히 귀환해 지금은 해가 진 후. 밤하늘에 반짝이는 달빛이 들지 않는 지하 홈에서 두 사람은 조금 늦은 저녁을 먹고 있었다.

오늘 던전 데뷔전을 장식한 벨의 수입——300발리스를 털어, 식탁에는 딱딱한 빵과 함께 달걀 요리까지 있었다.

양은 얼마 안 되지만 마석 발화장치로 막 부친 달걀의 노른자에서는 따뜻한 김이 피어났다.

"어땠느냐, 처음으로 내려가 본 던전은? 어떻게든 해나갈 수 있을 것 같더냐?"

"어, 엄청 긴장해서 제대로 탐색은 못 했지만요……. 몬스터하고는 지금 실력으로도 싸울 만했어요. 고블린도 코볼트도 한 번 쓰러뜨린 후에는 꽤 쉬워서."

벨의 첫 미궁탐색을 축하하는 의미도 겸한 수수한 저녁 식사 자리의 분위기는 금방 무르익었다. 축배는 준비하지 못했지만, 빵을 뜯어 입에 넣고 뜨거운 달걀부침도 맛있게 먹으며 헤스티아와 벨은 담소를 즐겼다.

"그래도 안심했다. 벨이 모험자 노릇을 잘 하는 것 같아서. 나는 네가 던전에서 여자아이 꽁무니나 쫓아다니는 것 아닐까 하고 조금 불안했거든."

"아, 안 해요, 그런 짓은!!"

살짝 놀림이 담긴 헤스티아의 말에 벨은 목소리를 높였다. 뺨을 새빨갛게 물들이며 부정하는 소년의 모습에 헤스티아가 말했다.

"정말일까~? 너는 만남을 추구하려고 던전에 간다지 않았느냐. 귀여운 모험자 여자아이를 발견하면 그야말로 몬스터는 내팽개치고 꼬드기러 가는 건 아닐지."

"꼬, 꼬드……! 아, 아니에요, 전 흑심이 있어서 여자분들하고 친해지고 싶은 게 아니라……. 아니, 약간은 그러고 싶지만……. 아, 아무튼 제가 하고 싶은 건 그런 게 아니고, 운명의 만남을 갖고 싶은 거예요! 영웅담에 나오는 그런 거!"

"하렘이 어쩌고저쩌고 하지 않았더냐."

"하, 하렘은 남자의 로망이에요. 남자로 태어났으면 목표로 삼아야 한다고, 옛날 영웅들도…….''

여전히 뺨을 붉힌 채 루벨라이트색 눈을 꾹 감고 열변을 토하는 벨.

헤스티아는 슬쩍 어깨를 으쓱하면서도 가만히 그의 얼굴을 들여다보았다. 아직 앳된 인상이 남은 이목구비를 눈에 담으며 담담히 생각에 잠겨든다.

벨 크라넬은 알면 알수록 신비한 소년이었다.

엄청나게 내성적인 주제에 여자를 밝힌다. 이성과의 만남을 적극적으로 추구한다. 말과 행동이 일치하지 않는 것이다. 좋은 의미로든 나쁜 의미로든 순백의 본질 뒤에는 어째서인지 난잡한 사상신조가 있어, 이따금 언동에 영향을 미칠 만큼 암약한다.

벨의 행동이 이렇게나 불안정해진 것은 전적으로 그의 '할아버지'와 관련이 있을 거라고 헤스티아는 그렇게 짐작하고 있다. 벨이 말하는 온갖 이야기 속에 곧잘 등장해서는 싱글벙글 손을 흔드는 그의 양육자가 이 소년의 인격형성에 일말을 담당했던 것이다.

무슨 영재교육을 해준 거냐고, 헤스티아는 낯모를 벨의

할아버지에게 한숨과 함께 경탄할 지경이었다. **양육자를 잘못 만나지만 않았더라면** 벨도 이렇게까지 괴상한 인물이 되지는 않았을 텐데. 벨의 근원과 그의 행동원리는 모두 그 할아버지가 발단이라고 봐도 틀림이 없으리라.

소년이 이성에 대해 품은 관심, 아니, 그가 추구하는 '운명의 만남'이란 동경으로 시작해 동경으로 끝난다. 그것은 그의 할아버지가 남긴, 혹은 심어준, 일종의 아름다운 환상이기도 했다.

옛날이야기에 눈을 빛내는, 그런 꿈을 꾸는 소년. 그것이 벨 크라넬이라는 소년의 정체다.

차라리 여자로 태어나는 편이 좋지 않았을까──헤스티아는 밑도 끝도 없는 생각을 하고 말았다.

"그때 할아버지도 말씀하셨어요. 남자는 여자를 만나야 비로소 비원을 이루는 거라고. 그래서 저는……."

"……."

아직까지도 열변을 토하는 벨의 모습을 멍하니 바라보며.

새삼스레 권속 소년에 대한 이해를 다져나가는 헤스티아였다.

벨이 【파밀리아】의 생계를 지탱하기 위해 던전에 내려간 동안 헤스티아 또한 낮에는 아르바이트를 나간다.

하계에 내려온 지 얼마 안 되는 헤스티아는 그야말로 오라리오에 막 도착한 벨과 마찬가지로 하나에서 열까지 부딪쳐서 알아나가는 상태로 하루하루를 보낸다. 익숙하지 않은 하계 생활에 당혹스러워할 때도 있지만, 게으름이 일상이던 천계에서는 맛볼 수 없었던 온갖 자극은 다른 신들이 입을 모아 칭송하던 '하계의 참맛'을 실감케 해주었다.

"자, 헤스티아. 오늘 급료다."

"고마워, 아줌마."

수인 여성에게 받은 일당을 감사히 챙긴다.

헤스티아가 일하는 노점은 북쪽 메인 스트리트에 가판을 내고 있다. 감자를 갈아 조미료를 첨가하고 옷을 입혀 튀겨낸 한입 크기의 요리 '감자돌이'를 파는 곳이다. 살짝 첨가한 포션이 효과를 발휘한 덕인지 상당히 잘 팔려나간다.

'하나, 둘, 셋…… 180발리스로군.'

오늘은 여섯 시간 일했으므로 시급은 30발리스라는 계산이다. 처음부터 결과는 알고 있었지만 손바닥에 얹은 금화를 헤아려본 헤스티아는 탄식했다. 전에 조리용 발화장치를 잘못 건드려 노점을 통째로 폭발시키고——부상자는 새까맣게 그을린 헤스티아를 제외하면 없었다——이를 변상하기 위해 보수를 거의 다 깎았다. 이 정도 벌이로는 벨의 부담을 덜어주기 어려울 것이다.

'하계라는 세계는 천계에서 막 내려온 여신에게는 매우

각박하구나.'

자신의 실수는 뒷전으로 미뤄놓고 헤스티아는 그런 생각을 했다.

"저기, 아줌마. 역시 내【파밀리아】에 들어오지 않겠어? 지금은 모험자도 들어와 순풍에 돛 단 상태인데."

"아하하, 그런 말을 해도 안 돼. 나 참, 헤스티아는 집요하다니까."

"왜 안 돼~. 제발 좀~."

일상다반사가 된【파밀리아】권유도 역시 수포로 돌아가 헤스티아는 그대로 귀가하기로 했다. 파벌의 매력이 없는 것도 그렇지만, 위엄이 부족한 이 외모에도 문제가 있지 않을까.

헤어질 때 아줌마가 머리를 쓰다듬어주며 건넨 감자돌이 하나를 챙겨 헤스티아는——이미 신으로서 공경을 받지 못하는 자기 자신에게——깊은 한숨을 쉬었다.

"오늘은 길었구나……."

감자돌이를 입에 넣으며 부푼 볼을 우물우물 움직인 헤스티아는 저녁놀에 물드는 거리를 나아갔다.

평소 같으면 해가 서쪽 하늘로 저물기 전에 귀가했으므로, 오늘은 일이 상당히 길어졌다는 뜻이다. 어쩌면 벨이 먼저 홈에 돌아왔을지도 모르겠다.

【헤스티아 파밀리아】의 홈인 교회 지하실은 북서쪽과 서쪽대로 사이에 낀 구역에 있으므로 일터인 북쪽 메인 스트

리트에서 가려면 우선 서쪽으로 이동해야 한다.

기품 있는 벽돌 가옥이 늘어선 주택가를 빠져나가자 어떤 지점을 경계로 뒷골목이라고 불러야 할 만한 지저분한 좁은 길과 무뚝뚝한 건물들이 늘어나기 시작했다. 우중충한 아이템 숍이며 세로로 길쭉한 여관, 조그만 선술집 앞을 순서대로 지나면 이윽고 시야가 단숨에 탁 트이면서 북서쪽 메인 스트리트로 나가게 된다.

길드 본부가 있는 이 대로는 '모험자 거리'라고도 불리는데, 이름 그대로 많은 모험자들이 활보한다. 길 양쪽에는 조금 전의 골목길에서 본 것과는 비교도 안 될 만큼 훌륭한 상점들이 늘어서 있다.

"……어?"

서쪽 하늘의 햇살이 도시를 에워싼 시벽 너머로 저물어가는 가운데, 메인 스트리트를 횡단하던 헤스티아는 우연히 그 광경을 보았다.

어떤 상점 앞에서 백발 소년이 혼자 서 있는 것이다.

'벨……?'

자신의 【파밀리아】에 속한 소년은 메인 스트리트를 오가는 모험자의 물결에 등을 돌린 채 무언가를 열심히 들여다보는 것 같았다. 꼼짝도 않고 상점의 진열창에 달라붙은 그 모습에 헤스티아는 자신도 모르게 발을 멈추고 말았다.

잠시 있으려니 벨은 아쉬운 듯 창문에서 몸을 떼었다. 시간을 들여 진열창에서 시선을 돌리고 천천히 그 자리를 떠난다.

벨이 인파 속으로 사라질 때까지 기다려 헤스티아는 그가 있던 상점 앞으로 오종종 달려갔다.

"……그런 거였군."

벨이 열심히 들여다보던 진열창 안을 자신도 살펴보고 이해했다.

창문 안쪽에는 수많은 무기가 진열되어 있었다. 반들반들 잘 닦인 다양한 금속제 검이 힘차고도 아름다운 광택을 뿜어낸다.

우연히 눈길이 머물렀던 걸까, 아니면 형편이 안 된다는 사실을 알면서도 군침을 삼키며 가게 앞을 지나쳐간 것일까. 어쨌든 벨이 이 무기에 강한 관심을 품었던 것은 사실이리라.

"으음…… 좋아, 이럴 땐."

잠시 팔짱을 끼고 생각하던 헤스티아는 귀여운 자식을 위해 부모다운 모습을 보여주겠노라 요란하게 고개를 끄덕였다. 조금 전 일터에서 있었던 일도 있고 해서, 자신도 어엿한 신이라고 소리 높여 주장하고 싶은 조그만 여신은 통 크게도 벨에게 선물을 해주고자 결심했던 것이다.

이제까지 모은 전재산을 투자하면 어떻게든 되겠거니 눈을 감고 음음, 의기양양하게 웃은 헤스티아는 눈앞의 상점에 들어가려 했다.

벨의 눈길을 사로잡았던 위치를 대충 떠올리며, 아마도

원하던 것이 이 단도이리라 짐작해보았다. 진열창 안쪽에서 보석상자 안에 박힌 순백색 칼날은 헤스티아가 봐도 아름다웠다.

그리고 그때 문제의 단도에 붙은 가격표가 비쳤다. 가게 문에 손을 댄 자세로 "응?" 하고 눈을 잠시 가늘게 떴다.

『8,000,000발리스』

헤스티아는 막 열었던 문을 살그머니 닫았다.

'용서해라, 벨.'

이건 무리라고 뒤통수로 땀을 흘리며 헤스티아는 문 앞에서 신중하게 후퇴했다.

가격이 완전히 괴물이었다. 헤스티아의 전재산 따위 그야말로 드래곤을 앞에 둔 무력한 고블린만도 못했다.

"그런데 여긴……."

새빨간 칠을 한 상점을 올려다보고, 겨우 이 가게가 절친신의 것임을 깨달았다.

초일류 대장장이 파벌 【헤파이스토스 파밀리아】. 하계에 내려온 지 얼마 안 되는 헤스티아가 바로 얼마 전까지 신세를 졌던 【파밀리아】이기도 하다.

세계에서도 손꼽히는 대형 브랜드를 가진 【Hφαιστος】 간판을 올려다보며, 못 사는 것도 당연하다고 헤스티아는 터덜터덜 도망쳤다. 사람은 분수를 알아야 하는 거란다, 벨. 패배를 인정하지 못하고 그런 억지 논리를 중얼거리며.

신의 위엄을 보여줄 기회를 놓친 채, 벌써 몇 번째인지 모를 한숨을 붉게 물든 석조 블록 위에 흘리며 헤스티아는 홈으로 향했다.

　북서쪽 메인 스트리트를 나아가던 도중 상점 진열창에 희미하게 비친 자신의 얼굴을 바라보았다.

　'……머리끈이 끊어질 것 같네.'

　윤기 있는 흑발을 묶은 수수한 끈은 누가 봐도 이미 수명이 다 됐음을 알 수 있을 만큼 곳곳이 해져 너덜너덜했다. 헤스티아는 꼴불견에 박차를 가하는 머리끈을 가만히 매만지며, 자신의 모습이 비친 진열창 안쪽에 전시된 비스크 돌을 바라보았다.

　드레스를 맵시 있게 입은 조그만 인형들에게는 목걸이를 비롯한 보호의 힘을 가진 액세서리가 걸려 있었다. 가게 상품을 몸에 걸치고 손님을 끄는 그런 그녀들 중에는 귀여운 머리끈을 한 것도 있었다.

　"……."

　비스크 돌 하나가 한 푸른 머리장식을 가만히 바라보기를 몇 초.

　'안 되지, 안 돼.'

　흠칫 어깨를 떤 헤스티아는 고개를 가로저었다. 신인 자신이 낭비를 해서 어쩌자는 거냐고 스스로를 나무란다. 흘끔흘끔 시선을 보내고, 빤히 곁눈질로 한동안 응시하다 에잇 하고 미련을 끊어버리고 힘차게 고개를 돌렸다.

무언가를 참으려는 듯 양쪽 머리끈을 손으로 꼭 누른 채 뒷골목으로 들어가 북서쪽 메인 스트리트를 탈출했다.

"……."

얌전히 귀갓길에 오르지 못한 채 근처를 헤매던 루벨라 이트색 눈동자가 그 모습을 처음부터 끝까지 목격했다는 사실을 헤스티아가 알 수는 없었다.

【헤파이스토스 파밀리아】 발족으로부터 일주일이 지나려던 어느 날.

헤스티아는 눈앞의 광경에 입을 부루퉁 내밀고 있었다.

"죄, 죄송합니다, 늦어져서……."

'너덜너덜'이라는 의태어가 보일 정도로 지저분해진 벨이 홈 문을 넘어 들어왔다.

시계를 올려다보니 밤 9시.

"……벨, 요즘 어쩐지 너무 고생하는 것 같구나."

"그, 그렇지 않은데요?"

무어라 형언할 수 없는 얼굴로 묻는 헤스티아에게 아무렇지도 않다고 벨은 웃으며 대답했다.

지난 며칠 동안 벨은 늘 이런 페이스였다. 아침 일찍 일어나자마자 홈을 뛰쳐나가선, 오래도록 던전을 탐색하고 이렇게 밤늦은 시간에 돌아온다. 몸에 걸친 의복도 방어구도, 그리고 자신의 몸까지도 완전히 후줄근해진 상태로.

원래부터 열의로 모험자를 시작했던 소년이기는 하지만, 겨우 며칠 전과는 명백히 분위기와 자세가 달랐다.

"주신님, 여기. 오늘 탐색에서 번 돈이에요."

"그, 그래……."

잘그락 소리를 내는 연갈색 자루를 받는다.

벨이 던전 탐색으로 번 수입은 【파밀리아】에 저축하기 위해 헤스티아가 관리한다. 물론 번 돈의 대부분은 아이템이나 무기 장비 등 던전 준비자금, 그 외에 얼마 안 되는 용돈으로 벨이 확보한다.

조그만 자루의 끈을 풀고 살피니 어림잡아도 500발리스는 될 것 같았다. 다음 탐색을 위해 수중에 최소 1,000발리스를 확보해두고 있는 점을 보더라도, 바로 며칠 전에 비해 상당히 괜찮은 벌이였다. 아침부터 밤까지 던전에 내려갔던 벨의 노력이 여실히 드러났다.

그렇다면 무언가 목적이 있어 돈을 벌려 하는 것은 아닐까.

"……벨."

"어, 네?"

"너, 내게 무언가 숨기는 것이 있지 않느냐?"

피로가 엿보이는 얼굴로 샤워와 옷 갈아입을 준비를 하던 벨을 불러 세워 헤스티아는 조심스럽게 물었다. 신의 감이라고 해야 할까. 썩어도 여신인 그녀는 벨이 자신에게 무언가 감추고 있음을 느꼈던 것이다.

질문을 받은 벨은 깜짝 놀라며 눈에 뜨이게 갈팡질팡했다.

"아, 아하하…… 무, 무슨 말씀을 하시는 거예요, 주신님. 그럴 리가 없잖아요."

"……"

어설픈 웃음을 짓는 벨에게 헤스티아는 눈을 흘겼다. 도저히 믿을 수 없는 그 말을 무시하고, 냉큼 자백하라며 날카로운 시선을 꽂았다.

"……주, 주신님! 저 샤워하고 올게요!!"

"앗!"

땀을 흘렸던 벨은 갈아입을 옷을 챙겨 샤워실로 뛰어들었다. 재빠른 움직임에 아연실색한 헤스티아는 이내 뺨을 부루퉁 부풀렸다.

벨이 무언가를 숨기고 있다. 그것이 마음에 들지 않는다. 헤스티아의 마음속에는 분명히 그런 생각이 존재했다.

헤스티아는 권속으로 삼아 다행이라고 생각할 만큼 벨이 마음에 들었다. 소년 또한 헤스티아를 진심으로 공경했으며, 가족을 대하는 것처럼 다정함과 온기를 주었다.

이래저래 서툴고 위태로운 그 모습에 자신이 지켜봐야만 한다는 보호본능을 자극 받는 한편, 문득 깨닫고 보면 그의 등에 몸을 기대고 있었다. 이래저래 고생도 많은 이곳 하계에서 그는 헤스티아를 열심히 도와주는 것이다.

수많은 것들을 녹여주는 벨의 티 없는 웃음을 헤스티아는 좋아했다.

"내가 말하라고 했는데도 말할 마음이 없는 게냐, 벨……."

그래서인지 그런 벨이 자신에게 거짓말을 하는 것을 용납할 수 없었다.

그것은 생각대로 돌아가지 않는 현상에 속을 끓이는 신 특유의 오만함 때문일까, 아니면 마음 기댈 곳이 되어가던 권속에 대한 서운함의 반증일까.

어느 쪽이든 헤스티아는 마음에 안 들어 마음에 안 들어 중얼거리며 감정을 더욱 부풀렸다.

'좋아, 네가 그렇게 나온다면…….'

헤스티아의 눈이 치켜 올라가며 험악한 빛을 띠었다. 벨이 들어간 샤워실 문을 노려보며 두고 보라고 중얼거린 다음, 그녀는 홈에 마련된 좁은 주방으로 향했다.

한마디도 입을 열지 않은 채 묵묵히 요리를 시작한다.

"아, 주신님……."

"오늘은 피곤하지, 벨? 내가 식사를 준비할 테니 기다려다오."

옷을 다 갈아입고 샤워실에서 나온 벨에게 헤스티아는 생긋 웃었다. 무언가 말하고 싶어 하던 눈치였던 벨은 조금 전의 일도 완전히 잊은 듯한 주신의 환한 미소에 안도했다.

경계를 푼 토끼를 앞에 두고 헤스티아는 아름다운 미소 뒤에서 서걱서걱 칼을 갈았다.

식사를 마치고 한숨 돌린 다음, 헤스티아는 자연스레 말을 꺼냈다.

"자, 벨. 오늘도【스테이터스】를 갱신하자꾸나."

"아, 네."

아무 의심도 품지 않는 얼빠진 토끼는 고분고분 그녀의 말에 따랐다.

미소 뒤에 숨겨놓은 칼은 이미 다 갈아놓은 상태였다.

벨 크라넬

Lv.1

힘: I49→I58 내구: I5 기교: I66→I72 민첩: I98→H107
마력: I0

《마법》

【】

《스킬》

【】

침대에 엎드린 벨의 허리에 앉아 헤스티아는【스테이터스】를 내려다보았다.

여전히 '내구'와 '민첩'이 양극단을 차지하는 어빌리티.
이런 짧은 기간 동안 '민첩' 기본 어빌리티가 H에 돌입했다
는 데에 살짝 놀라움을 느끼며 남은 작업을 단숨에 마쳐버
렸다.

'——그러면.'

【스테이터스】갱신을 마치고, 잠시.

번뜩 눈을 빛낸 헤스티아는 단숨에 본성을 드러내 눈 아
래의 토끼를 덮쳤다. 허리에 앉은 자세로 철퍼덕 소년의
등에 엎드리듯 그대로 상체를 쓰러뜨렸던 것이다.

"?!"

"——자아, 벨. 이제는 도망 못 간다. 흐업!"

영문 모를 괴상한 기합성과 함께 헤스티아는 벨의 목옆
으로 얼굴을 내밀었다. 소년의 귀에 입김이 닿을 위치에
서, 나직한 목소리를 내며 심문태세로 이행한다. 벨은 전
기에 감전된 것처럼 부르르 몸을 떠나 싶더니 단숨에 새빨
개졌다.

"주주, 주신님?! 뭐 하시는 거예요?!"

"심문이지. 네가 내게 무언가를 숨기고 있는 것 같아서
말이다."

벨은 무언가를 숨기고 있다는 말에 흠칫 반응하면서도,
등에 달라붙은 헤스티아의 부드러운 몸에 금세 수치심을
되찾았다.

"알고 있느냐, 벨? **신에게는 거짓말을 할 수 없단다.**"

"무, 무슨 말씀이신지…….."

"호오~ 끝까지 시치미를 뗄 테냐?"

헤스티아는 스윽 눈을 가늘게 떴다. 얼굴을 붉히면서도 목을 살짝 돌렸던 벨은 코앞에 있던 주신의 표정에 한없는 의구심을 품었다.

그 다음 순간.

헤스티아는 벨의 목에 두 팔을 감고는 꾸와아아악 졸라대며 있는 힘껏 끌어안았다.

"우아악?! 주, 주신님──?!"

"자아! 불어라, 불어라 벨!! 지금이라면 아직 용서해줄 수 있다!!"

"모, 모모모모몰라요! 저저저저저저는 주신님께 숨기는 거 없다고요?!"

"고집부리기는……!"

"흐아아아아아아아아아아아아아아아아아아아아악?!"

헤스티아의 풍만한 두 언덕과 벨의 등이 밀착하며 사이에서 무언가가 요란하게 짓눌리는 소리가 들렸다. 상반신에 아무것도 입지 않은 벨은 맨살에 그 압도적인 무언가가 연신 형태를 바꿔가며 공세를 펼칠 때마다 비명을 질렀으며 온몸을 새빨갛게 물들였다.

눈썹을 치켜세운 헤스티아는 목을 조르는 팔에 힘을 주며 한층 자신의 몸을 밀어붙였다.

그날 밤, 다 쓰러진 교회 지하에서 울부짖는 목소리가

끊이지 않았다.

"나 원, 그 녀석……!"

다음 날.

결국 입을 열지 않았던 벨에게 시종 불쾌함을 느낀 헤스티아는 아르바이트에서 돌아온 후로도 부루퉁한 표정을 감추려 하질 않았다.

홈에 비치된 소파 위에 앉아 읽던 책의 페이지를 난폭하게 넘긴다.

'보아하니 미궁탐색에 정신이 팔렸다기보다는 돈이 필요한 것 같아……. 설마 던전에서 이상한 여자를 만나 홀랑 넘어가서 돈을 바치고 있는 건 아니겠지…….'

벨이 던전에 몰두하던 모습을 돌이켜보고, 평소 같으면 떠올리지 않을 신랄한 생각을 굴렸다. 자신의 권속은 그렇게까지 멍청하지 않다는 사실을 잘 알면서, 짜증도 한몫해 자꾸만 비방으로 생각이 흘러갔다.

그럼 알아서 파멸해버리라지. 그렇게 말 그대로 아마조네스 여자에게 속아 헤실헤실 웃음을 짓는 벨을 떠올리고, 이내 더 짜증을 내며 자신의 상상에 속을 끓였다.

"응……?"

뚜벅뚜벅 돌계단을 내려오는 소리가 지하실 홈에 울려

퍼졌다.

오늘은 벨이 빨리 돌아왔나 생각한 헤스티아는 더욱 입을 내밀며 책에서 고개를 들었다.

홈 문이 열리기를 기다리고 있으려니 똑똑, 조용한 노크 소리가 들렸다.

"잠시 실례하네, 헤스티아."

"어라…… 미아흐?"

헤스티아의 예상과 달리 나타난 것은 벨보다도 키가 훤칠한 인물, 아니, 신물이었다.

군청색 머리카락을 살짝 길게 늘어뜨리고 후줄근한 회색 로브를 걸친 남신 미아흐는 눈을 동그랗게 뜬 헤스티아에게 웃으며 고개를 끄덕였다.

"그대가 【파밀리아】를 결성했다고 들어서 말이지. 늦어 졌지만 인사라도 할까 찾아왔네."

"일부러 와줄 필요는 없는데."

미아흐와는 이곳 오라리오에 내려오고 얼마 지나지 않아 알게 된 사이였지만, 피차 비슷한 처지이기도 해서 양호한 교우관계를 맺고 있다. 아직까지 익숙하지 않은 도시 생활에 이따금 신세를 지기도 하는 절친신 중 한 명이다. 헤스티아도 웃음을 지으며 일어나 다가갔다.

"하하하, 뭘. 우리 단골손님이 돼주면 좋겠다는 타산도 있지. 신경 쓸 것 없네."

"하하, 빈틈없는걸."

【미아흐 파밀리아】의 활동은 주로 포션을 파는 일이다. 지명도가 낮은 까닭에 고객을 확보하느라 분주하며, 오늘도 그렇게 온 것이라고 미아흐는 소리를 내 웃었다.

함께 활짝 웃는 헤스티아에게, 미아흐는 "그럼 당장"이라며 시험관에 담긴 푸른 포션을 내밀었다.

"영업과 축하선물도 겸한 걸세. 우리의 무사평안을 기원하며 부디 받아주게."

"어쩐지 미안한걸. 정말 고마워."

고맙게 포션을 받아든 헤스티아에게 미아흐가 물었다.

"이건 다른 이야기인데. 헤스티아, 길드에 【파밀리아】 결성을 신고했나?"

"엥?"

고개를 갸웃하자 온화한 남신이 설명을 시작했다.

"던전에 내려가느냐 마느냐에 상관없이, 이곳 미궁도시에 적을 둔 【파밀리아】는 파벌 설립 때 길드에 이를 보고해야만 해. 그리고 파벌 등록도."

명목상으로는 던전 관리 기관이지만, 미궁도시의 핵심인 미궁을 확보한 시점에서 길드는 이 땅의 통치자나 다를 바 없다. 던전 관리는 곧 도시의 평화와 직결되며, 동시에 오라리오는 미궁에서 나오는 막대한 이익으로 이렇게까지 발전했다. '고대'로부터 오늘날까지 던전의 고삐를 잘 조였던 길드는 명실 공히 도시의 관리자이기도 하다.

도시 운영까지 관장하는 길드가 규정한 틀에는 【파밀리

아】또한 들어가 있다.

"헤에, 【파밀리아】도 모험자랑 비슷한 걸 해야 한단 말이지. 그야 뭐, 살게 해주는데 그 정도는 당연하려나."

"그런 거지. 이것도 '하계의 참맛'이야."

"천계는 번잡한 일과는 거의 무관했으니까."

끄덕끄덕 이해를 공유하는 두 신.

"그래서 어떻게 할 텐가? 보아하니 아직 가지 않은 모양인데 함께 가줄까?"

"그래도 되겠어? 솔직히 나는 그래주면 고맙겠지만……."

"솔직히 말하자면 나도 오늘은 할 일이 없거든. 허무하게도. 시간을 무료하게 보내느니 친구를 챙겨주는 편이 더 재미있겠지."

"신의 귀감이로고."

"흐하하, 자주 듣는 말이지."

신 특유의 탈력감을 발산하면서 헤스티아와 미아흐는 교회 지하실에서 나왔다.

"여기 빈칸을 전부 채우면 되나?"

"그래. 【히에로글리프】로 사인하는 것도 잊지 말고."

널찍한 길드 본부 로비.

서로 다른 파벌의 모험자들이 각자 행동하는 가운데, 헤스티아는 미아흐에게 확인을 받아가며 파벌을 등록하기 위한 양피지의 항목을 채워나갔다. 길드에서 가져다준 받침대에 올라 부족한 키를 커버하는 모습으로 창구에서 깃털 펜을 놀린다.

밤을 앞둔 창문 밖에서는 어렴풋한 저녁놀이 스며들고 있었다. 많은 모험자가 던전에서 귀환하는 시간대이기도 해서 이곳 길드 본부도 많은 휴먼과 데미휴먼으로 붐볐다.

웃음을 나누며 환전소에서 나오는 파룸 파티, 예쁜 접수원 아가씨에게 작업을 걸었다가 퇴짜를 맞는 수인 사내, 요란하게 말다툼을 벌이는 엘프와 드워프 등 흰 대리석으로 만들어진 로비에는 수많은 광경이 펼쳐지고 소란이 끊이질 않았다.

이 자리에 있는 얼마 안 되는 신인 헤스티아와 미아흐는 그런 모험자들을 이따금 흐뭇하게 바라보았다.

"미아흐. 이 【파밀리아】 랭크란 건 뭐지?"

"길드에서 규정한 【파밀리아】의 조직력…… 말하자면 격이지. 파벌의 규모나 활동내용 등 종합적인 요소도 반영된다지만, 거의 전력의 지표라고 판단해도 돼."

【스테이터스】의 어빌리티와 마찬가지로 S에서 I까지 10단계로 구분된 평가는 이곳 오라리오에서는 【파밀리아】의 지위와도 같다. 랭크가 높으면 높을수록 실적을 인정받으며 길드나 다른 조직에게 신뢰를 얻게 된다. 물론 두려움도.

게임 같은 감각을 벗지 못한 일부 신들은 랭크를 올리고자 그야말로 혈안이 되고, 또한 이를 진심으로 즐긴다.

"상업계【파밀리아】도 상응하는 성과를 내면 평가를 받지. 그리고 랭크가 높으면 주위의 신용도 얻을 수 있고 손님도 늘어난다는 말씀."

"참고로 미아흐네의 평가는 어떻지?"

"하하하, H일세."

발족 직후이며 자금도 규모도 적은【헤스티아 파밀리아】는 당연히 최저 랭크인 I. 또한【파밀리아】는 예외 없이 징세의 대상이며, 랭크가 올라갈수록 액수도 커진다.

"묻겠는데, 헤스티아. 그대【파밀리아】의 아이는 어떤 자인가?"

"뭐야, 뜬금없이."

"그야 오래 알고 지낼 수도 있고, 그대가 선택한 아이이니 꼭 알아두고 싶어서."

"……하얀 머리에 빨간 눈동자를 가진 휴먼 사내아이지. 이름은 벨 크라넬."

"하얀 머리에 빨간 눈이라……. 흠, 혹시 저 친구인가?"

"엑?"

양피지에 미끄러뜨리던 깃털 펜을 멈추고 헤스티아는 고개를 들었다.

미아흐가 시선을 돌린 곳, 로비 한쪽에서 백발 휴먼 소년이 어떤 길드 직원을 부르고 있었다.

"벨……."

"역시 그랬군. 저건…… 무언가를 주는 것 같은데?"

헤스티아와 미아흐가 지켜보는 가운데, 벨은 무언가 긴장한 기색으로 손에 든 조그만 상자를 열어 상대에게 보여주고 있었다. 길드 제복을 맵시 있게 입은 하프엘프 소녀는 그 상자의 내용물을 한번 가만히 확인하더니, 다음으로는 벨에게 무언가 한두 마디를 건네고 쿡쿡 웃었다.

　"낭자에게 선물이라. 후후, 그대의 아이도 제법인걸."

　"……."

　미아흐의 말에는 반응하지 못한 채 헤스티아는 그 광경을 지켜보았다. 뺨을 붉힌 벨은 소녀가 코를 콕 누르자 멋쩍음을 감추려는 듯 고개를 숙였다.

　'……그런 거였느냐.'

　싸늘한 시선을 보내며 속으로 중얼거린다.

　다시 말해, 그렇게 아침 일찍부터 던전에 나가 필사적으로 돈을 벌려 한 이유는 저 아름다운 하프엘프 소녀에게 선물을 주기 위해서였던 것이다.

　헤스티아의 기분이 급격히 나빠졌다.

　소녀가 웃으며 장난을 치자 얼굴을 붉히면서 황급히 두 손을 내젓는 벨의 모습. 불만에 가까운 감정이 점점 쌓여갔다.

　"흥."

　"음……? 헤스티아?"

　"미안, 미아흐. 나 먼저 돌아가겠어."

　다 쓴 서류를 창구에 집어던지다시피 제출하고 미아흐

에게 양해를 구한 다음 헤스티아는 혼자 길드 본부를 나왔다. 마지막까지 이쪽을 알아차리지 못한 벨도 남겨둔 채, 본부 앞뜰을 가로지른다.

'젠장, 짜증나……'

북서쪽 메인 스트리트를 나아가며 헤스티아는 그렇게 생각했다.

왜 짜증이 나는지 이유는 이미 깨닫고 말았다.

헤스티아는 독점욕을 품었던 것이다. 다른 사람도 아닌, 벨에게.

처음으로 얻은 권속——염원하던 존재——에 자신도 모르게 집착해, 그가 자신이 아닌 다른 사람에게 아양을 떠는 모습에 민감하게 반응하고 말았다. 그 아이에게 손을 대지 말라고, 너는 나만 봐달라고, 그런 아이 같은 이기심이 마음 깊은 곳에서 드러났던 것이다.

이것이 벨이기 때문인지, 헤스티아는 알 수 없었다.

그저 막연히, 처음으로 계약을 맺은 것이 벨이 아니었다면…… 처음 만났던 것이 그가 아니었다면 이렇게까지 머릿속이 복잡해지진 않았을 자신을 상상하고 말았다.

'벨은 바보……'

복잡하게 얽힌 감정을 빙글빙글 돌리는 동안 헤스티아는 홈에 도착해버렸다.

지하실에 발을 들이고 안쪽까지 나아가, 그대로 자신이 쓰는 침대에 뛰어들었다. 눈썹을 언짢은 각도로 유지한 채 부루퉁하게 이불을 뒤집어쓰고 조그만 언덕을 만들었다.

벨을 머리에서 쫓아내고, 어두워진 시야 속에서 헤스티아는 질끈 눈을 감았다.

🔥

달그락달그락.

조용히 식기 부딪치는 소리가 밖에서 들렸다.

귓불을 간질이는 그 소리에 부드럽게 잠에서 깨어나듯, 헤스티아는 어스름한 시야 속에서 천천히 눈을 떴다.

눈을 몇 차례 깜빡여 조용히 손을 움직이며 뒤집어쓴 이불을 끌어내린다.

이불 끄트머리에서 고개를 쏙 내밀자 마석등 빛이 헤스티아의 얼굴을 비춰 자신도 모르게 눈을 감고 말았다.

"……."

멍한 머리와 살짝 흐릿한 시야 속에서 금방 발견한 것은 하얀 뒷모습이었다.

테이블과 주방을 몇 번씩 왕복하며, 소리를 내지 않도록 조용히 발을 옮긴다.

어렴풋한 수프 냄새가 맴돌았다.

"……."

이불 위에 얹혀 있던 시트를 젖히고 느릿느릿 몸을 일으킨다.

하얀 등은 금방 눈치를 채고 돌아서선 헤스티아에게 다가왔다.

"안녕히 주무셨어요, 주신님."

"……응."

다정하게 웃음을 짓는 벨에게 헤스티아는 고개를 끄덕였다.

고개를 들어보니 시계는 저녁 7시가 지났다. 의식에 가볍게 안개가 낀 상태로 멍하니 있기를 몇 초, 헤스티아는 붕붕 고개를 가로저어 잠을 깨려 했다. 트윈테일 머리카락이 파닥파닥 좌우로 흔들렸다.

"……네가 준비한 게냐?"

"네. 주신님은 피곤하신 것 같아서……. 죄송합니다, 맘대로 만들었어요."

테이블 위에는 간단한 샐러드와 껍질을 깐 감자, 그리고 막 끓인 수프가 있었다. 수프는 귀여운 목제 컵에 담겨 따뜻한 김을 피우고 있었다.

"……오늘은 여느 때보다 일찍 돌아왔구나."

눈앞의 광경에, 이런 소소한 일에, 가슴이 따뜻해지고 기뻐하는 자신을 무시하고 싶어서 헤스티아는 자신도 모르게 그렇게 비아냥거리고 말았다.

"뭐 좋은 일이라도 있었느냐?"

눈을 마주치지도 않고 그렇게 말하는 그녀에게 벨은 잠깐 놀라 당황한 기색을 보이고, 이내 살짝 뺨을 붉히며 시선을 이리저리 굴리는가 싶더니 잠깐 자리를 떴다.

등을 돌리고 선반에서 뭔가를 꺼내들더니 그것을 가지고 다시 헤스티아에게 돌아온다.

"저기, 뭐냐…… 주신님, 이거."

"……에?"

그가 내민 것은 조그만 상자였다.

눈을 크게 뜬 헤스티아는 잠깐 굳었다가, 느릿느릿 그 조그만 상자를 받아들었다.

뚜껑을 열어보니 안에는 머리 장식 두 개가 있었다. 파란 꽃잎 같은 장식이 된 리본에, 조그만 은색 방울이 달렸다.

"벨, 이건……."

"주, 주신님이 지금 쓰시는 머리끈이 많이 낡은 것 같아서 어, 뭐랄까…… 선물을……."

벨은 꺼져 들어가는 가느다란 목소리로 중얼중얼했다.

헤스티아는 이번에야말로 아연실색했다. 살짝 고개를 숙이고 붉어진 얼굴을 앞머리로 감춘 소년을 아직까지도 크게 뜬 눈으로 올려다본다.

머리장식이 들어 있던 상자가 눈에 익었다. 아까 길드 본부에서 벨이 하프엘프 소녀에게 내용물을 보여주던 그것이었다.

그건 그녀에게 주려던 것이 아니라 물건이 좋은지를——그야말로 같은 여자의 시점에서 보고 선물을 마음에 들어 할지 어떨지——물어봤던 것인가.

소녀에게 놀림을 받던 벨의 모습을 떠올리고 헤스티아는 자신이 착각했음을 깨달았다.

'게다가 그걸 봤구나…….'

며칠 전, 북서쪽 메인 스트리트에서 진열창을 바라보았을 때를.

자신이 주목했던 비스크 돌의 머리장식과 매우 흡사한 리본을 보고 헤스티아는 그 사실을 깨달았다.

"수, 숨기려던 건 아니었는데요. 괜히 말을 꺼낼 만한 것도 아니다 싶어서, 그래서…… 죄, 죄송합니다."

"……."

혼자 갈팡질팡하는 벨을 바라보며 헤스티아는 조용히 미소를 지었다.

뺨을 살짝 물들이는 한편 분하다는 생각도 들었다. 자신은 벨의 선물을 그렇게 쉽게 포기했는데, 그는 전혀 그러지 않았던 것이다.

벨의 마음이 자신보다도 훨씬 크고, 또한 다정했다.

"이걸 주려고 던전에 오랫동안 들어가 있었던 거냐?"

"어, 네……. 그게, 그러네요."

"바보구나……."

절대 값이 싸지는 않았을 것이다. 재질이 좋은 머리장식을 보며 헤스티아는 생각했다.

돈을 벌기 위해 며칠이나 미궁탐색에 힘쓰며, 지쳐서 돌아오고, 때로는 위험을 무릅썼을 것이다.

헤스티아는 눈을 감고 가만히 웃음을 지었다.

"벨."

"어, 네."

"이거 달아다오."

"네?"

"네 선물이니, 난 네가 달아주었으면 좋겠구나."

당황하는 벨을 보며 헤스티아는 생긋 웃음을 짓고 손을 잡아끌었다.

거울 앞에 도착해 의자에 앉는다. 바로 위를 올려다보며 등 뒤에 선 벨에게 어서 해달라고 웃음을 짓는다.

황송한 듯 난감해하던 벨은 이윽고 결심을 했는지, 긴장하면서 머리장식을 받아 신중하게 손을 움직이기 시작했다.

"벨, 고맙다. ……그리고 미안하다."

"네?"

"후후, 아무것도 아니야."

서툰 손길로 자신의 머리카락을 만지는 벨에게 헤스티아는 웃음을 흘렸다.

이래저래 고생하며 머리를 묶어나가는 소년의 표정을 거울로 보며 자신의 조용한 고동소리를 들었다.

그의 손이 까만 머리카락을 어루만질 때마다 고양이처럼 눈을 가늘게 뜨고, 이 기분 좋은 시간에 몸을 맡긴다.

"……벨."

"네?"

"너와 만나서, 네가 나의 첫 파밀리아여서…… 기쁘구나."

조용히 그 말만을 하자 벨은 잠시 손을 멈추고.

잠시 후 천천히 정말로 기쁜 듯, 티 없이 웃었다.

"저도 주신님을 만나서 기뻐요."

거울에 비친 그 웃음에 헤스티아도 뺨을 붉히며 웃었다.

──분명, 이 아이를 좋아하게 되겠구나.

조그만 여신은 그 사실을 알 수 있었다.

언제까지고 그를, 그의 등에 새겨진 이야기를 지켜보고 싶다고, 헤스티아는 이때 그것만을 바랐다.

이윽고 서툴게 묶인 트윈테일 위에서.

은색 종이 짤랑짤랑 울리며 맑은 음색을 내고 있었다.

후기

대장장이라는 캐릭터에는 '강하다!' '중후하다!' '멋있다!' '성황십자검!*' 하고 어렸을 때부터 이래저래 생각하는 바가 많았던 작가는 주인공의 파트너는 무조건 남자로 하자고 결심했습니다. 이번에야 겨우 기회를 얻어 등장했습니다. 작중에서는 여성캐릭터가 넘쳐나는 가운데 조금 감회가 깊기도 하네요.

이 책에 나오는 대장장이는 별로 강하지도 중후하지도 않고 성황십자검도 쓰지 않습니다. 아직 덜 큰, 잘 안 팔리는 대장장이 중 하나지요. 하지만 이 내용을 쓰기 시작했을 때, 단련을 시작했을 때는 "우오오오오!" 하고 멋대로 움직이면서 혼자 떠들어대기 시작했을 만큼 뜨거운 기술자가 되었습니다……라고 저는 그렇게 생각합니다.

판타지의 대장장이라는 말을 들으면 무조건 가슴이 두근거리는 건, 그들이 어두컴컴한 공방에 틀어박혀 새빨갛게 타오르는 화로를 앞에 놓고 높은 소리를 울리며 희망과 고뇌를 담아 하염없이 무기를 벼리는 모습이 떠오르기 때문이라고, 그렇게 생각합니다. 아무리 시치미를 떼고 있더라도 대장장이들은 정열의 덩어리일지도 모르지요.

공방에서 나온 그들의 손에 들린 세계에 단 하나뿐인 무

---

* 성황십자검(星皇十字劍): 만화 'DRAGON QUEST 다이의 대모험'에 등장하는 마계의 대장장이 론 베르크의 필살기.

기, 그리고 그것이 전해지는 순간. 그런 광경을 이루지 못할 것을 알면서도 자꾸만 꿈을 꾸게 됩니다.

이번 제4권은 스토리의 막간이며, GA문고매거진에 실었던 단편도 가필, 수정을 더해 수록했습니다. 시간축대로 늘어놓는다면 '퀘스트×퀘스트'가 3권 2장과 3장 사이, '여신에게 바치는 캄파넬라'가 1권 시작 전이 되겠습니다. 재미있게 읽어주셨으면 좋겠습니다.

여기서부터는 감사 인사.

담당 코타키 님, 이번에도 많은 신세를 졌습니다. 스토리에 수많은 멋진 일러스트를 더해주신 야스다 스즈히토 선생님, 바쁘신 와중에 연내 발매를 위해 귀중한 시간을 할애해주셔서 고맙습니다. 일부 묘사를 허락해주신 유우지 유우지 선생님, 웃으면서 흔쾌히 허락해주셔서 정말 기뻤어요.

또 한정판 간행에 힘을 보태주신 쿠니에다 님, 미사키 쿠레히토 님, 재미있는 만화와 아름다운 일러스트를 주셔서 고맙습니다. 쿠니에다 님께는 '영 간간(스퀘어에닉스)'에서 연재 중인 만화판에서도 신세를 지고 있지요. 언제나 기대하면서 보고 있습니다.

이 책을 읽어주신 독자 여러분도 포함해, 모든 분께 깊이 감사 인사를 드립니다.

다음 권도 부디 잘 부탁드립니다.

실례합니다.

오모리 후지노

역자후기

    옛날옛날 먼 옛날, PC의 스펙이 현재의 0.5%도 못 되던 시절.

    게임계에는 한 영웅이 있었습니다. 그는 자신이 17년에 걸쳐 발전시켰던 어떤 걸작 RPG 시리즈의 세계관을 온라인에서 즐길 수 있도록 새로운 타이틀을 만들었습니다. 이 게임은 수많은 유저들의 찬사를 받으며 센세이션을 불러일으켰죠. MMORPG라는 말도 없었던 시절입니다.

    비록 영웅은 후에 우주먹튀라는 불명예스러운 별명을 얻으며 사람들의 기억에서 사라졌지만, 그가 남긴 이 게임만은 후세에 등장할 수많은 MMORPG의 원형이 되었습니다.

    전투는 물론 낚시, 요리 등 다양한 제작 스킬을 가질 수 있었던 것도 인기의 한 요인이었죠. 그중에서도 가장 인기 있었던 스킬은, 바로 대장장이였습니다.

    안녕하세요, 역자입니다.

    스포일러가 불똥처럼 튀는 역자후기이므로 아직 본문을 읽지 않으신 분은 1페이지로 돌아가 주시기 바랍니다.

    느닷없이 전설담을 들려주는 음유시인 같은 분위기로

시작해버렸군요. 97년도에 발매된 '울티마 온라인'이라는 게임입니다. 어쩌면 이 책을 읽고 있는 독자 여러분 중에는 "내가 태어나기도 전에 MMORPG가 있었어?!"라고 하시는 분도 계실지 모르는, 그런 고대의 이야기입니다. ^^;

당시 막 게임개발에 뛰어들어 회사에서 침식을 해결하며 일을 했던 저는 사내 인터넷 망을 이용해 낮에는 게임을 만들고 밤에는 브리튼을 헤매는 하루하루를 보냈습니다. 다만 전투보다도 광물을 캐 무기를 만들어 파는 대장장이 일을 더 좋아했습니다. 요즘 MMORPG는 전투를 해 레벨을 올리지 않으면 제작에 필요한 자원을 얻지 못하고 스킬도 찍을 수 없는 경우가 거의 대부분인데, UO에서는 생산만 하면서 살아가는 것도 충분히 가능했습니다.

비록 악질 PK를 만나 전 재산을 털리면서 반년 만에 게임을 접었습니다만, 그래도 저는 여전히 대장장이를 좋아합니다. 아니, 대장장이만이 아니라 모든 생산 스킬을 좋아합니다. 기계공학이라든가 재봉이라든가 연금술이라든가. '크래프트 노가다'가 있는 스탠드얼론 게임에는 점수를 후하게 주는 나쁜 버릇이 있을 정도죠.

그런 의미에서 이번 '던전만남' 4권에 등장한 벨프 크로조는 남자임에도 저의 모에를 하염없이 자극해버리는 그런 캐릭터였습니다. 하으으.

읽으면서도 작업하면서도, 참으로 매력적인 캐릭터라는 생각을 했습니다. 특히 그가 미노타우로스의 뿔을 가공해

검을 만드는 장면이 인상에 남았는데요, 금속만이 아니라 뿔 같은 '드롭 아이템'을 다루는 법도 안다니, 게임의 요소가 진하게 묻어나는 세계관을 가진 '던전만남'에 참으로 잘 어울리는 대장장이가 아닌가요? 분량이 조금 짧아서 그리 많은 활약을 보여주지는 못했습니다만, 어서어서 Lv.2를 찍고 어빌리티도 스킬도 얻어서 벨의 좋은 파트너가 되어주었으면 하는 바람입니다.

……대장장이 이야기 하나 하려고 고대의 전설까지 끄집어내가면서 작가님보다도 긴 후기를 써버렸군요. 네, 뭐, 늘 있는 일이네요. 이제는 새삼스럽지도 않죠.

그 외에도 은근슬쩍 지나가기는 했습니다만, 라키아 왕국이란 곳이 오라리오를 침공하려 한다는 말이 나왔지요. 이제까지는 던전에서 박진감 있게 싸우기는 해도 평화로운 스토리였는데, 느닷없이 외부와의 강력한 갈등이 예감되는군요. 하지만 나자가 말한 것처럼(생산직이라서만은 아니지만 이 캐릭터도 좋아합니다) 바깥세상에 눈을 돌릴 계기가 될지도 모르지요. 던전에만 시선이 쏠렸던 벨이 바깥세상의 자극을 받아 어떻게 상처 입고 변화하고 성장할지 벌써부터 기대됩니다. 이 세계관, 던전 하나뿐인 줄 알았는데 은근히 스케일도 디테일도 있어요…….

하지만 다음 작품은 아마도 던전만남 5권이 아니라 외전인 '소드 오라토리오'가 될 것 같군요. 우리 오동통 귀여우신 주신님의 앙숙인 로키네 파밀리아, 그중에서도 검희 아이즈 발렌슈타인이 주역인 이야기입니다. 이쪽도 기대해 주시길.

그럼 저는 다음 작품에서 뵙겠습니다.

김완

던전에서 만남을 추구하면 안 되는 걸까 4

2014년 2월 17일 1판 1쇄 발행
2023년 2월 17일 1판 17쇄 발행

저　　　자 오모리 후지노
일 러 스 트 야스다 스즈히토
옮 긴 이 김완
발 행 인 유재옥
본 부 장 조병권
담당편집 정영길
편 집 1 팀 김준균, 김혜연
편 집 2 팀 정영길, 조찬희, 박치우, 정지원
편 집 3 팀 오준영, 이해빈, 이소의
미　　　술 김보라, 박민솔
라이츠담당 김정미, 맹미영, 이승희, 이윤서
디 지 털 박상섭, 김지연
발 행 처 ㈜소미미디어
인쇄제작처 코리아피앤피
등　　　록 제2015-000008호
주　　　소 서울 마포구 토정로 222, 403호(신수동, 한국출판콘텐츠센터)
판　　　매 ㈜소미미디어
마 케 팅 한민지, 최정연, 박종욱, 최원석
물　　　류 허석용
전　　　화 편집부 (070)4164-3962, 3963 기획실 (02)567-3388
　　　　　　판매 및 마케팅 (070)4165-6888, Fax (02)322-7665

ISBN 979-11-85217-66-6 04830
ISBN 979-11-950162-0-4 (세트)